KB130858

풀숲을 쳐
뱀을 놀라게 하다

배병삼 산문집

풀숲을 쳐

뱀을 놀라게 하다

문학동네

책머리에

중학생 시절, 유화를 몹시 그리고 싶었다. 물감에다 물을 섞어 그려내는 수채화는 왠지 미완성인 것 같았고, 분명한 색감에 도드라진 질감을 지닌 유화야말로 제대로 된 그림 같았다. 그래서 미술시간이면 수채물감을 가지고 유화 흉내를 내곤 했다. 팔레트 위에 물감을 양껏 짠 다음, 그걸 붓에 잔뜩 묻혀 도화지 위에다 발랐다.

그러면 유화의 색감과 우둘투둘한 질감이 도화지 위에 비슷하게 살아났다. 그러나 얼마 지나지 않아 물감은 제풀에 말라서 갈라지다가 끝내 톡 떨어져, 도화지 위에는 그 흔적만이 흉하게 남았다. 채 아물지 않은 상처를 뜯어낸 딱지 자국처럼.

유화와 수채의 사이, 이 틈새는 내 욕망과 현실 간의 괴리를 상징한다. 정치학을 공부하면서 문학을 넘보고, 학문의 길을 걸으면서 문사의 꿈을 놓지 못했다. 그러다보니 여태까지 걸어온 내 길은 사회과학과 인문학의 사이, 아카데미즘과 저널리즘의 사이 또는 고전과 현대의 사이, 그 샛길일 따름이었다.

샛길이란 좋게 말하자면 '학제간(學際間)'이겠지만, 그 실제는 어둑한 뒤안길이요 또 풀숲으로 가득 차서 걷기에도 힘든 길이다. 이곳 저곳 그 어느 곳에도 닻을 내리지 못한 채 낭인처럼 걸어가는 쓸쓸한 내 학문과 글쓰기여!

그 샛길을 걸으면서 발표한 작은 글들을 모아 묶어놓고 보니, 문득 부끄럽다. 수채물감으로 유화를 그리려던 어린 시절의 욕망이 글들 속에 오롯이 남아 있음을 발견한 때문이다. 나아가 물감이 제풀에 말라서 떨어지고 말았듯 이 글들의 운명도 혹 그렇지 않을까 염려스럽기도 하다.

여기 묶은 글들은 몇 년 전부터 『시사저널』과 교수신문, 그리고 LG그룹 사보인 『느티나무』 등에 실은 것들 중에 세월을 견딜 만한 글들을 솎은 것이다. 이 기간은 동양고전 공부에 집중한 시기와 겹친다. 이에 글 밑에 깔린 정조는 동양사상, 특히 공자와 노자의 숨결이다.

그것들을 크게 3부로 나누어보았다. 제1부 '스테인리스를 둘러싼 명상'은 일종의 명상록이라고 할 것으로, 한 가지 주제를 두고 이모저모 사색한 글들이 주를 이룬다. 제2부 '일상과 비상'은 신변잡기에 속하는 짧은 글들이고, 제3부 '고전의 주변'은 정치학도로서 동양고전을 공부하면서 느낀 소회를 서술한 글들이다.

책 제목 '풀숲을 쳐 뱀을 놀라게 하다'는 본래 병법의 삼십육계 가운데 열세번째 계(計)인 '타초경사(打草驚蛇)'를 푼 말로서 '변죽을 울려 중앙을 흔든다' 라는 뜻이다. 한 벗(이택희 중앙일보 기자)이 있어, 초고를 일별하고 '겉으로는 주변의 사소한 일상을 다루는 것 같으나, 속으로는 현대문명의 정수리를 겨누는 맛이 있다' 고 평하면서 이를 제목으로 잡아주었다.

분에 넘친 추천사를 써주신 이왕주 교수님과 하응백 형께 감사드리고, 이 글의 첫 독자이자 날카로운 비평가였던 아내에게 고맙다는 말을 남기고 싶다.

2004년 맹춘(孟春)

배병삼

차례

제2부   일상과 비상

제3부   고전의 주변

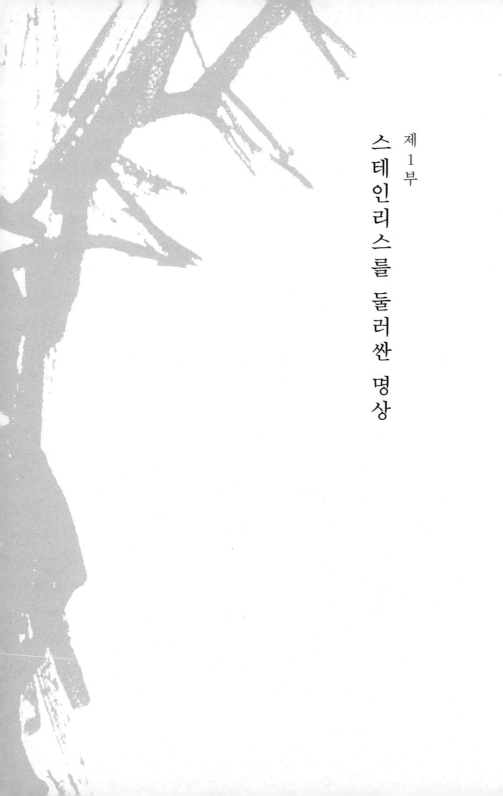

제 1 부

스테인리스를 둘러싼 명상

스테인리스를 둘러싼 명상

지난 연말, 계속된 술자리의 피로를 씻으려고 동네 목욕탕에 갔다. 그곳 화장실에서는 스테인리스 대접을 재떨이로 쓰고 있었다. 대접 속에는 길고 짧은 꽁초들이 수북했다. 두터운 두께나 굽의 모양새가 놋대접을 본뜬 것으로 보아 60년대 놋그릇을 몰아내던 초창기의 것이 분명하였다.

느낌이 묘했다. 우선 그 '인생 역정'이 눈앞에 그려졌다. 어른들 밥상에 오르면서 내내 행주로 몸을 닦던 청결한 국그릇이었다가 끝내 꽁초를 담는 재떨이 신세로 추락한 지난 삼십 년간의 급격한 '신분 변동'이 손에 잡힐 듯 또렷했다.

그런데도 대접은 웃고 있었다(광택을 잃지 않고 반짝이는 스테인리스의 질감을 '웃음'으로밖에는 표현할 길이 없다). 생각하면 '웃음'은 스테인리스의 본성일 것이다. 세월의 흐름에도 불구하고 늙지 않고, 밥상 위의 국그릇에서 화장실의 재떨이로 영락하였어도 웃음을 잃지 않음은 '녹슬지 않음(stain-less)'이 그것의 존재적 사명이기 때문이다. 그러나 속으로 울고 있어도 겉으로는 웃어야 하는 코미디언의 비극처럼, 화장실 재떨이가 되었어도 웃고 있는 스테인리스의 오늘은 처연하기만 하다.

한때 그것은 힘겨운 노동에 시달리던 이 땅 여성들의 해방자였다. 수저부터 밥그릇까지 식기 대부분을 놋쇠로 만들던 시절, 주부들은 시시때때로 식기의 녹을 벗기기 위해 기왓장이나 연탄재를 부숴 그 가루를 볏짚에 묻혀 닦는 가외 노동에 시달려야 했다. 어느 날 출현한 이 해방자로 말미암아 그 놋쇠 그릇들은 초가집과 같은 속도로 사라졌으니, 그 은퇴 속도는 주부들의 노동강도에 비례하는 것이었으리라.

그러나 삼십 년의 세월이 흐른 지금, 해방자는 영락하여 목욕탕 화장실에서 재떨이로 살면서도 웃고 있으니, 정녕 '웃고 있어도 눈물이 난다'. 어쩌면 스테인리스의 비극은 시간과 세월의 켜를 거부하는 은백색의 반짝임, 그 '몰역사성'에서부터 예비된 것인지도 모른다.

늙어야 할 때 늙지 않고, 오히려 늙어서도 젊은이처럼 사는 것이 미덕으로 숭상되는 오늘의 세태와 스테인리스는 몹시 닮았다. 노인을 위한 텔레비전 프로그램의 이름이 '언제나 젊음'이었듯, 세월을 거부하는 몸짓과 젊음과 정력이 지배하는 이 사회의 '활기'는 분명 '스테인리스的'이다.

또 백화점 앞에 도열하여 깍듯이 절을 하는 늘씬한 미녀들의 과공(過恭)도 스테인리스와 닮았다. 그녀들이 나를 보고 절하는 것이 아니라 내 호주머니를 보고 절하는 줄 알기에 그녀들의 웃음은 '웃고 있어도 눈물이 난다'.

그리고 '역사의 종말' 을 논하는 프랜시스 후쿠야마나, 이제부터는 호황-불황이 번갈아 드는 경기순환이 사라지고 지속적 호황이 유지될 수 있다는 가설이나, 혹은 미국의 세기가 계속되리라는 전망도 스테인리스적이다. 그 속에 역사가 없고, 세월의 켜가 빚어내는 녹의 그늘이 없기 때문이다.

허나 무엇보다 스테인리스적이기로는 이른바 '디지털 혁명' 만한 것이 있으랴. 아날로그가 시간에 녹슬고 세월에 때 묻는다면, 디지털은 시간을 거스르고 매양 반짝인다. 오래 들으면 골이 패어 음질이 나빠지는 레코드 판(LP)이 아날로그라면, 시디(CD)는 수없이 재생해도 음질이 나빠지지 않는 디지털이기에 하는 말이지만, 시디와 스테인리스의 질감은 디지털이라는 어감과 궁합이 맞다.

정월 초하루부터 정보화, 세계화, 영어화를 요구하면서 '밀레니엄' 이라는 단어를 섬뜩한 말로 만들던 신문과 방송의 호들갑은 요컨대 '디지털적 인간이 되자' 라고 요약할 수 있을 것이다. 그 요구가 숨가빴던 것은 변화를 따라가지 못하는 나의 굼뜸 때문이기도 하려니와, 그보다는 그 요구가 늙어도 늙지 않고, 추락해도 웃는 기괴한 '스테인리스적 인간' 이 되기를 종용하는 것으로 들려서였다.

산이 높으면 골이 깊은 법. 스테인리스 그릇의 등장과 몰락이 그토록 극적이었듯 우리의 미래도 그에 못지않으리라는 불안한 예감이 엄습한다. 초를 다투며 전 세계를 이동하는 자본, 0과 1이라는 부호로 구성되는 세계상, 화폐와 교환되지 않으면 무의미한 지식과 가치가운데에서 인간은 기필코 '스테인리스적'으로 변모하리라. 그리고 어느 날 갑자기 밥상 위에서 내려와 재떨이로 변해버린 자신을 발견할지도 모를 일이다. 아니, 이미 우리는 '스테인리스적' 흐름 한가운데 서 있는지도 모른다.

그러고 보면 스테인리스의 아픔은 놋쇠보다 클 것 같다. 놋쇠의 상처는 차라리 푸른 녹으로나 토해낼 수 있지만, 스테인리스의 상처는 내출혈이어서 더욱 위험하고 고통스러울 것이기 때문이다. '산업화는 늦었으나 정보화는 앞서가자'는 '스테인리스적' 구호의 속살에는, 자동차 사고로 한 해에 70만 명이 죽고 다치는 내출혈로 피가 홍건하다.

(2000년 1월)

상갓집에서

　나이를 먹으면서 문상(問喪)할 곳이 점점 늘어난다. 갈 때는 마음을 졸이고 돌아올 때는 찜찜한 것이 요즘의 문상길이다. 마음을 졸이는 까닭은 우선 상갓집의 예식이 기독교식인가 전통 유교식인가에 따라 인사법이 달라지기 때문이다. 기독교식이라면 '양복에 검은 넥타이가 어울릴 터인데' 하고 마음을 졸이고, 또 전통 유교식이라면 '영전에는 절을 몇 번 하고, 상주에게는 몇 번 해야 하던가?' 하는 셈차림으로 마음을 졸인다. 그리고 조의금 겉봉투에 부의(賻儀)를 한자로 쓰고 싶은데 부(賻)자의 변인 패(貝)를 뺀 글자가 자칫 전(專)자로 보이지 않을까 하는 염려도 마음을 졸이는 병통 가운데 하나다.
　다녀와서 찜찜한 까닭은 대개 상례의 주인이 고인이 아니라 산 사람인 것 같아서다. 상주에게 "어버이를 잃은 슬픔이 얼마나 크십니까"라고 인사를 차리자 "아, 네. 괜찮습니다"라는 대답이 나오더라는 개탄을 본 것이 이미 70년대 말 어느 칼럼에서였다. 오히려 요즘은 상주가 문상객에게 죄송스러워하는 것을 흔히 볼 수 있다. 바쁠 텐데면 걸음 하게 만들어 미안하다는 뜻이다. 어떤 때는 고인으로 말미암아 산 사람들끼리 만나게 된 반가움을 상주와 문상객이 나누는 경우도 있다. 그런 다음에는 대개 고인의 사인(死因)에 관해 이야기를 나눈다.

그런데 그 이야기는 대개 병명을 확인하는 것으로 끝난다. 장수를 누리고 돌아가신 고인에게도 그렇다. 그러고는 혀를 차면서 서로 안부를 묻는 비례(非禮)를 저지른다. 고혈압은 조심해야 한다는 식이다. 이렇게 되면 상가의 담론은 죽음에 대한 것이 아니라 질병에 대한 것이 된다. 병명을 묻는 문상객의 의도에 이미 질병과의 대결 의식이 전제되어 있으며, 여기에도 역시 죽음을 회피하려는 의식이 숨겨져 있다. 드디어 상가의 주제는 고인에 대한 애도가 아니라 고인을 죽음으로 몰고 간 질병에 대한 안타까움이 된다. 그리하여 상가에 죽음은 어디론가 사라져버리고 질병에 대한 개탄과 산 사람 사이의 인사만 남게 된다.

어쩌면 오늘날 우리 인생이란 기껏 성인병과 싸우기에 급급하다가 느닷없이 덤벼드는 죽음에게 뒤통수를 맞고 쓰러지는 것이 아닌가 싶다. 그리고 이런 삶에 대한 집착이 늙음을 천시하고 젊음을 드높이며, 경제적 부와 결탁하여 정력을 숭배하게 하고, 끝내 늙음을 추하게 여기도록 만드는 것 같다. 그리고 보면 사람들이 죽음을 가볍게 여기는 것은 삶에 지나치게 집착하기 때문이라는 노자의 경구는 우리를 제대로 겨눈 것이다.

그러나 더불어 사는 삶에서 사람다움을 찾는 문명에서는 지인의 죽음이란 결국 내 몸의 축소를 의미한다. 전화기에 비유하자면 통화할 곳이 한 곳 줄어듦과 같다. 전화기가 그 자체로는 의미가 없고 통화 여부에 따라 가치가 드러나는 것처럼, 더불어 사는 삶 속에서 죽음은 전화 걸 곳이 사라지는 것과 같다.

뿐만 아니라 죽음은 나의 의식을 변모시킨다. 나를 둘러싼 관계망이 무너지는 가운데 삶과 죽음을 동시에 응시함으로써 나의 의식은 성숙하고 깊어질 수 있다. 이처럼 죽음은 더불어 사는 관계성으로 말미암아 내 일부분의 상실로 전환되며, 나는 그 죽음의 의례에 참여함으로써 죽음과 직대면하고 삶을 낯설게 바라보는 계기를 얻게 된다.

드디어 나를 둘러싼 주변이 일상적이지 않고 유동하고 변화하며 난데없는 것으로 여겨질 때 나는 겸손하고 경건해질 수 있다. 그리고 경건함을 통해서만이 신성의 추구와 범속함에 대한 안타까움이 몸에 익게 된다. 그러므로 고인에 대한 애도는 죽은 이를 위한 것이기에 앞서 산 사람들의 삶을 위한 것이다. 이리하여 상례(喪禮)라는 잃어버림에 대한 형식과 제례(祭禮)라는 부활의 형식을 통해 인생은 풍요로워지고 삶은 미학적으로 승화된다.

그럴진대 우리는 죽음을 제대로 대접하지 않으면 안 된다. 죽음이 소외되는 곳에서는 삶 역시 제대로 살아낼 수 없기 때문이다. 죽음을 제대로 대접하는 데는 결국 죽음을 정면으로 바라봄으로써 삶을 더욱 진지하고 제대로 영위하려는 역설적 계산이 깔려 있다. 젖 떼고 난 뒤로 평생을 땅만 파며 살았어도 죽어서는 꽃상여를 타는 인생과, 살아서 평생토록 승용차를 탔어도 죽어서는 떠밀리듯 화장터로 가는 인생의 차이가 꼭 사회 구조의 차이에서 비롯된 것만은 아니라고 믿기 때문이다.

(1997년 1월)

공중 목욕탕에서

　새로 이사 온 동네의 공중 목욕탕에는 등을 미는 기계가 있다. 작동 방법은 간단하다. 네모난 빨간 스위치를 누르면 이태리 타월을 덮어쓴 원판이 윙 소리를 내면서 위에서 아래로 빙글빙글 도는데, 거기에 등을 갖다대면 때가 밀리게 되어 있다. 옆 자리 청년의 때 벗기는 속도가 나와 비슷해서 등 좀 밀어달라고 할까 했는데, 갑자기 일어나 구석배기에 있는 그 기계로 가더니 그렇게 등의 때를 벗기는 것이다.

　목욕탕은 희랍신화의 주제가 되기도 한 인간의 뒷면, 즉 '등'이 중요한 담론의 주제가 되는 곳이다. 손이 미치지 않는 등은 서로 등을 밀어주며 살아갈 수밖에 없는 인간의 숙명적 사회성을 극명하게 보여주는 상징이다. 더 나아가 등 밀기를 통해 이웃간에는 이야기와 새로운 예절이 태어난다. '새로운 예절'이라 함은 등 밀기를 청하는 자와 그 청을 허여하는 사람이 매번 다르기 때문이며, 또 그들간에 형성되는 의례(ritual)도 언제나 새롭고 다르기 때문이다.

　목욕탕에서 만나는 옆 사람은 애써 짝지어 목욕탕에 가지 않은 이상 낯선 사람이다. 동시에 그 낯선 만남은 사회적 지위나 처지를 드러내주는 의상, 훈장, 액세서리 같은 이른바 '미란다(miranda)적 장치'의 도움 없이 홀딱 벗은 몸뚱이만의 만남이기에 더욱 새롭다. 몸뚱이 그 자체로 새로운, 사회적 정체를 알 수 없는 사람과의 만남은 따라서 매양 긴장된다.

우리는 이 긴장된 만남 속에서의 등 밀기 행사를 '쭈뼛거림' 같은 몸짓과 '겸손함' 같은 마음가짐으로 치른다. 이를테면 나이와는 관계없이 등 밀기가 급한 이가 먼저 이태리 타월을 깨끗하고 쥐기 쉽게 접어서는 빙긋 웃으며 쑥스러운 자세로 옆 사람에게 등 밀기를 청하면서 그 의례는 시작된다. 그러면 상대방은 먼저 청해준 용기에 감사하면서 청한 이의 쑥스러움을 상쇄시키는 인사나 몸짓을 하게 마련이다.

역시 때를 미는 동안에는 등 밀기를 청한 이가 미안한 마음으로 "때가 많지요?" 하면서 그 노고를 치하하면, 때 미는 이는 "때가 많지 않군요. 피부도 희고요" 하면서 답례를 하게 된다. 그즈음에 상대방의 몸피를 보아 육체노동자인지 정신노동자인지 짐작하고 또한 피부의 탄력을 보아 나이를 가늠함으로써 이야깃거리를 만들어간다. 이처럼 등 밀기 행사는 맨살로 새로운 사람과 더불어 행한다는 점에서 언제나 새롭고 긴장되며 창조적인 의례이다.

그러니 목욕탕에 등밀이 기계가 들어섰다는 것은 사람과 사람 '사이(間)'에 이루어졌던, 나이브하고 설레며 새롭던 만남의 한 의례가 사라졌음을 고하는 조종(弔鐘)이다. 이로써 우리는 능숙하게 또는 쑥스럽게 사람 사이의 관계를 작동시켰던 기능 한 가지를 퇴화시키고 있는 것이다. 이것은 단순히 개인화라는 사회적 추세의 반영이기보다는, 더불어 사는 삶에서 사람다움을 찾던 그 인간에 대한 형이상학적 기반을 허물어뜨리는 다급한 위기의 신호로 여겨진다.

드디어 우리는 제 등을 제가 밂으로써 서로에게 열린 통로의 입구를 닫아버리고, 그럼으로써 목욕탕에서조차 '우리'는 각각의 '나'로 고립되어버리고 만다. 이제 우리는 서로서로 등을 밀어주는 보완자가 아니라 기껏 땟물을 튀기는 귀찮은 존재로, 아니 없으면 더 좋은 존재로(탕을 독점할 수 있으므로) 화한다. 요컨대 우리는 서로에게 사물화되어버렸거나, 되어가고 있다. 서로 소외되고 서로를 연결할 통로를 닫아버림으로써 '소통의 기술'을 퇴화시키고 있는 것이다.

그럴진대 동네 목욕탕의 고요함을 공중질서를 잘 지키는 성숙의 징표로 해석할 수는 없다. 오히려 목욕탕 속의 부산한 '의례 만들기'야말로 엘리베이터 안에서 인사 나누기로 또 자동차 양보하기로 나아갈 출발점일 수 있는 것이니, 목욕탕의 떠들썩함은 사회에 화기(和氣)를 불어넣을 작으나마 중요한 풀무였던 셈이다.

더구나 인사와 담소가 사라진 그 자리에 등밀이 기계의 굉음이 자리잡은 목욕탕의 풍경은 더더욱 우울한 것이다. 원래 '말(禮)'이 망가져버린 자리는 '소리(樂)'가 치유하는 법인데, 과연 우리 목욕탕의 '기계 소리'를, 만파식적의 그 '피리 소리'처럼 화음(和音)으로 여길 수 있는 것인지 자꾸만 고개가 갸웃거려진다.

(1997년 4월)

석계역에서

  서울의 동북방에 석계(石溪)라는 이름의 전철역이 있다. 이 역 밑에는 중랑천으로 흘러드는 제법 큰 도랑이 있다. 그리하여 여기 '석계' 라는 전철역 이름은 씻은 듯이 깨끗한 돌무더기 사이로 맑은 물이 콸콸 흘러내리는 심산유곡의 정경을 연상케 한다. 그러나 불행하게도 오늘날 석계역은 주변 아파트 단지로 환승하는 중심이어서 밤이면 야시(夜市)를 방불케 하고, 낮은 낮대로 소연하기 이를 데 없는 곳이다. 그래서 그 역을 지날 때마다 혀를 차곤 했다. '심산유곡 같았던 석계가 썩계(썩은 계곡)가 되고 말았구나' 하면서.

  그곳에서 북쪽의 도봉산 방향으로 눈길을 돌리면 곧바로 월계동이요, 그 뒤는 하계동, 중계동으로 이어지다가 끝에 가서는 널리 알려진 상계동에 이른다. 이들은 모두 도봉산에서 발원한 중랑천의 천변(川邊) 고을 이름들이어서, 두루 계곡을 뜻하는 계(溪)자를 돌림자로 쓰고 있는 형제지간인 셈이다. 그 가운데서도 '석계' 라는 이름이 제일 빼어난데 참으로 애석하게도 제일 난전(亂廛)이 되어버렸다고 내내 아쉬워했다.

그런데 어느 날 석계라는 이름이 지명이 아니라는 말을 듣게 되었
다. 전철역을 만들긴 하였는데 적당한 지명은 없고 해서 주변 동네
이름인 석관동의 '석' 자와 월계동의 '계' 자를 합하여 만든 이름이라
는 것이다. 그때 느낀 낭패감이라니…… 그렇다면 갖가지 이미지들
을 연상케 했던 석계라는 낭만적 이름은 실제에 깃들이지 않은 헛이
름이요, 교통 표지판처럼 속이 없는 쭉정이 이름이었던 셈이다.

그러고 보면 주변에 '석계' 식의 쭉정이 이름들이 꽤나 눈에 띈다.
대부분 도시 집중화와 신도시 개발로 인해 생겨난 조어들이다. 하기
야 프랑스 같은 나라에서 애용하는 방식으로 하자면 제1광장, 제2광
장, 제1대학, 제2대학이라는 식의 훨씬 더 냉정한 작명법도 없지는
않다. 그리고 처음엔 횟가루 날리면서 주변과 영 어울리지 않는 해끔
한 콘크리트 구조물도 세월이 흐르면서 풍상에 시달리고 이끼가 끼
어 제법 주변과 어우러지는 것을 보면, '석계' 라는 쭉정이 이름도 세
월 따라 속살을 키워낼지 모른다.

그러나 이런 점과는 또 다르게 '석계' 라는 이름은 우리 삶을 되돌
아보는 계기가 된다. 그것은 사람들이 석계를 스쳐 지나가기만 할
뿐, 거기에 살지는 않는다는 점 때문이다. 애초에 석계는 누구에게도
존재하지 않은 곳이었다. 이 점에서는 우리가 고속도로에서 내다보
는, 예컨대 오산시의 의미도 크게 다르지 않다. 오산 시내에는 누군
가 살긴 하지만, 지금 정체된 고속도로 위에서 바라보는 '나' 에게 그

오산 시내의 삶은 풍경으로서 뒤로 물러나 있거나 소외되어 있다는 점에서 석계와 다를 바 없다.

그러니 오히려 고속도로 상에서는 오산이라는 이름 대신에 '신갈 기점 몇 킬로미터'라는 말을 쓰는 것이 더 적절하다. 나는 오산이라는 행정구역 위에 서 있긴 하지만, 사실은 스쳐 지나갈 뿐이니 실제로 오산을 다녀오지는 않은 셈이다. 이리하여 오산이라는 이름은 '신갈 기점 몇 킬로미터'라는 표지와 경쟁관계에 놓이고, 사람에 따라서는 오산이라는 이름보다 뒤의 냉정한 표지가 더 쓰임새 있는 것일 수도 있다. 점차 석계라는 쭉정이 이름이 주변을 잠식해가면서, '석계병원' '석계노래방' 하는 식의 새로운 이름들이 생겨나면서 제 속살을 채워갈 것처럼, '신갈 기점 몇 킬로미터'는 오산과 그 주변에 사는 토박이가 아닌 사람에게는 오산이라는 이름을 제치고 오산을 대표하는 상징으로 자리잡을지도 모른다.

그러다보니, 이 대목에서 몇 년 전 어느 겨울, 전국 인문대학의 학장들이 제주에 모여 인문학의 위기를 선포하고 염려했던 광경이 떠오른다. 인문학이란 사람에 대한 연구이며, 그것은 곧 말과 글을 통과하게 마련이다. 정녕 '언어는 존재의 집'이라는 하이데거의 말처럼 '이름'의 문을 열고 들어가면 그 속에 '존재'가 있어야 하는데, 오늘날 우리 주변에는 도처에서 이름의 문을 열고 들어가도 쭉정이뿐이거나 이름 자체가 쪼그라든 것들이라면 전통적 의미의 인문학은 죽고 말 것이 명약관화하다.

인문학의 위기는 인문학자들의 밥그릇 위기만은 아니다. 그것은 곧 인간의 모듬살이의 위기, 정치의 위기를 뜻한다. 실은 『논어』에서 이름과 그 실재를 분리시켰던 재여(宰予)에게 정치사상가로서의 공자가 가장 심한 욕설을 퍼부은 이유가 바로 이 때문이다. 그가 "저 녀석을 어떻게 죽여놓을까"라고 심한 말을 한 까닭은 말이 내용을 잃고 뿔뿔이 흩어지거나, 말이 남발되어 인플레이션이 되거나, 또는 말이 쪼그라들어 쭉정이가 되면 세계가 혼란하게 되고 그 와중에 사람이 제대로 살지 못함을 몸소 체험했기 때문이다.

그렇다면 존재를 상징하는 그 말의 힘을 극구 신뢰한 공자와 하이데거는 오늘날 '석계'에서 그리고 '신갈 기점 몇 킬로미터'에서 횡사를 당하고 마는 셈이지만, 그러나 그들의 죽음은 동시에 말이 쭉정이가 되는 현실이란 끝내 인간의 삶 전체가 두루 쭉정이가 되는 것임을, 즉 인간이 사물화되고, 나아가 너와 내가 서로 소외되는 첩경임을 몸소 경고하는 것이기도 하다.

(1997년 6월)

농경시대의 추억

대보름을 며칠 앞둔 남녘의 들판은 땅에서 피어나는 봄 기운으로 자욱하다. 하늘에서 내려오는 따뜻한 기운이 아직 차가운 땅 기운과 어우러져 안개라기엔 옅고, 구름이라기엔 낮고, 아지랑이라기엔 짙은, 형언하기 어려운 연무(煙霧)로 땅을 가득 채운다.

큰어머니가 돌아가셨다. 그녀를 산에 묻고 돌아오는 길. 큰어머니는 수천 년 면면한 '농경의 시대' 끝자락에 태어나서 넓은 김해평야 한가운데로 시집온 후, 곡식을 심고 가꾸고 거두면서 반백 년을 살다가 땅으로 돌아갔다.

그간에도 희미하고 가녀렸던 농경의 시대는 큰어머니가 돌아감으로써 드디어 끝장이 나고 말았다. 연전 어떤 시인이 "불과 30년 사이에 농업은 박물관으로 들어가게 되었습니다"(이문재, 「농업박물관 소식—목화 피다」)라고 토로하였을 적만 해도 조금은 과장된 표현으로 여겼건만, 이젠 정녕코 나에게도 농경의 시대는 박물관으로 들어가고 말았다.

한국 여성치고는 장골이었던 큰어머니는 물려받은 전답이 없던 큰 아버지를 도와 농사를 잘 지어 끝내 대농(大農)을 이루었다. 농번기에는 농번기답게 바빴고, 농한기에는 농한기대로 바빴다. 똑같이 돼지를 쳐도 큰집 돼지는 크고 실했으며 새끼들도 잘 자랐다.

어린 눈에 축구장만큼 넓었던 큰집 마당에는 가을이면 나락단들이 ㄹ자로 빼곡히 들어찼다. 밤이면 여기저기 가설해놓은 삼십 촉 전구들이 장대 끝에서 끄덕거리고, 밤새 탈곡기 돌아가는 소리에 온 동네가 등천을 하면, 큰어머니는 부엌에서 밥을 물에 말아 후루룩 들이켠 다음 또 밤참 준비에 바빴다. 어린 우리는 그 나락단 사이를 다람쥐처럼 뛰어다니며 참새처럼 지저귀었다. 농경의 시대였던 것이다.

태초에 이 평야는 바다였다. 강의 흐름에 따라 흙이 쌓여 땅이 만들어지고, 물가에는 갈대숲이 우거져 온갖 새들과 물고기들이 살았다. 언제부턴가 사람들이 갈대를 베어 지붕을 잇고, 물을 빼고 땅을 골라 논밭으로 만들었다. 그렇게 시작된 이 땅의 농경시대는 사람을 먹여살렸을 뿐만 아니라, 사람으로 하여금 자연과 더불어 사는 법을 배우게 하였고, 또 사람다움의 가치를 따로 세워 대를 물려 잇게 하였다. 이를테면 근본(本)과 말절(末)에 대한 생각이 대표적이다.

근본이란 식물의 뿌리를 이름이요, 말절이란 그 잎사귀를 이름이다. 그러니 '근본 없는 놈'이란 말은 그야말로 뿌리 없는 식물이라는 뜻으로 당대의 가장 큰 욕설이 되는 터였다. 그러므로 조상을 뿌리에, 후손을 잎사귀에 비유하는 유교적 세계관이 이 땅에서 번창한 것도 다 내력이 있는 일이었다. 허나 농경과 본말론에 기초한 이 땅의 문명은 큰어머니 대에서 끝나버렸다.

70년대 초반 '산업의 시대'는 저 산기슭 외진 곳에 첫발을 내디뎠다. 공장 터를 만드느라 베어낸 동네 어귀 당나무의 혼 때문에 인부가 죽었다는 소문이 사실처럼 전해지고, 들판을 가로지르는 산업도로에 편입된 기름진 논밭을 두고 '한 해 소출이 얼마인 땅이 길이 되어 버렸'고 혀를 차는 소리가 동네 사랑방에 가득했다.

그런 시대였던만큼 곡창의 중심지에 공업단지가 발을 내딛기 위해서는 농경의 언어를 빌리지 않으면 안 되었으니, 농공단지(農工團地)라는 이름이 그 대표적인 것이다. '농공단지'란 농업이라는 이름을 앞세워 농민을 어르면서 실은 공업으로 속을 채우는 간교한(?) 당의정 언어였다. 그사이 농공단지는 저 산골짜기부터 들판 한가운데까지 시골아이 머리에 난 기계충 모양으로 야금야금 파먹어들어가거나, 아예 지방공단, 국가공단 하는 식으로 제 속내를 드러냈다. 그렇게 이 땅은 산업의 시대가 되었던 것이다.

그러기에 그 동안 농경은 쓸쓸하였고, 앞으로는 더욱 황량할 터이다. 오늘 농민은 '황만근'처럼 반푼이거나 그의 이웃들처럼 순 늙은 이들뿐이고(성석제, 「황만근은 이렇게 말했다」), 농토는 저 공업단지에 수용되기만을 기다리는 빈 터에 지나지 않는다. 농촌은 의기양양하던 문명의 터전이 아니라 야만의 땅이 되고 말았으니, 곧 빚어질 정월 대보름의 '달맞이 불태우기'도 달보다 더 밝은 조명등에 빛이 바랠 것이고, 그것도 휘황한 안방에서 텔레비전을 통해 보는 내 자식들에게는 야만의 한 유습을 증거하는 데 불과하리라.

아! 한 시대가 끝나고 있는 것이다. 대저 시대가 변하면 가치도 더불어 바뀌는 것이야 항용 있는 일이니 이걸 탓하고자 하는 것은 아니다. 그러나 한 시대를 증거하던 사람이 떠나가는 길에 추억과 안타까움이 있을 수밖에 없는 것도 인간의 마음이다. 이 자리에서 농경시대를 추억함은, 산업시대를 유목민처럼 뿌리 없이 살아가는 내 삶의 헛헛함이 큰어머니의 죽음을 계기로 더욱 커졌기 때문이리라.

(2003년 2월)

멍게와 고수

동백꽃이 후두둑 떨어져 뜨락을 온통 붉은빛으로 수놓을 즈음이면, 바다는 저 남중국해에서 올라오는 남풍으로 후끈 달아오른다. 그 무렵엔, 피어오르는 수증기로 말미암아 비상하는 갈매기의 고도는 더욱 높아지고, 잔잔한 물결들에서 반사되는 햇살은 은빛 파편으로 튀어오른다. 아! 봄이 오고 있는 것이다.

산과 들을 붉게 뒤덮는 진달래가 땅에서 느끼는 봄의 상징이라면, 바다에 봄이 왔음을 알리는 것은 붉디붉은 멍게이리라. 우리는 차가운 기운이 채 가시지 않은 도로변에서 매직펜으로 '멍게 1kg 2500원'이라고 쓴 팻말을 보고 봄이 왔음을 느끼게 된다. 나른한 한낮의 봄햇살을 맞으면서, 혹은 뉘엿뉘엿 해가 넘어가는 퇴근길에 쭈뼛거리며 '멍게 트럭' (주로 작은 트럭에다 멍게를 싣고 파는 경우가 대부분이다) 앞에 서면, 먼저 멍게의 몸에서 풍겨나는 특유의 향에서 봄바다를 느끼는 것이다.

그리고 느긋한 품새로 멍게장수의 칼 쓰는 솜씨를 구경하면서 짐짓 그와 희떠운 봄타령을 나눈다. 그러면 멍게장수는 멍게가 얼마나 싱싱한지 과장을 섞어가며 주장하고, 우리는 또 그 과장이 밉지 않아 고개를 주억거리면서 화답한다. 자기 멍게를 알아주어 고맙다는 듯 여름의 수박장수만큼이나 인심 좋은 멍게장수가 알이 꽉 찬 멍게를 한 마리 더 꺼내 다시금 화답하면, 멍게 트럭은 봄바람만큼이나 화락한 기운으로 가득 찬다. 끝내 우리는 멍게 속의 짭조름한 남쪽 바닷물을 마심으로써, 새봄을 몸 속으로 맞이하는 것이다.

그런데 새봄이 좋아 멍게를 좋아하고 또 멍게가 좋아 멍게장수를 좋아하다보니, 칼놀림만 보고도 멍게장수의 수준을 짐작할 수 있게 되었다. 이 또한 멍게 먹는 즐거움 가운데 하나인데, 관찰한 바에 따르면 멍게잡이의 칼질에도 등급이 있다. 가장 낮은 등급은 마음만 조급하여 멍게의 배를 가를 때 물을 사방으로 튀기는 사람으로, 이건 그가 멍게잡이의 초보임을 말해준다. 이들은 보는 사람으로 하여금 칼날에 손을 베지나 않을까 염려하게 만드는데, 이래서는 봄을 느낄 수가 없다.

그 다음은 칼질에 모가 난 사람들이다. '싹둑' '썩썩' '척척' 하는 의성어로 표현되는 씩씩한 칼솜씨는 보는 사람에게 자못 통쾌하고 시원한 감상을 불러일으킨다. 칼날은 시퍼렇게 벼려 있고, 팔의 근육과 눈길 그리고 동작이 모두 칼질에 집중되어 있다. 그러나 행동이 모난 만큼 작업의 진도는 그리 썩 빠르지 못하다.

그 다음은 칼질이 둥근 사람이다. 칼질이 그닥 빠르지 않고 칼에 힘이 들어가지 않는데도 작업 속도는 빠르다. 손으로는 유연하게 멍게를 처리하면서 눈은 손님들을 향해 있다. 그러나 손가락의 촉감은 멍게의 몸뚱이를 정확히 파악하고 있으며, 칼질에는 빈틈이 없다. 이 정도라야 고수다. 우리는 이런 손동작에서야 아름다움을 느끼고 멍게의 몸에서 나는 향을 맡는 여유를 가질 수 있으며, 또 봄바다를 떠올릴 수 있게 된다.

그러나 지난해 봄, 시장통에서 진짜 고수를 만나지 못했다면 나는 아직도 멍게 숙수(熟手)의 등급을 셋으로 나누고 있을 것이다. 우선 그 고수는 도마를 사용하지 않았다. 왼손으로 멍게를 잡고 오른손으로는 칼을 잡아 마치 과일 껍질을 벗기듯 꼭지를 뚝 따내더니, 순식간에 배를 갈라 껍질을 후딱 벗겨냈다. 그 날렵함이라니……

그리고는 속살을 왼손바닥 위에 얹은 채, 듬성듬성 칼질을 해서는 접시 위에 먹기 좋게 흩어놓는 것이었다. 손바닥을 도마 삼아 멍게에 칼집을 내는 그 정확함에 넋이 나갈 정도였다. 시간이라고 해야 한 마리를 잡는 데 오 초쯤 걸렸을까. 이건 신기(神技)에 가까웠다.

놀라움에 찬탄을 하였더니, 그는 덤덤하게 "아저씨도 한 이십 년 물고기를 만져보쇼"라고 답하고는 눈길을 돌려버린다. 놀라웠다. 뽐내지도 쑥스러워하지도 않는 그 의연함에 불현듯 『장자』에 나오는 백정이 떠올랐다. 십구 년간 소를 잡았더니 칼날조차 상하지 않게 살과 뼈 사이를 타고 들어가 몸뚱이를 후두둑 해체시킬 수 있었다는 그 포정(庖丁)이라는 인물 말이다. 임금이 그것을 보고 찬탄하면서 "훌륭한 기술이로다"라고 칭찬하였더니, 의연히 "이건 기술이 아니라 도(道)올시다"라고 하였다는 사람.

그러나 어디 숙수의 등급이 소 잡는 데나 멍게 잡는 데만 있으랴. 농사꾼에게도, 공장에도, 또 연구실에도 있으렷다. 멍게잡이도 이십 년 세월을 기울임에 칼과 몸이 하나가 되어 손바닥은 다치지 않고 멍게만 가르는 경지에 오르는데, 제법 오랜 세월을 책상머리에 앉아 있는 나는 과연 어느 등급에 속하는 학자일까. 얼마나 책상 앞에 더 머물러야 학문의 '기술'이 아니라 학문의 '도'를 체득할 수 있을까. 아! 참 부끄러운 일이다.

(2000년 3월)

하우스 채소의 비극

한겨울에 나오는 딸기는 예쁜 플라스틱 용기에 담겨 있다. 봄을 앞서 느끼려는 사람들에게 특별한 맛을 보이겠다는 뜻을 담은 듯하다. 그런데 벚꽃이 활짝 핀 즈음부터 길거리에 선뵈는 참외는 딸기와 같은 대접이 없다. 포장은커녕 리어카에 무더기로 가득 쌓여 있다. 노란빛을 내뿜는 참외 더미는 은회색의 벚꽃과 어우러져 마치 봄이 제철인 과일인 듯하다. 늦봄쯤 과일전에 가면 도통 계절 감각조차 없다.

석 달쯤 먼저 출하되는 하우스 채소들 덕택에 제철 채소는 제때 나와도 대접을 받지 못한다. 제철에 나와봐야 이미 뒤 철의 하우스 채소들이 또 먼저 나와 입맛을 끌어당겨버리기 때문이다. 그리하여 이제는 하우스 작물들의 전국시대다. 앞뒤 가릴 것 없이 일 년 내내 사철의 하우스 채소들이 뒤엉켜 있는 것이다. 순서는 사라지고 선택은 넓어졌으니, '시간'이 사라진 자리를 '공간'이 파고든 셈이라고나 할까.

그러나 하우스 채소에게도 아픔이 있다. 맛뿐 아니라 향기조차 제철 것인 양 흉내내기 위해서는 바깥 공기와 꼭꼭 차단되지 않으면 안되기 때문이다. 즉 석 달을 앞서 살기 위해서는 석 달 이전의 바깥과 단절되지 않으면 안 된다. 그러므로 하우스 채소에게 하늘은 저 푸른 하늘이 아니라 흰 비닐 막이다. 그리고 태양은 저 붉은 해가 아니라 전력 회사에서 공급하는 전열기이다. 그러니 난데없는 정전으로 하우스 농사를 망친 농부의 재난은 과연 인재(人災)인지, 천재(天災)인지 모호해진다(내 생각으로는 천재로 여겨야 할 듯싶다).

이리하여 하우스는 특별하게 다른 세계가 된다. 하늘은 손에 닿을 만큼 낮고, 태양은 저 높은 곳에서 식물들 곁으로 내려와 있고, 시간은 항상 바깥보다 삼 개월 정도 빠른 곳이다. 시간을 앞당기기 위해 공간을 왜곡하고 있는 것이다.

처음에는 이러한 시도가 보다 높은 소득을 제공해주었다. 즉 하우스의 문화적 왜곡은 애초에는 경제적 이득을 위한 것이었다. 그러나 이제는 그렇지 못하다. 한 철 앞당겨 새로운 맛을 제공함으로써 높은 값을 받고자 한 것이 이제는 제철이 없어짐으로써 맛의 새로움도 함께 사라져버렸기 때문이다. 언제 어디서나 맛을 볼 수 있으니 새로운 맛이란 것 자체가 없어진 것이다. 그러므로 문화적 현상으로서의 하우스 작물은 이제 일상적 생산물이 되고 말았다. 새로움이 사라지면 당연히 그 산물을 비싸게 사줄 '문화인들'도 사라지게 마련이다.

남은 것은 노지(露地)에서 농사짓던 것과 비슷하게 줄어든 소득과 오히려 높아진 투자비, 그리고 제철과 비철의 시간과 공간을 오가면서 얻게 된 농민의(아니지, '생산자의') 질병이다. 석 달을 앞서 살기 위해 계절과 달력의 질서를 파괴한 자리에는 낮아진 하늘과 흐려진 시간, 방향을 잃어버린 미각, 권태로운 감수성의 파편들만이 나뒹굴 뿐이다.

그러나 이것이 어디 하우스 농사에 국한된 일일까. 조기교육이란 이름으로 드러나는 조급한 교육열은 하우스 농사와 꼭 닮았다. 아이들에게 어린아이다운 가르침을 베푸는 것이 조기교육이 아니라, 어린아이들에게 큰 아이들이 배울 것을 먼저 가르치는 것이 조기교육으로 이해되는 점에서 그렇다. 영어를 보다 빨리 배우고, 피아노도 보다 빨리 익히고, 구구단도 보다 빨리 외우면 처음에는 높은 값을 받겠지만, 결국 다 같이 조기교육을 하다보면 '제철 교육'은 황폐화되어 제값을 받지 못하게 되지 않을까.

이리하여 제철 채소가 하우스 채소에게 치이듯, 정상교육은 새롭게 출하되는 조기교육에 또 치여서 고작 조기교육의 출하장(시험장)으로 변해버릴 것만 같다. 그리고 아이들도 처음에는 겨울에 선뵈는 예쁜 포장의 딸기처럼 좋은 대접을 받을지 모르지만 결국 봄 참외처럼 리어카에 나뒹굴게 될 것 같아 불안하기만 하다. 급기야 조기교육의 하우스 안에는 흐려진 시간 감각과 황폐한 학교, 잃어버린 학구열, 권태로운 감성만이 남을 것 같아 염려스럽다. 내일을 위한다는 명목으로 오늘과 담을 쌓고, 해를 잃고 밤을 낮 삼도록 훈련받은 결과는 오늘을 오늘로 사는 것이 아니라 내일을 앞당겨 살아야 한다는 조급증일 뿐이다.

노자가 말한바, "하루 종일 퍼붓는 소나기는 없는 법". 조급증의 열정은 처음에야 아랫돌을 빼서 윗돌을 괴는 식으로나마 성과를 보일지 모르겠지만 결국 한때의 일로 치부되고 마는 것이 '자연'의 이치다. 그렇다면 겨울 딸기의 빨간색과 봄 참외의 노란색은 오늘에 닻을 내리지 못하고 현재와 불화하면서 매양 내일을 도모하기만 하는 우리의 조급함과 허덕임의 상징이다. 너나없이 석 달만 늦추어 살 수는 없을까.

(1997년 5월)

시인의 우울

　세기말과 밀레니엄 타령으로 자옥하던 지난 연말, 한 해 동안 자동차 사고로 죽거나 다친 사람의 숫자가 70만 명에 이른다는 기사를 보았다. 전북 전주시의 인구가 70만이라는 설명과 함께. 곰곰 생각하면 무서운 일이다. 6·25동란으로 죽고 다친 사람들의 숫자가 정확히 얼마인지는 몰라도, 여기다 삼 년 세월을 곱하면 아마 그 비극적 숫자와 진배없으리라 여겨진다. 그렇다면 우리는 편리와 속도라는 주제의 '전쟁'을 치르고 있는 셈이다.

　그런데 정작 무서운 것은 수많은 사람들을 살상하는 전쟁을 치르고 있으면서도 우리가 덤덤하다는 사실이다. 살아남은 우리는 사람들이 죽고 다치는 것을 당사자들의 부주의 탓으로 돌리다가, 기껏 연말에 이르러서야 그 불행한 숫자를 슬쩍 드러낼 뿐이다.

　그러고 보니 연전 어느 술자리에서 한 시인과 나눈 대화가 예사롭지 않다. 그는 지방에 다녀오는 길에 도로 가에 완전히 찌그러진 승용차를 '모셔놓은' 걸 보았다며 몹시 우울해하였다. 도로 한쪽에 대

(臺)를 만들고 그 위에 충돌 사고로 망가진 승용차를 얹어놓았더라는 것이다. 교통 사고에 대한 경각심을 불러일으키려는 경찰 당국의 고육책이었겠지만, 시인은 거기서 말(言語)의 죽음을 발견하였다. 교통법규, 교통규칙, 운전예절과 같은 '말'과, 신호등과 교통 표지판 같은 '약속'이 더이상 먹혀들지 않자 이제는 찌그러진 자동차라는 '사건'이 나서고 있다는 것이다. 그런데 말이 전달되지 않고 약속이 통용되지 않아 급기야 찢어진 자동차의 내장을 보고서야 잠시 운전을 조심한다면, 그곳은 이미 문명의 땅이 아니라 야만의 땅이다. 결국 시인의 우울은 언어의 조탁과 정제를 사명으로 삼는 시인이 더이상 소용되지 않고 농축된 언어인 시어(詩語)가 더이상 소용 닿지 않는 야만의 세계를 불길하게 예감한 데서 비롯되었던 것이다.

그러나 어디 이것이 시인의 우울에 그칠 일인가. 애초에 말의 인플레이션을 막고 '말과 실천 간의 약속'을 유지하는 일은 정치가 행해야 할 기본 업무였다. 더불어 살아가는 인간의 속성상 말은 필요불가결한 것이지만, 말로써 사람을 죽일 수 있기조차(형법) 하려면 무엇보다 '말의 값'을 유지하는 일이 급선무이기 때문이다. 말의 값이란 곧 '신뢰를 뜻하는 것이니, 신뢰가 사라지면 그 공동체는 붕괴되고 마는 것이다. 공자가 염려한바 "이름이 바르지 않으면 말이 혼란스럽고, 말이 혼란스러우면 일을 이룰 수 없는 법"(『논어』)이다. 공자는 그래서 정치의 요체를 "이름 바로잡기(正名)"로 짚었던 것이다.

그러므로 찌그러진 승용차에서 말의 죽음을 발견한 시인의 우울은 사실 정치의 우울이어야 마땅하다. 그러나 알다시피 그 동안 기초적인 정치 언어조차 심하게 망가진 것이 우리의 처지였다. 공동체의 기본적인 틀을 규정하는 핵심어들, 이를테면 민주, 공화, 자유, 민족, 그리고 통일과 같은 말조차 이미 누더기가 되었다(정당을 새로 만들 때마다 고심하는 큰일 가운데 하나가 당의 이름 짓기였으니 저간의 사정을 짐작할 수 있다). 게다가 정치가들 가운데는 그 기본적인 단어들을 중얼거리면서도 그것이 무슨 뜻인지, 우리와 무슨 상관이 있는지조차 모르는 사람들이 흔해 보인다. 그러니 속도와 편리의 우상인 자동차를 가지고 싶은 욕망에 불을 지를 뿐, 그로 말미암아 한 해에 70만 명의 목숨이 죽어간다는 '자동차의 그늘'을 말해주는 정치가를 만나지 못하는 것은 어쩌면 당연한 일이다. 그럼에도 올바른 정치란 편리와 속도에 도취하는 세태를 깨우쳐, 자동차가 저지르는 가공할 사태도 함께 깨닫게 하는 일임도 분명하다. 잘살게 해주지는 못할망정 제 명 껏 살다 가게 해주는 것이야말로 정치의 기본에 속하는 일이기 때문이다.

동시에 자동차로 인한 죽임과 죽음, 말과 약속의 붕괴는 우리 자신의 탓이기도 하다는 점도 냉엄하게 인정해야 한다. 이 사태를 전쟁에 비유할 수 있다면, 살아 있는 우리가 곧 70만 명을 해친 가해자일 수 있다는 사실을 인정하지 않을 도리가 없다. 그러므로 갈기갈기 찢어진 자동차를 보고서야 운전을 조심하는 우리는 상징이 소통되는 문명사회의 일원이 아니라 이미 야만의 세계에 발을 내디딘 존재라는 시인의 통찰을 허투루 넘겨서는 안 될 일이다.

(2000년 1월)

먹을거리에 대한 예의

그러니까 이십여 년 전, 대학가 분식집의 라면값이 170원이었을 때 커피값은 200원이었다. 점심을 대충 때운다고 라면을 먹고는, 무슨 바람이 들었는지 다방에서 그보다 비싼 커피를 마시곤 했다. 그후로도 라면보다 커피값의 인상폭이 가팔라서 '이게 아닌데' 하고 께름칙하게 여겼던 기억이 생생하다.

해묵은 기억을 되새긴 것은 '파리의 택시운전사'로 더 잘 알려진 망명객이 다녀가며 남긴 비망록을 읽으면서였다. 조금만 인용하자면 이렇다. "명동 어느 식당에서 우거지국밥을 아주 맛있게 먹었다. 값이 4천원이었다. 어느 호텔에서 커피를 마셨는데 9800원이었다. 물탄 커피. 빠리의 카페에서 6프랑(1200원) 주고 사먹는 에스프레쏘에 비할 바가 못 되었다. 그러나 맛은 따지지 말자. 밥보다 숭늉이 훨씬 더 비싸다. 먹거리에 대한 기본적인 예의를 찾을 수 없다."(홍세화, 「20년 만의 귀국일지」, 『창작과비평』 1999년 가을호)

그렇다. 오래 전 학교 앞 커피값이 라면보다 비싼 데 찜찜해하면서도 뭐라 딱 꼬집어 말하지 못한, 무의식 속 생채기의 근원을 이제야 알 것 같다. '먹을거리에 대한 기본적인 예의를 찾을 수 없음', 이것이 바로 그 상처의 이름이었던 것이다.

먹을거리에도 위계가 있는 법이다. 후식이나 전채가 제아무리 맛나다 한들, 본요리를 넘어서면 이건 퓨전도 아니고 진보도 아니다. 허기진 시절 구황식품이었던 메밀이며 보리가 오늘날 건강식품으로 추앙받으면서 세상이 돌고 돈다는 이치를 온몸으로 증명한다 할지라도, 주식과 부식은 엄연히 다른 법이다.

그런데 먹을거리에 대한 무례는 주식-후식 간의 위계의 파괴를 넘어서, 능욕이라고 표현할 만한 지경에 이르렀다. 여름 휴가 중에 본 텔레비전 프로그램 가운데에는 시골이나 자연의 모습을 소개하는 것이 많았는데, 거기서 매일같이 자행되는 것이 먹을거리에 대한 능욕이었다.

대개 짙은 화장을 한 여성이 쨍그랑거리는 목소리로 인도하는 맛기행은, 우선 시골의 삶을 대상화하는 눈길부터 언짢다. 도회지(문명)에서 농어촌의 삶(야만)을 탐험하는 구도인 셈인데, 언뜻 황순원의 소설 「소나기」를 연상케 한다.

마치 「소나기」 속의 소녀인 양, 여성 리포터는 "어머!" 따위의 과장된 탄성과 "몰라!" 따위의 비음 섞인 놀람으로 마구 몸부림친다. 들판의 벼를 두고 언제든지 '쌀나무'라고 부를 태세로 말이다. 시골의 생명들, 예컨대 낚시나 그물에 붙잡혀 퍼덕이는 물고기를 대하는 이런 태도는 당연히 눈살을 찌푸리게 한다. 그중 절창은 "어머! 맛있겠다"이다.

그 다음은 펄떡이는 그 '생명'을, 자연산이라는 설명을 덧붙여가며 칼질을 해대는 장면이다. 카메라는 퍼뜩 썰려나가면서 바르르 떠는 물고기의 꼬리를 스치고 지나가지만, 그건 생명의 마지막 숨가쁨이 아니라 먹을거리의 싱싱함을 보여주기 위한 장면일 뿐이다.

이윽고 여성 리포터가 생선 조각을 집어 시뻘건 초장에다 찍어서 과장되게 벌린 입 안으로 쑥 집어넣고 우물우물 씹는다. 맛있어 죽겠다는 듯 입맛을 다시고 눈을 질끈 감기조차 한다. 카메라는 그 모습을 클로즈업한다. 이 대목에서 불끈 솟아오르는 느낌이 바로 '먹을거리에 대한 무례함'이다.

언제부터 주변의 생명들을 온통 먹을거리로 삼고 그것을 날것/익힌 것, 자연산/양식, 국산/외국산으로 나누어 따지게 되었을까. 초등학교에 들어가기 전부터 오물오물 이빨이 보이지 않게 먹도록 훈도받던 밥상머리 교육은 어디로 사라지고, 만인이 보는 앞에서 입을 벌린 채 목구멍 깊숙한 속살마저 드러내는 천박한 장면을 연출하는 것일까.

먹는 일이 아무리 소중하다고는 하나, 동서고금을 막론하고 식탁 예절과 음식을 가려 먹는 데서 한 문명의 성숙도가 가늠되는 것이거늘, 생명을 난자하여 우적우적 먹어대는 꼴을 보이는 것이 꼭 자연과 고향의 싱싱함을 표현하는 방법일까.

텔레비전이 아버지의 역할을 대신하는 이 시대를 "이 테레비 없는 후레자식/네 테레비가 널 그렇게 가르치디"(함민복, 「오우가―텔레비전1」) 하고 풍자한 시인의 능청을 따르자면, 그 '새 애비'에게 배운 가장 잘못된 것이 먹을거리에 대한 패륜이다. 뿐만 아니라 남의 나라에 나가서조차 파충류든 뭐든 정력에 좋다면 가리지 않고 처먹어대는 천박함의 출발점도 바로 그 텔레비전의 비천한 음식문화라고 지목할 수 있는 일이다.

고대인들이 숭배한 토템 동물이 그들의 주된 먹잇감이기도 했다는 인류학자의 보고는 이 대목에서 서늘한 칼날이다. 그렇다면 먹잇감인 동물을 자기 조상의 화신으로 여기고 경외했던 애니미즘적 사유가 야만일까, 아니면 뭇 생명들을 그저 먹을거리로 입맛 다시는 오늘의 음식문화가 야만일까.

생태주의니 환경보존이니 하는 거창한 이념을 내세우기 전에, 먹을거리에 대한 기본적 예의나 제대로 갖추었으면 하는 것이 요즘의 바람인데, 그래도 끝까지 남는 의문은, 우리의 끝간 데 없는 이 천박한 배고픔이 과연 어떤 '정신적 상처'에서 비롯된 것일까 하는 것이다.

(1999년 8월)

벽과 울

〈쇼생크 탈출〉이라는 영화를 보다가 담의 의미가 새롭게 와 닿았다. 들어설 때는 '벽'이었다가, 그 안에서 길들여지면서 끝내 '울'로 변하는 감옥의 담장. 그 담이 가로막는 벽이 아니라 감싸주는 울로 느껴질 즈음 이미 그들에게 인간 세상은 안이 아니라 밖이 된다. 그 즈음에야 열리는 감옥의 문. 그러나 세상은 이미 바깥일 뿐, 그 어느 곳에서도 안을 찾을 수가 없다. 그리하여 세상은 온통 벽으로만 존재하고, 그 벽에 숨막혀 목을 매고 마는 것이었다.

그러고 보면 삶의 도처에 담이 있다. 언젠가 마누라와 다투고 난 다음 퇴근길에 들어선 대문은 울이 아니라 벽이었다. 그럴 땐 밖이 안이고, 안이 밖이다. 어릴 때 성적이 뚝 떨어진 성적표를 가지고 들어서던 대문도, 울타리 안으로 들어가는 통로가 아니라 턱 높은 벽이었다.

반면 지난 국회의원 공천 때 밀려난 야당 중진들이 '이게 누가 만든 당인데, 나가라 마라냐'고 외치던 그 노기 띤 고함은, 그에게 울이었던 당이 어느 날 갑자기 벽으로 변해버린 데 대한 분노로 이해할 수 있으리라. 그렇다면 인생사 울이었던 것이 벽이 되고 벽이었던 것이 울이 되기도 하는 것이다. 허나 어디 인생사만 그러하랴. 이 몸뚱이 자체가 그러한걸. 가슴팍이 곧 울이요, 등짝이 곧 벽이다.

유교라면 몸을 울로 보라고 권하는 입장이라고 해야겠다. "신체발부수지부모(身體髮膚受之父母)"라, 죽을 때까지 성한 몸을 유지하기를 권하였던 것으로 봐서 그렇다. 반면 장자는 "손발과 몸뚱이를 잊고, 귀와 눈의 작용을 쉬고, 몸을 떠나는 좌망(坐忘)을 지향하라" 했으니 몸을 벽으로 보는 입장이라고 해야겠다. 어쨌건 이 땅에서 살아가는 것을 큰일로 여기는 사람에게는 몸이 울이겠고, 세속에서 사는 것을 덧없이 여기고 참된 경계를 찾는 사람에게는 몸이 벽이겠다.

몸이 그렇다면, 집이 그럴 것이고 또 국가가 그럴 것이다. 어쩌면 경계 있는 것들은 모두 담을 갖고 있고, 그것은 이쪽에서 보면 울이요 저쪽에서 보면 벽이거나, 이때는 울이다가 저때는 담일 터이다. '뫼비우스의 띠'가 가르쳐주는 것처럼 세상사 앞면이 뒷면이 되고, 뒷면이 앞면이 되니, 산다는 것이 다 그 짝인 듯하다.

얼마 전 위성에서 찍은 한반도의 밤 사진을 본 적이 있었다. 그 사진에서 선명한 것이, 동서를 가로지르는 휴전선의 밝은 띠였다. 한밤중에도 불을 밝혀 위성에서도 찍히는 선, 휴전선은 결코 밤조차 휴전(休電, 아니 休戰)하지 않는 것이다. 밤에도 휴전하지 않는 휴전선은 우리에게 울인가, 벽인가.

간단히 매슬로의 욕구이론을 빌린다면, 안전 욕구를 중시하는 이들에게 휴전선은 울일 것이다. 이 땅에서의 생존이 우선되어야 한다는 입장이므로, 휴전선의 불빛은 더욱 밝아져서 저쪽의 도발을 차단해야 한다는 것이다. 서로를 겨눈 총칼이 빛나는 현재의 리얼리즘을 잊지 말기를, 나아가 휴전선에 아로새겨진 전쟁의 희생자들을 잊지 말기를 당부하는 입장이다. 요컨대 '잊지 말자, 6·25'가 되겠다.

반면 자아실현 욕구를 중시하는 이들에게 휴전선은 벽일 터이다. 민족의 숙원인 통일을 가로막는 담벼락인 것이다. 이들에게 매향리에 떨어지는 미군 비행기의 폭탄과 불평등한 한미행정협정은 그 벽이 드리운 그림자다. 이렇게 휴전선은 울이면서 벽이다. 울이기도 했다가 벽이기도 한 것이 아니라, 그 자체로 울이자 벽이다. 이 숨가쁜 휴전선의 이중성이 오십 년 동안이나 우리를 붙잡아놓고 있다.

사랑과 미움의 쌍곡선들. 갑자기 어린 자식들 밥투정이 미워 불같이 화가 나는 것은 북녘 아이들의 퀭한 눈이 눈에 밟혀서이지만, 또 한편 저녁에서 '불바다' 운운하며 복장 긁는 소릴 해대면 쌍스러운 욕이 터져나오는 것도 다 그 때문이리라. 이렇게 휴전선의 이중성은 우리를 하루에도 열두 번씩 좌우를 오가게 만들면서 괴롭힌다.

머지않아 남북간 정상회담이 열린다고 한다. 두 정상은 이번 회담의 의의를, 아니 휴전선을 어떻게 보는지 모르겠다. 이 회담을 두고 공자라면 '화이부동(和而不同)'이라, 다름을 인정한 바탕 위에서 더불어 살기를 권할 것이요, 석가라면 '융이이불일(融二而不一)'이라, 둘을 융합하되 어느 한쪽을 주장하지 말기를 권할 터이다. 한편 휴전선을 울로 보는 사람들은 정상회담을 조심스럽게 염려하고 있고, 벽으로 보는 사람들은 이번 기회에 작은 구멍이라도 뚫어 휴전선의 불빛이 잦아드는 출발점이 되기를 기대한다.

　그러면 휴전선을 벽이자 울이라고 보는 입장에서는 또 어떤 말을 할까. '휴전선 위를 걸어라'고 권해야 할까보다. 벽이면서 울인 휴전선의 담장 위를, 혼자도 아닌 둘이서 내딛는 발걸음이니 서로 양보하며 조심조심 걷기를 바라는 것이다. '여리박빙(如履薄氷)'이라, 마치 얇은 얼음을 밟듯 말이다.

(2000년 5월)

적조와 녹조

삼십 년 전, 청계천 위로 새로 난 고가도로와 그 곁에 검게 우뚝 솟은 삼일빌딩은 우리네 꿈의 상징이었다. 당시 초등학교 교과서 속표지에 선명했던 이 두 건축물의 사진은 우리가 지향해야 할 내일의 모습으로, 아니 우리의 성장을 보여주는 증거로 어린 가슴을 설레게 했다. 미국의 상징이 102층 엠파이어 스테이트 빌딩이라면, 우리도 그 삼십 퍼센트 정도는 따라잡았다는 표지가 바로 31층 삼일빌딩이라는 검은색 막대그래프라고 여겼던 것이다. 이런 설렘 속에는 직선에의 조급한 열망이 가득 담겨 있던 것인데, 남산에 방송탑을 세우면서 실제 탑 크기에다 산 높이를 합산하여 세계에서 제일 높은 탑이라고 우기던 해프닝도 그런 열망의 과도한 표출일 따름이었다(그 당시 누군가 말했었다, '도시는 선이다'라고).

그즈음 방방곡곡을 파고든 새마을운동의 원동력도 직선에의 열망에 있었다. 구불구불한 길을 반듯하게 펴고, 비뚤비뚤한 돌담을 허물고, 초가지붕을 헐어 네모반듯한 슬레이트로 새로 이는 그 직선에의 열망이 얼마나 강렬했었는지는, 오늘날 두메산골에서조차 초가집 찾기가 어려운 것을 보면 미루어 짐작할 수 있는 일이다. 허나 삼십 년 세월이 흐른 지금 그 새마을은 아이 울음 끊긴 황폐한 곳이 되고 말았으니, '새' 마을은커녕, 있던 '마을' 마저 망가지고 만 것이다.

그럼에도 불구하고 직선에 아로새겨진 새로움에의 열망은 새만금 방조제로 아직 남아 있다. '백금'도 아니고 '천금'도 아닌 '만금'의 꿈인, 울퉁불퉁한 해안선을 직선의 방조제로 막아 새롭게 만들겠노라는 저 새–만금의 계획에서, 꼭 '헌' 마을을 바로 펴서 '새' 마을로 만들겠노라던 직선에의 꿈과 그 몰락이 연상됨을 어찌 망발로 치부할 수 있으랴.

급기야 올해는 쌀값이 추락하리라는 우울한 전망과 함께 또 삼십 년 만에 대도시 근교의 그린벨트를 푼다는 소식이 겹쳐든다. 그린벨트에는 농경의 흔적이 남아 있고, '윗말' '아랫말' '정골' 따위의 옛 지명들이 남아 있고, 또 친정 나들이 왔다 떠나는 딸네의 눈물바람과 고갯마루 넘어갈 때까지 '어여 가라'며 손사래 치던 어미의 애달픈 정경도 남아 있다. 이제 대도시 주변의 푸른 숲이 사라지면 그곳에 깃든 땅이름과 이야기, 그리고 역사는 신기루처럼 사라지고 잿빛의 근대와 직선의 열망만이 더께를 더할 터이다.

힘세고 믿을 만한 것을 비유할 때 '태산 같다'는 표현을 쓰지만, 요즘은 산조차 얼마나 무기력한지 모른다. '윙—' 소리 나는 전기톱으로 나무를 껍질 벗기듯 툭툭 잘라내고, 그 다음 굴착기로 땅을 몇 번 푹푹 퍼내면, 곧 붉은 속살을 드러내고 만다. 그뒤는 똑같은 일의 반복이다. 그리고 그렇게 벗겨진 숲은 '잡목'이라는 치욕스런 이름을 단 채, 울음소리 한 번 제대로 내지 못하고 휘청휘청 트럭에 실려 팔려간다. 울음소리를 죽인(아니 소리를 빼앗긴) 그 벗겨진 땅 위에 우리는 회색빛 아파트를 짓고 삼십 년간 추구해왔던 직선에의 꿈을 다시금 재현하는 것이다(이젠 지칠 때도 되었건만).

허나 "자연은 성긴 그물 같으나, 실은 그보다 더 촘촘할 수 없다"(『도덕경』)고 했다. 자연이 인과응보라는 부릅뜬 눈을 가진 존재임을 우리는 자주 잊는다. 땅과 숲을 가뭇없이 죽여버리는 우리 욕망의 찌꺼기는 강으로, 바다로 흘러들어 올 여름의 그 녹조와 적조로 둥둥 떠서 '아야, 아야' 신음 소리를 낸다. 울음소리 한 번 제대로 내지 못한 숲의 애성(哀聲)이 강으로 바다로 흘러들어 '아파요, 아파요' 소리를 푸르게도 또 붉게도 내는 것이다. 땅에서 사라진 그린벨트가 강으로 흘러들어 다시금 '그린벨트(녹조 띠)'를 드리우고, 또 바다에 이르러선 '레드벨트(적조 띠)'가 되어 '블루벨트(청정해역)'의 허리를 죄는 셈이다. 아! 무섭지 않은가. 이 자연의 촘촘한 인과응보의 그물이.

그럼에도 불구하고 또 얼마나 자애로운가. 제 몸의 흙을 자아내어 자기 상처를 치유하는 자연의 모습이라니! 적조현상을 몰아내는 유일한 처방이 황토흙이라니 말이다. 옛 글투를 흉내내자면, 오늘 처한 우리 문명은 숲의 푸르름을 적조의 붉음이 이기고, 그것을 또 황토라는 노란색이 이기는 격이다. 그러나 실험실의 닫힌 수조에서 맹위를 떨치는 황토흙도 강과 바다에서는 노력만큼 큰 효과를 보지 못하는 것이 현실이라고 한다. 그렇다면 이쯤에서 교훈을 얻는다. 자연은 본시 조화로우나, 인간의 붉은 욕망을 갈무리하지 못하는 한, 아무리 많은 황토흙으로도 재앙을 막을 수 없으리라는.

허면 지난 여름 우리 사회를 지독하게 달구었던 적조(진보)와 녹조(보수)의 대립현상을 해소할 수 있는 황토흙은 과연 무엇일까? 아니, 물이 차가워지기를 기다리는 도리밖에 없는 것일까?

(2001년 9월)

보는 것과 보이는 것

요즘엔 초등학교 3학년부터 영어과목이 있어, 우리집 아이도 제 어미에게 영어를 배우느라 아침마다 머리맡이 소연하다. 옛날에는 한석봉의 한자 쓰는 붓과 그 어머니의 떡 써는 칼이 부딪치더니, 오늘날은 영어공부로 모자간에 실랑이다.

헌데, 며칠 전 아내가 영어책을 들고 오더니 옛날과 참 달라졌다고 한다. "I see a mountain"이라는 영어문장이 "산이 보인다"라고 번역되어 있는데, 예전에는 "나는 산을 본다"라고 하지 않았느냐고 동의를 구하는 것이다. 그 자리에서는 "그게 그거지 뭐" 하고 넘어갔는데, 점점 생각에 생각이 꼬리를 문다.

그러고 보면 처음 영어를 배울 때의 "I am a boy"라는 문장에서부터 '나(I)'라는 주어가 낯설어 쉽게 친해지지 않았던 기억이 새롭다. "어디 가니?" "응. 학교 간다"라는 식의 우리네 일상 대화에서는 '나' '너'와 같은 주어가 거의 생략되기 때문이리라.

물론 한참 뒤에 알게 된 사실이긴 하지만, 그 '나'라는 주어의 존재야말로 근대의 상징이니, 서구 근대의 출발과 끝이 다 '나' 라는 한 마디에 있었던 것이다. 정화열식으로 표현하자면 'I(아이)'는 곧 'eye(아이)'와 관련되고, 그것은 데카르트, 시각중심주의 그리고 서구중심의 근대와 밀접한 관련을 갖는 것이다.(정화열, 『몸의 정치』)

알다시피 그 동안 서구의 이런 주어(나)의 존재는 과학적 사유와 그 정밀성의 기원으로 선망받은 반면, 주어 없이 통용되는 우리 언어생활은 전근대적이고 비과학적이며 비합리적인, 그 자체로 근대화의 장애물인 것으로 천시되었다.

곧 '나의 부재', 이를테면 "나는/나의 아버지의 아들이고/나의 아들의 아버지고/나의 형의 동생이고/나의 동생의 형이고 (……) 주인이고/가장이지/오직 하나뿐인/나는 아니다 (……) 과연 지금 여기 있는/나는 누구인가"(김광규, 「나」)라는 관계망 속에 묻혀버린 나, 그 나의 부재야말로 우리의 낙후성, 전근대성을 증거하는 예시였다.

이에 근대성, 과학성, 합리성을 획득하기 위해서는 없던 '나' 라도 만들어내지 않으면 안 되었다. 우리는 "바둑아 바둑아 이리 오너라" "영이야. 이리 와 나하고 놀자"와 같은 맥없는 구절들을 추방하고, '나, 너, 우리, 우리나라' 라는, 그 '나' 로부터 출발하여 세계로 나아가는 근대화의 서사를 초등학교 교과서 들머리에 장식해야 했던 것이다. 이것이 "I see a mountain"을 "나는 산을 본다"라고 읽어야만 하지, "산이 보인다"로 읽어서는 안 되는 까닭의 내력이었다.

헌데 어느 날 내가 산을 보지 않고, 산이 보이는 순간이 닥쳐왔다. 1980년 5월 18일은 그 동안 그렇게도 명징했던 '나' 를 잃어버린, 아니 세계를 파악하는 눈(eye)을 얻기에 그렇게도 튼실했던 삼각대로서의 '나(I)'를 버린 날이었다. 한 눈으로도 세상을 파악할 수 있었던 (一目瞭然) 명료한 '한 눈'을 잃으면서 "나는 산을 본다"가 아니라 "산이 보인다"로의 길이 생겨났다.

그날은 우리에게 두 가지 질문을 던졌다. 첫째는 '너(미국/근대/서구화)는 누구냐'라는 산의 정체성에 대한 의문이고, 둘째는 그 산을 보고 달려간 '나는 누구냐'라는 의심이다. 이 둘은 실은 동전의 양면이다. 5·18은 미국으로 상징되는 근대화-서구화를 북극성(理想)으로 삼아온 '눈길'을 되돌려 우리네 '발'을 내려다보게 만든 출발점이었던 것이다.

그리고 그후 이십 년 동안 우리는 '너'에 대해 혈맹과 우방이라는 선망의 눈이 아니라, 국제정치(힘)와 국제경제(시장)라는 차가운 눈으로 새롭게 보고 또 배워왔던 터였다. 이렇게 '너를 낯설게 바라보는 각성된 나'가 쌓아온 이십 년의 이력이 "I see a mountain"을 "산이 보인다"로 번역하게 만든 힘이 된 것이다. 그러나 "산이 보인다"라는 번역에는 '나'가 드러나지 않고 숨어 있지만, 실은 "나는 산을 본다"라는 번역보다 더욱 강렬한 '나'가 숨쉬고 있음을 알 수 있으리라.

그러니 지금 덜 깬 눈을 비비며 무슨 뜻인지 잘 모르는 채 영어를 배우고 있는 어린 아들아. 조선의 한석봉이 눈 감고도 한문을 잘 썼듯, 너도 능숙하게 영어를 구사할 줄 알아야 하느니라. 그것이 이 작은 나라의 국민으로 세계 속에서 살아남는 길이다. 허나 잊지 말아라. 그들이 "I see a mountain"이라고 하더라도, 너는 "나는 산을 본다"가 아니라 "산이 보인다"라고 읽어야 함을. 그들이 "I see"라고 한다고 해서 "나는 본다"라고 휘둘리지 말고, 의연히 "보인다"라고 버텨 읽거라.

만사가 그런 것. 어리광 부리지 말고, 껄떡이지도 말아라. 남에게 기대려 들지 말고, 스스로 방만하지도 말아라. '너'를 새로 보게 만든 계기였던 5·18과, '나'를 질문하는 부처님 오신 날이 올해 연이어 든 까닭도, '삶이라는 소롯길을 스스로 곧추서서 의연히 걸어라'는 뜻일 테다. 잊지 말아라, 아들아.

(2002년 5월)

김포공항에는 김포 사람이 없다

김포공항 앞, 김포-강화 간을 운행하는 시골버스가 리무진 버스들 사이에 끼어들려고 쭈뼛거린다. 그리고 아주 조금 머물다 떠난다. 그 버스에는 공항을 이용하려고 탄 사람은 거의 없다. 다만 김포읍과 강화읍을 오가는 길에 '공항'이라는 정류장이 있어 들렀을 뿐이다. 그런데 바퀴에 물을 묻힌 시골버스와 휘황한 공항 주변의 대비는, 보는 사람으로 하여금 왠지 모를 안쓰러움을 자아내게 한다. 비닐하우스에서 일하느라 검게 그을린 얼굴로 결혼식장에 몰려온 고향 사람들을 볼 때처럼.

드디어 버스는 껑충한 뒤꽁무니에서 뽕— 하고 검은 매연을 한 번 내뿜고 털털거리며 떠났다. 김포라는 이름이 이미 '서울의 관문'을 가리키는 말이 되었다는 것을 잊어서는 안 된다. 김포는 서울을 가리키는 입간판인 것이다(이럴 때 김포는 차라리 KIMPO로 표기하는 것이 옳아 보인다). 생각하면, 김포가 '金浦'였을 때는 너른 들판에 넘실대던 황금빛 나락이며 앞바다를 황금빛으로 물들이던 낙조가 있었다.

그래서 金浦(금빛 포구)였으리라. KIMPO가 된 다음의 김포도 밤이 낮과 같이 환하니 번쩍거리기는 마찬가지라고 할지 모르지만, 더이상 KIMPO는 제 그림자를 드리우는 곳이 아니다.

김포공항은 김포 땅이 아니고, 김포 땅이 아닌 터에 김포 사람이 있을 리 없다. 하긴 문(門)은 사람 사는 곳이 아니다. 문은 다른 것을 위해 존재할 뿐 자기가 없는 것이다. 멀쩡한 허우대, 찬란한 색깔, 번쩍이는 네온사인도 제 몸을 위한 치장이 아니다. 문은 이쪽과 저쪽의 사이에 위치하여 앞면에는 뒤쪽의 이름을 걸고, 뒷면에는 앞쪽의 이름을 내건 '그림자 없는 존재'일 따름이다. 그렇기에 김포는 바깥에서는 서울의 관문이요, 안에서는 세계로 향한 창이다.

게다가 김포는 그냥 공항이 아니라 국제(國際)공항이 아니던가. 제(際)란 '사이, 두 사물의 중간'을 뜻하는 것이니, 김포는 나라 안팎으로 두루 사이와 틈새를 운명으로 짐지고 있는 것이다. 길을 걸으면서는 잠들지 못하고 문에서는 살아가지 못하는 법. 김포공항에 김포 사람이 없는 것은 당연한 일이다. 김포공항을 드나드는 사람들은 그 누구도 김포를 염려하지 않는다. 모두들 김포를 황급히, 총총히 스쳐 지나갈 뿐이다. 김포가 반갑거들랑 생각해볼 일이다. 그 반가움이 김포를 만났기 때문인지, 혹은 서울의 관문에 닿았기 때문인지를.

우리 교육계가 꼭 이런 짝이다. 이상하게도 김대중 정부 들어 임용되는 교육부장관 대부분이 학교와 학문을 김포공항식으로 만들려고 한다. 그러나 그들이 만들고 있는 공항은 이 땅의 학생들이 떠나고 외국의 학문이 들어오기 위한 문으로 보인다. 그리고 교사들은 마치

공항 앞의 시골버스처럼 쭈뼛거리고 있다. 교단의 황폐화는 사람(학생/교사)이 사라지고, 교육행정가, 교육공학자들의 설계도면이 횡행하면서 시작된 것이다.

　대학도 마찬가지다. 아니 더 심하다. 많은 대학 총장들이 공공연히 대학의 실용, 실무, 정보화를 외친다. 그래서 모두들 바쁘다. 헌데 그 바쁜 실상을 가만히 보면 이 땅의 대학들에서는 실용과 실무, 정보가 만들어지는 것이 아니라, 단지 그것들이 빠르게 유통될 뿐이다. 대학은 바쁜 공항이다. 그러나 잠시 숨을 돌리고 김포 출신의 시인이 획득한 통찰에 귀 기울여보자.

　　모름지기 그가 살아 있는 시인이라면 최소한 혼자 있을 때만이라도 게을러야 한다 게으르고 게으르고 또 게을러서 마침내 게을러터져야 한다
　　익지 않는 석류는 터지지 않는다
　　(······)
　　게으름이 지름길이다 시인은 석류처럼 익어서 그 석류알들을, 게으름의 익은 알갱이들을 폭발시켜야 한다 천지사방으로 번식시켜야 한다
　　　　　　　　　　　　　　　　　　—이문재, 「석류는 폭발한다」 중에서

　어디 시인만이 그렇던가. 아니, 실은 게을러야 터지는 것은 학문이다. 그러니 고요와 침잠, 사색과 산책이 없는 곳은 대학일 수가 없다. 학자와 대학이 바쁘기만 한 자리에는 그들이 일으키는 바람만 휘몰

아칠 뿐, 학문은 없다. 김포공항에는 김포 사람이 없고, 교단에는 학생과 교사가 없고, 대학에는 학문이 없다. 그리고 김포공항을 드나드는 사람들이 김포를 안타까워하지 않듯, 대학을 드나드는 사람들도 대학에 부는 바람을 안타까워하지 않는다. 그곳은 문일 뿐이기 때문이다.

태풍의 힘은 구름 때문도, 비바람 때문도 아니다. 근원에 자리잡고 있는 고요하고 한가한 태풍의 눈 때문이다. 그 눈의 고요함을 보고서 우리는 그 힘을 아는 것이다(더욱이 태풍은 공항 따위를 통해 출입하지 않는다. 태풍에게는 문이 없다). 노자의 말이 생각난다. "문밖을 나서지 않아도 천하의 이치를 알고, 창밖을 보지 않아도 자연의 이치를 안다"라던.

(2000년 9월)

출근길

우리 아파트의 샛길들을 막자는 말이 나와 그저께 반장이 도장을 받으러 왔다. 청소년들이 들락거리면서 술을 먹고 담배도 피우고 또 도둑이 들 위험도 있는데, 그렇다고 샛길마다 초소를 세울 수는 없기 때문이라고 한다. 나는 반대했다. 내가 평소에 버스를 타러 다니는 길이기 때문이었다.

헌데 결국 폐쇄시키기로 결정이 났다고 한다. 그것도 압도적인 다수의 찬성으로. 그 길을 다니면서 한적하다고 느끼긴 했지만, 이렇게 큰 아파트 단지에 버스를 타고 출퇴근하는 사람이 이렇게나 적다는 사실도 놀라웠다. 샛길이 막히면 승용차가 들락거리는 정문으로 걸어 나간 다음, 다시 빙 돌아 버스 정류장까지 가야 할 판이다. '걸어다니는 길'이 이제 '타고 다니는 길'에 양보해야 할 역사적 유물이 된 느낌이다.

샛길로 가든 정문으로 돌아나가든 버스를 타기 위해서는 횡단보도를 건너야 한다. 생각해보면 이 도시에서 횡단보도만큼 인간적인 길도 없다. 횡단보도를 통해 보행자와 자동차가 만나기 때문이다.

자동차는 질주하고 싶은 욕망을 횡단보도 앞에서 잠시 멈춘다. 그 자리에서 자동차는, 자신이 걸어가는 인간을 위한 수단임을 사색할 기회를 갖는다. 반면 보행자는 횡단보도를 걸으면서 자신이 결코 이 도시에서 소외된 것이 아니라 당당한 주인공임을 확인한다. 즉, 횡단보도에서 자동차와 보행자가 만나 도시의 근본이 인간임을, 그리고 인간을 섬기는 도구가 자동차임을 재확인할 수 있다. 그런 점에서 횡단보도는 도시의 주인과 노예가 누구인지 식별하고 또 천명하는 성스러운 영역이다.

그런데 최근 들어 횡단보도의 신호등이 점멸하기까지의 시간이 더욱 짧아졌다. 채 절반을 건너기도 전에 깜박거린다. 짐짓 느긋이 걷노라면 나란히 선 자동차들이 삼킬 듯이 노려보고 있다. 숨이 막힌다. 신호등의 깜빡임이 채 끝나기도 전에 자동차들은 굉음을 울리며 떠난다. 그 꽁무니로 매운 연기를 내뿜는다.

보행자를 내쫓듯이 위협하는 신호등의 점멸신호는 이 도시의 주인이 보행자가 아니라 자동차라는 생각을 갖게 하고, 그때마다 횡단보도를 걷는 발걸음은 팍팍해진다. 십 미터가 채 안 되는 거리조차 종종걸음 치도록 위협하는 깜빡임은 인간을 소외시키는 숨은 힘이다. 거리에서 보행자를 몰아내는 이 무서운 힘! 이제 도시는 자동차라는 '쇠 껍질'을 덮어쓰지 않고는 나다닐 수 없게 되었다.

이건 폭력이다. 애초에는 늙은이들과 어린이들을 위협하더니, 드디어 뒤뚱거리는 아줌마들을 위협하고 급기야 젊은 사람들조차 위협

할 만큼 짧아진 신호등 시간은 이 사회의 주인공이 누구인지 잘 보여준다.

자동차도로의 갓길로는 도무지 걸어다닐 수가 없다. 보행자는 노란 선 밖으로 울퉁불퉁 삐죽하게 밀려나온(꼭 호떡을 누를 때 비어져 나온 밀가루 같은) 아스팔트 '조각' 위로 조심스럽게 발을 내디뎌야 한다. 정말이지 이건 길이 아니다. 이 도시에서 걸어다닐 수 있는 길은 이제 거의 없다.

버스를 탄다. 선 채로 버스를 타고 가는 것은 힘든 일이다. 어디에서 멈출지 알 수 없는 급제동에 대처하기 위해서는 두 발과 두 손에 힘을 주고 서 있어야 하기 때문이다. 그 길을 더욱 힘들게 하는 것은 라디오 소리다. 귀에 익은 흘러간 팝송이 나올 때는 좀더 크게 틀어주었으면 싶기도 하지만, 그런 경우보다는 시끄러운 때가 더 많다.

특히 어떤 사안을 두고 가르치듯, 윽박지르듯, 계몽하는 듯, 진행자가 목청을 높이는 방송의 경우는 듣기에 민망할 정도다. 화가 나서 승객들의 동의를 구할 양으로 뒤돌아보아도 다들 표정없이 가만히 앉아 있다. 이럴 땐 오히려 아뜩하다. 마치 고농도 항생제를 투여해도 꿈쩍 않는다는, 약물에 중독된 몸뚱이를 보는 듯하다.

버스에서 내린다. 학교까지 가는 마을 버스가 있지만 학생들에게 자리를 양보받고 또 사양하는 몸짓이 귀찮아 그냥 걷는 경우가 대부분이다. 헌데 걸어가는 골목길조차 자동차들로 빼곡히 들어차 있다.

보행자는 그 길을 '살펴서' 지나야 한다.

골목길도 길이라고, 그 샛길을 아는 작은 트럭이며 승용차들이 자주 지나간다. 어떤 때는 뒤에서 차가 오는 줄 알면서도 일부러 느긋이 걸을 때도 있다. 그러나 머지않아 뒤통수가 가렵다. 자동차와 벌이는 실랑이가 하염없어 길을 비키고 만다.

길을 두고 양보하지 않으려는 보행자와 그 뒤를 멈칫거리며 따르는 자동차의 실랑이는 그 자동차에게는 잠깐 스쳐가는 순간이지만, 보행자에게는 대상을 바꿔가면서 계속 다투어야 하는 '일거리'가 된다. 그러니 보행자는 한두 번 다퉈보다가 길을 비켜주고 만다. 골목길에서조차 보행자는 매양 비켜서고, 뒤를 살피고, 종종걸음 치고, 이렇게 피곤하다.

골목길에서는 가끔 아이들이 공을 찰 때도 있다. 그러나 그 공차기는 자동차를 사랑하는 사람들에 의해, 아니 아이들 스스로 자동차에 치여서 머지않아 그만두고 만다. 그러므로 대개 골목길에는 자동차만 있고 사람은 없다. 자동차들이 짐승처럼 가득 차서 사람 가는 길을 막아선 곳이 골목길이다.

학교로 들어선다. 그나마 보행로가 있어 숨을 돌린다. 그 곁으로는 학생들의 승용차며 오토바이가 달린다. 창을 연 승용차 바깥으로는 음악 소리가 터져나온다. 저 멀리서부터 엔진 소리보다 더 크게 들리는 음악 소리는, 음악이 아니라 소음이다. 오토바이의 굉음은 더욱 심란하다. 이건 건물을 뒤흔든다. 어디에서든지 눈길을 떼지 못하고

전후좌우를 살피며 길을 건넌다. 이제야 연구실이 있는 건물 앞에 당도한다. 한숨을 돌리지만 몸은 이미 지쳐 있다.

　퇴근길은 그나마 출근길만큼 힘들지 않다. 건너야 할 횡단보도가 없고 또 시간에 쫓기지 않기 때문이다. 그러나 여전히 골목길의 주인은 자동차들이고 보행로는 비어져나온 호떡 껍질 같고, 버스 안은 라디오 소리로 소연하다.

　노자는 "길을 길이라고 이름 붙일 수 있다면, 그것은 길이 아니다"라고 했지만, 이제는 '길이라 이름 붙인 길은 사람의 길이 아니다' 라고 바꿔야 할 판이다. 사는 것이, 아니 '걷는 것' 이 이렇게 힘들어서야 어찌 문명사회라고 할 수 있을까. 뭔가 잘못되어 있는 것이 분명하다.

(1999년 9월)

태극기

　레미콘 트럭 앞머리에 '가수를 하지 맙시다' 라는 글귀가 씌어 있었다. 가수(加水)라는 말이 생소하여 건축하는 친구에게 물어봤더니 콘크리트에 물을 타는 것이라 한다. 물을 타면 콘크리트가 부실해지는 반면 업자는 그만큼 이익을 챙길 수 있다는 것. 그렇다면 이 글귀는 트럭 앞머리에 붙일 것이 아니다. 레미콘 공장이나 운전석 안에다 써놓으면 될 일이지 모든 사람들이 다 보는 자동차 앞머리에다 붙여놓을 까닭이 없다.

　고속도로를 달리다가 '혼을 담은 시공' 이라는 우렁차고 큰 글자들을 만나도 똑같은 기분이 든다. 건설 현장에서 혼을 담아 시공하면 그만이지, 온 천지 사람들이 다 보도록 산마루에다 저 큰 글자를 써 붙여놓을 까닭이 없다. '어찌하여 저 혼은 공사장으로 가지 못하고 저토록 구천을 헤매고 있단 말이냐?' 라는 욕지거리가 불거지는 지점이다.

　이런 사시(斜視)를 갖게 되는 것은, 그간 우리 토목·건축의 부실이 지나쳐 외국인을 감리자로 내세우자는 의견이 나올 정도였음에도 불구하고, 내건 구호의 멀끔하기가 적반하장 격이기 때문이다. 요컨대 혼을 담은 시공을 해야 할 자들은 이마에다 거룩한 말씀을 써붙여 놓기만 할 뿐이고, 콘크리트에 물을 타지 말아야 할 자들은 그 글귀 뒤에 숨어버렸기에 하는 말이다.

　말과 상징의 핵심은 신뢰에 있다. 이 점에서 태극기는 우리나라 상징으로 지극한 데가 있다. 오늘처럼 살기가 강퍅한 즈음에는, 시집살이 고된 며느리가 친정어머니 만나는 심경처럼, 태극기를 보는 눈길이 짠하다. 그것은 그간 태극기로 상징되는 국난극복의 이력이 실팍하였기 때문이며, 또 태극기가 설레는 광영의 순간을 우리와 함께했기 때문이다. 태극기는 우리 근대사 백 년의 아픔과 영광을 함께하면서 상징으로서의 이력을 도탑게 쌓아왔던 것이다.

　이런 맥락에서 볼 때, 일제하에서 손기정 선수 앞가슴의 일장기를 태극기로 변조한 편집기자의 손길은 그 자체로 독립운동일 수 있었다. 또 서울 수복 때 중앙청에만은 성조기보다 태극기를 먼저 게양하겠노라고 조바심 쳤다는 노병의 회고가 마음을 울컥하게 만드는 까닭도 다 태극기의 상징성을 유념한 것이기에 그렇다.

　그런데 근래 지천으로 가득 찬 태극기의 물결을 보면 시답잖은 의도가 짚여 언짢아진다. 시절은 곤고한데 태극기만 화들짝 피어난 느낌이다. 태극기 달기, 태극기 이어달리기, 국토순례, 나라사랑 스티커 부착 등등 일련의 캠페인을 두고 하는 말이다. 건국 오십 주년과 경제

위기가 함께 어우러진 시점에 때맞춰, 백지장도 맞들면 낫다는 심정으로 '언론사의 할 일이 캠페인 외에 또 있으랴'는 충정에서 시작되었으리라. 그러나 언론사들이 주축이 된, 이런 애국계몽운동적인 태극기 바람은 그 자체로 구태의연할 뿐만 아니라 의아하기까지 하다.

상징이 현실과 유리된 채 신뢰를 잃고 오히려 현재적 삶을 강박할 때, 그것은 머지않아 허위의식으로 변질되고 만다. 그리고 주체가 분명하지 않은 채 횡행하는 상징(말)은 소음에 불과하다. 상징은 귀할수록 좋고, 귀한 것은 귀하게 다루어야 한다. 귀하게 다룬다는 것은 상징이 그 자체로 목적이어야지 어떤 도구로 전락해서는 안 된다는 뜻이다. 위기 극복이라는 현재적 필요에 급급하여 나라의 상징이 거기에 복무하는 꼴이 되어서는 곤란하다. 어려운 시절 등장하는 깃발의 쇼비니즘적 용도는 이미 히노마루(日章旗)의 운명에서 넉넉히 지켜본 바다.

더욱이 오늘의 위기를 초래한 집단 가운데 하나로 언론을 지목하는 입장에서 보자면 뜬금없이 태극기를 휘두르는 그들이 당혹스럽다. 그것은 '혼을 담은 시공'이라는 큰 입간판을 보았을 때 느낀 우스꽝스러움과 크게 다르지 않다. 한국 사람이라면 거부하지 못할 태극기 자락에 가려진, 또는 제 스스로 태극기를 흔들어대는 그 언론과 권력의 자의성에 주목하지 않을 수 없는 것이다. 태극기 뒤에 숨어 있는 (가려져 있는) 자들과, 태극기를 쥐여주고는 함께 흔들지 않으면 눈을 부릅뜨는 자들을 주목해야 하리라.

뿐만 아니라 최근 공영방송에서 방자하게 토해내는 '나부터 시작하자'라는 캠페인도 이와 다를 바 없다. 이 지점에서 묻고 싶다. '나부터 시작하자'고 말하는 너(희)는 누구냐? 그리고 누가 너(희)를 태극기 휘두를 기수로 삼았다더냐?

오늘의 위기를 극복하는 것이, 세상을 온통 물질적 가치로만 재던 IMF 금융위기 이전으로의 복귀를 뜻하는 것이 아니라면, 지금은 흥분해야 할 때가 아니라 침잠해야 할 때다. 계몽이 아니라 정련해야 할 때다. 그 정련은 거창하고 허황한 민족과 국가의 이름이 아닌, 개인의 창발력과 자유로운 정신을 가지고 행해야 한다. 아직은 태극기를 흔들 때가 아니요, 또 아무나 태극기를 휘두른다고 옷깃이 여며지지는 않는다.

(1998년 11월)

권력과 지성

　지난달 청와대에 유교 대표자들이 모였다. 성균관장을 위시하여 유림의 대표라 할 만한 이들이 초청된 것이었다. 그 자리에서 김대중 대통령은 유교가 변해야 하는 이유를 장황하게 훈시했다. 예컨대 '충(忠)은 군주에 대한 충성이 아니라 민주주의에 대한 것이어야 한다'는 내용이었다. 대통령의 그윽한 철학이 깃든 것이라고 판단했는지, 한 월간지가 그 내용을 전재했다. 읽어보니 틀린 말은 아니다.

　헌데 답답한 것은 유교다. 오늘날 이 땅에 유교는 과연 존재하기나 하는 것일까. 변화하기 전에 이미 죽어버린 것은 아닌가. 대통령의 훈시를 묵묵히 듣기만 할 뿐 아무런 반응이 없는 것은 대통령의 말씀이 참으로 지당해서인가, 아니면 메아리칠 숲조차 사라진 때문인가.

　충(忠)이 군주에 대한 것이기 이전에(그리고 민주주의에 대한 충성으로 변화하기 이전에) 자기 자신에 대한 성실성(sincerity)을 가리켰던 원시 유교의 맥락에 유의하였다면, 한국 유교는 그런 해석을 해내는 대통령의 언(言)과 행(行)의 불일치를 주목하고 비판할 수 있어야 했다.

가령 이 정권의 현란한 수사학 뒤에 숨어 있는 원칙의 부재, 인간의 정신적 가치보다는 물질적 가치를 앞세우는 시장주의, 민주주의라는 이름 뒤에 존재하는 천민성 같은 것들은 분명 유교적 원리와 어긋나는 것이다. 목을 내놓고 시시비비를 가리던 서슬 푸른 비판정신이던 유교가, 밥 한 끼 얻어먹고 유교에 대한 강론을 듣고서도 무반응인 것은 참으로 의외다.

가톨릭에서 추기경을 앞에 두고 성경을 해설하는 것이 오만이라면, 유교의 대표자들을 모아놓고 유교를 해설한 것도 같은 경우다. 그런 점에서 대통령은 오만했고, 유교의 묵언은 더욱 초라했다.

한편, 전두환 전 대통령은 '주막집 강아지'라느니, '오역죄를 짓지 말라'느니 법어를 내리면서 산사를 누빈다. 지난 1980년 5월 18일 광주 금남로 거리에는 부처님 오신 날 봉축 입간판들이 즐비하였었다. 그날 그 입간판에는 총구멍이 숭숭 뚫렸고, 그 아래서는 숱한 죽음이 있었던 터였다. 그리하여 1980년 5월의 초파일 이후 오늘에 이르기까지 5월에 맞는 초파일은 옷깃을 여미게 하는데, 이 5월 그는 사찰과 토굴(교도소)에서 닦은 '도력'으로 세상사를 두루 언급하느라 활발발(活潑潑)하다.

헌데 그의 뒤에 운집한, 붉고 누런 가사장삼을 입은 인사들은 또 누구란 말인가. 감히 산문을 드나들며 오만방자한 사자후를 토하는데도 그걸 감내하는 저 적황(赤黃)의 인사들은 과연 누구인가. 승려를 앞에 두고 불교를 논하는 전 대통령의 오만도 오만이려니와, 정녕 그

를 인도하고 알현하는 일부 승려들의 몸짓과 묵언은 더더욱 이해하기
어렵다.

또 한편, 어느 선무당은 제왕들과 현인들의 무덤마다 칼과 정을 꽂
고 돌아다니느라 여념이 없었다. 드디어 박혁거세의 무덤에까지 칼을
꽂았다니 끝까지 가고 말았다. 『삼국사기』에 인용된 김대문의 증언에
의하면, 한때 이 땅의 무당은 임금이었다. 이른바 "차차웅은 곧 무당"
이라고 하였던 바다. 그 무당=임금이라던 차차웅은 신라 2대왕 남해
를 이르는 것이니, 남해의 아버지 박혁거세는 곧 무당의 아버지이자
또 그 자신이 무당인 터이다.

따라서 그 선무당은 제 조상의 무덤에다 칼을 꽂은 셈이니, 무지와
몽매의 끝이 이 지경에 이르고 만 것이다. 하늘과 땅을 잇고, 삶과 죽
음을 잇고, 오늘과 내일을 이으면서 만백성의 고민을 덜어주는 지성
이었던 무당은, 한때 권력과 한 몸이 되었다가 끝내는 제 한 몸의 병
치레를 위해 만백성의 가슴에 칼을 꽂는 데까지 추락하고 말았다.

오천 년 동안 이 땅의 지성계를 이끌고 계승한 유불도(儒佛道) 삼
교의 오늘이 이렇게 초라하다. 권력이 지성을 도모하는 것이야 권력
이 생긴 이래의 유구한 욕심이지만, 동서고금을 막론하고 끝내 그 권
력에 항거하고 일상의 삶을 지키려 하였던 것은 바로 지성인이었다.
그런데도 지성이 권력에 이토록 무상하게 휘둘리는 까닭은, 지성 제
스스로가 '거리 두기'를 포기한 때문이다. 돈과 권력뿐 아니라 제 삶
에 대해서조차 거리를 두고 처절한 반성을 도모하였던 전통 지성의
근본 정신을 잃었기 때문이다.

이런 정치가들의 오만함과 지성의 초라함은 최근 운위되는 신지식인론의 내막과도 멀리 떨어져 있지 않다. 사물을 낯설게 보기 위한 거리 두기를 쓸모없는 '빈 공간'으로 여기고 돈 되는 지식을 생산하라고 독려하는 '신'지식인론이야 이미 권력의 오랜 요구라고 치부하자. 오히려 진짜 문제는 지식을 돈과 권력으로 바꾸려 들었던 지식인들 속의 '신지식인적' 근성이요, 권력과 돈의 거리를 스스로 허물어 온 '신지식인적' 이력서에 있다.

정치 권력자들의 오만과 선무당의 내력이 지식인의 오늘과 내일을 상징하는 것 같아, 새삼 스스로를 되돌아보게 된다.

(1999년 5월)

충혼과 현충

지난 4월 어느 일간지의 기사는 이렇게 시작되었다.

"오전 7시 30분. 제2차대전의 A급 전범 위패가 설치된 일본 도쿄 야스쿠니 신사 앞. 부슬비가 내리는 가운데 이른 시각부터 국회의원들을 싣고 온 고급 승용차가 줄을 이었다. 여야 보수정당인 자민당과 신진당은 이날 '호국 영령'을 위로하는 야스쿠니 춘계 예대제에 함께 참석했다."

일본은 우리나라와 가장 가까이 위치한 이웃이면서 또 근 사십 년 동안 그들의 식민통치를 겪었음에도 불구하고 잘 이해되지 않는 나라다. '일본은 있다'거니 '일본은 없다'거니, 논쟁 아닌 논쟁이 불붙곤 했던 것도 수긍이 가는 일이다. 그 가운데 유별난 것이 그들의 신사 참배에 대한 열의다. 맥아더 사령부가 일본을 점령하고 공인들의 신사 참배를 금지한 후로, 오늘날까지 이 문제는 조용하다 싶으면 불거져나와 동북아시아를 시끄럽게 만드는 것이다.

야스쿠니 신사 참배에 대해 우리와 중국이 신경을 곤두세우는 가장 큰 이유는 그곳이 제2차대전 전범들의 위패를 설치한 곳이기 때문이다. 그런데, 전범을 모신 신사에 일본의 국회의원들이나 수상이 참배하는 데 우리가 신경을 곤두세우는 것은 그러한 과거의 경험으로 말미암은 당연한 것이겠지만, 그들은 왜 주변 국가의 차가운 눈초리와 외교적 분쟁을 무릅쓰면서, 또 위헌 시비를 무릅쓰면서까지 집요할 정도로 신사 참배에 집착하는 것일까.

신사(神社)의 사(社)는 땅신(地神)을 의미하는 글자이니 신사란 곧 땅귀신의 제사처이다. 우리로 치자면 동네 어귀마다 있었던 서낭당에 꼭 걸맞은 것이다. 우리 서낭당이 마을의 땅신을 모신 곳이라면 일본의 신사 역시 그 지역의 귀신을 모신 곳으로 그곳에서 난 인물들을 함께 배향하여 기리는 곳이다. 이 대목에서 얼른 이해되지 않는 것이, 서낭당이 무슨 대단한 종교적 귀의처라고 그들은 그토록 활발하게 종교활동을 펼치는 것일까 하는 것이다.

일본의 전통적인 땅 신앙과 천황 숭배를 바탕으로 엮어낸 독특한 신앙 형태가 신도(神道)인데, 이는 일본이 메이지 유신을 통해 중앙집권국가로 발전하면서 국가종교가 되었다. 신사란 바로 신도라는 국가종교의 교회당이며 그 국가주의의 정신적 온상인 셈이다. 여기서 풀무질한 일본혼(大和魂)이니 일본 정신이니 하는 따위들이 일본 국민들을 결속시키고, 나아가 일본 제국주의의 침략을 북돋고 정당화하는 내부 이데올로기로 작동했던 것이다.

급기야 우리나라가 그들의 땅으로 합병되면서 신사는 이 땅 곳곳에도 설치되었으니, 서울 남산의 높다란 계단 꼭대기에는 일본의 서울지역 파견 신사가, 부산 용두산공원의 계단 꼭대기에는 일본의 부산지역 파견 신사가 자리잡았다. 그리고 유서 깊은 땅 경주에는 아직도 일본의 신사 자리가 남아 있는 지경이다.(기록문학회 엮음, 『부끄러운 문화 답사기』, 실천문학사)

여기서 유의할 점은, 식민지가 된다는 것은 단순히 국가와 거기서 나오는 곡식과 광물, 또 그곳에 사는 사람들만 수탈당하는 것이 아니라 그 땅을 숨어서 보호하는 혼령인 귀신들까지 쫓겨나가는 것을 뜻한다는 사실이다.

사실 일제의 침략이 있기 전에는 이 땅 곳곳마다 귀신들이 득실거렸다. 서낭당에 모신 마을귀신뿐만 아니라 산에는 산신, 물에는 물신, 안방에는 안방귀신, 부엌에는 조왕신, 마당에는 마당신이 있었으며 변소에도 귀신이 있었다. 결국 식민지가 된다는 것은 이렇게 많은 귀신들이 한낱 미신으로 소외되고 그 자리에 식민 모국의 귀신이 자리잡는 과정을 뜻하는 것이다. 전통적 관념에서 귀신이 쫓겨난다는 것은 결국 정신과 혼이 사라지는 것과 다를 바가 없다. 오늘날 표현으로 하자면 정신문화가 사라지는 것이다.

일찌감치 최남선 같은 분은 이런 정신적, 영혼적 침탈에 대처코자 백두산을 중심으로 한 우리 민족이 유라시아 대륙의 중심이었다는 '불함문화론'을 제창한 바 있었다. 조금은 비논리적이고 국수적인 주장이지만, 우리의 혼이 내몰리는 상황에 대처코자 한 절박한 사정에서 비롯된 것이었음을 감안해야 하리라.

이런 점에서 식민지 말기에 일제가 강요하는 신사 참배를 거부한 몸짓은 창씨개명에 반대하고 우리말을 지키기 위해 사전을 편찬하다가 옥고를 치른 분들의 애족적 행위와 동질적이다. 다시 말해 당시 우리 귀신을 지키는 일은 우리 말을 지키는 것이나 성과 이름을 지키는 일과 똑같이 귀중한 나라 정신 지키기였다는 것이다.

그러나 이제 서구화의 부대낌 속에서 우리의 서낭당과 귀신은 일본인들이 주입했던 것과 똑같은 논리에 의해 미신으로 치부되어 기껏 민속박물관에나 남아 있는 실정이 되고 말았다. 정말 무서운 것은 억압적인 무단통치가 아니라 우리 귀신과 서낭당을 미신으로 치부하고 내팽개치도록 교육했던 문화통치였음을 뼈저리게 절감하는 요즘이다.

그렇다면 우리에게 일본인의 집요한 신사 참배가 이해되지 않는 까닭은 그들이 유별나게 전근대적이거나 특수해서가 아니라, 우리가 너무나도 급속하게 변해버렸기 때문이라는 이야기가 된다. 즉 우리에게도 면면했던 땅귀신 모시기, 이를테면 서낭당과 조왕신 섬기기, 지신밟기 등을 잊어버렸기 때문이라는 것이다.

이런 점에서 우리에게 6월은 심상치 않다. 현충일이 끼어 있는 달이기 때문이다. 현충(顯忠)이란 나라를 위해 마음과 몸을 바친 혼령들을 기리는 것을 뜻한다. 오늘 이 땅이 그저 평탄히 경영되어온 것이 아니라 숱한 굴곡 속에서 조상들의 고투를 통해 살아남은 곳임을 상기하는 때인 것이다.

사물에 음과 양이 있는 것과 마찬가지로, 이 나라가 살아 있는 우리들의 나라이기 이전에 돌아가신 조상들의 나라이기도 했음은 분명한 일이다. 이미 신라시대 문무왕이 죽어서 나라를 지키는 용이 되기를 기원했던 것처럼, 가까운 우리 조상들도 죽어 한 줌의 흙이 되어 이 땅을 가호하고 있음에랴. 흙으로 돌아간 조상들이 음계(陰界)에서조차 이 나라를 보호한다고 생각하면 살아 있는 우리의 몸짓과 행동은 더욱 의젓하고 조심스러워야 할 것 같다.

(1997년 6월)

아듀! 사직동 팀

　오랜 세월 최고 권력자의 하명을 비밀리에 맡아 해결하던 이른바 '사직동 팀'이 해체된다고 한다. 노벨 평화상까지 받은 대통령으로서 통치업무의 효율적 집행보다는 그것이 드리우는 어두운 이미지가 더 부담스러웠는지 모를 일이다. 정치의 속성상 손에 흙 묻히는 일은 또 누구든 맡아야 할 터이니 머지않아 효자동에서든 삼청동에서든 새로운 팀이 꾸려지지 않겠냐는 비관적 전망도 없지 않은 모양이지만, 오랜 적폐가 사라진다는 것은 일단 환영할 만하다. 그런데 이 비밀기관 (?)이 우리에게 완전히 노출되어 구설에 휩싸이게 된 계기는 지난해의 '옷 로비 사건' 때문이었다.

　그 가운데 기억에 남는 것이, 당시 사직동 팀에서 작성했다는 옷 로비 사건 보고서 속의 오기(誤記)였다. 알다시피 그 보고서는 신동아 그룹의 회장 부인과 검찰총장 부인 간의 거래와 관련된 소문에 대해 사직동 팀의 수사관이 라스포사를 방문하여 조사한 내용을 최초로 기록한 것이었다. 그런데 그 보고서에서는 시종일관 라스포사를

'라스포 의상실'이라고 잘못 쓰고 있었다. 사실을 정확하게 기록해야 할 수사기관의 보고서에 왜 라스포사라는 이름의 끄트머리가 떨어져 나가고, 있지도 않는 의상실이라는 말이 덧붙어야 했을까. 또다른 의혹이 있는 것 아니냐는 추측을 불러일으키기에 충분한 문제적 표현이었다.

헌데 곰곰이 따져보면, 이 문제적 표현에 여러 가지 번역상의 문제가 꼬여 있음을 알 수 있다. 처음 그곳을 찾아간 수사관은 '라스포 사'라는 상호를 '라스포 사(社)'로 인식한 것이 분명하다. 종업원들이 주인을 사장님이라고 부른 것도 그런 인식을 부채질했으리라. 여기서 한 걸음 더 나아가 수사관은 끄트머리의 '사(社)'자를 떼내고 그 자리에 의상실이라는 직명을 덧붙였던 것인데, 이것은 그 나름으로는 라스포사의 정체성을 확실하게 해두려는 고충이 담긴 의도적 오역으로 보인다. 즉 '라스포 의상실'이라는 번역에는 '라스포 사(社)'가 무역회사나 스포츠용품 회사가 아니라 옷가게임을 적시하여 독자를 배려하는 마음이 깃들어 있었던 것이다.

이리하여 신부(新婦)를 뜻하는 이탈리아어 'LA SPOSA'는 일단 '라스포 사(社)'로 해석되었다가, 그 다음 '라스포 의상실'로 번역되었던 것이다. 이렇게 완성된 번역, '라스포 의상실'은 결국 지난해 '웃고 있어도 눈물이 나는' 시대상을 축약한 옷 로비 사건의 와중에 제대로 주목받지도 못한 채 한낱 소극(笑劇)의 소도구가 되고 말았지만, 실은 그 속에는 한 수사관의 치열한 해석학적 탐색이 담겨 있었던 것이다.

지금 사직동 팀이 조락하는 마당에, 그 동안 부렸을 권력기관으로서의 권한 남용과는 별개로 '라스포사'가 '라스포 사(社)'로, 그리고 '라스포 의상실'로 이중 삼중 번역되는 과정에 깃든 번역자(수사관)의 고뇌는 우리가 추억할 만한 것이다. 최초로 사건 현장을 탐문한 수사관으로서는 사전지식 없이 보고서를 받아들 상관에게 현장의 의미를 일목요연하게 이해시키려는 충정에서 현상적 이름인 '라스포 사'를 희생하고 거기에 의미론적 번역을 감행한 것이다. 토마토를 처음 본 동양의 견문자가 토마토라고 표기해서는 그 과실을 이해하지 못할 동포를 위해 감연히 '서양 홍시(西紅柿)'이라는 오역을 무릅썼던 것과 같은 선상에서, 그는 외국어를 이 땅의 의미에 최대한 근접하도록 애써 오역하였던 것이다.

　　그러니 누가 이 '진정하고 성실한 오역자'에게 돌을 던질 수 있으랴. 정녕 부끄러운 것은 실패(오역)가 아니라 업무에 임하는 진정성과 성실성의 결여라는 동기주의적 입장에서 본다면, 그 수사관의 성실성은 그의 실패를 훌쩍 뛰어넘어 잔잔한 감동으로까지 와 닿는다. 그렇다면 오늘날 독자에 대한 배려나 안타까움 없이 함부로 행해지는 번역이나, 외국어를 그냥 발음대로 한글화하는 추세(클릭, 포털, 닷컴, 멀티미디어 등등)는 그 자체로 나태한 지적 행위일 뿐 아니라 동료이자 이웃인 독자를 소외시키고 또 무시하는 짓이기도 하다.

　　결과적으로 이렇게 함부로 행하는 언어생활은 한국어가 한국 사람의 세계를 담는 그릇이 아니라 '힘센 언어(영어)'에 접속시켜주는 거간꾼이거나 사투리에 불과한 것임을 자복하는 꼴이 되고 만다. 말끝

마다 구구하게 세계화라는 이데올로기를 달고서 말이다.

　그러니 우연히 한글날, 책의 날, 문화의 달, 그리고 독서의 계절이 중첩된 이 문화적인 달에, 우리말을 생산하고 또 잘 다듬어 풍요롭게 만들 책임이 있는 지식인들에게는 한 수사관의 성실성과 진정성이 본받을 만한 미덕으로 와 닿는다. 이름 모를 '오역자'의 건투를 빈다.

(2000년 10월)

기자와 지사

　누군가 이런 질문을 했다. "농구 경기가 힘들까, 축구 경기가 힘들까?" 우물쭈물하고 있으니, 정답은 농구란다. 요컨대 코트가 좁기 때문이라는 것인데, 좁은 공간에서 쉼 없이 공을 쫓노라면 금방 지친다는 것이다. 하기는 축구 선수는 공을 뻥 차놓고 그 사이 숨을 돌릴 수 있지만, 농구는 숨 돌릴 틈조차 없어 보인다.

　축구 경기를 학계에 비한다면, 농구 경기는 언론계에 비할 수 있을까. 기자들이 스스로를 '하루살이'라고 자조하는 소리를 들었기 때문인데, 사실 일보(日報)—아니 시보(時報)를 생산하는 기자들의 그 숨막히는 정보(지식) 생산의 현장은 가위 격렬한 농구 경기에 비할 만하다. 이런 비유는 기자의 노고를 치하하는 긍정적인 맥락인데, 허나 기자 생활과 농구 경기는 긍정적 유사성만 있는 것은 아닌 것 같다.

　기자 생활과 농구 경기의 부정적 유사성은 거리 두기의 어려움에 있다. 하루하루 또는 매 시간 정보를 생산하는 언론의 속성상 피사체와의 거리는 매우 밀착되어 있다. 그것은 마치 농구 경기가 선수들

사이의 거리가 몹시 가까워서 상처와 싸움이 잦은 것에 비할 수 있으리라. 어쨌든 유능한 농구 선수가 상대와 적당한 거리를 유지하면서 골을 넣는 사람이라면, 유능한 기자는 취재 대상과 적절한 거리를 유지함으로써 객관적이고 사실에 충실한 정보를 생산하는 사람이라고 할 수 있을 것이다.

이런 거리 두기의 어려움이 취재 대상과의 관계에만 국한되는 것은 아닌 것 같다. 정말로 힘든 것은 돈과 권력에 대해 거리를 두는 것이 아닐까. 돈과 권력은 언론계 내부에 있을 수도 있고, 바깥에 있을 수도 있다. 아니, 궁극적으로는 기자 자신에게 숨어 있을 수도 있다. 돈이나 권력과 거리 두기의 어려움은 오랜 역사가 있는 것이므로 자신 있게 말할 수 있다.

이미 2500년 전의 공자도 돈과 권력을 지식인의 가장 큰 적으로 인식한 바 있다. 이를테면 "부(富)와 귀(貴)는 누구나 바라는 것이지만, 옳은 방법으로 얻은 것이 아니라면 머물지 말 일이다. 빈(貧)과 천(賤)은 누구나 싫어하는 것이지만, 원치 않게 빈천하게 되었더라도 벗어나려고 애쓰지 말 일이다"(『논어』)라고 진술했던 바였다. 요지는 지식인으로 살려거든 가난과 비천을 제 몫으로 알고 살라는 것이다.

이렇게 부귀를 마다하고 대상과 거리를 유지하면서 '의미'를 생산하는 인문적 지식인을 우리는 지사(志士)라고 불렀다. 그리고 한때 우리에게는 이런 지사로서의 기자들이 있었다. 가령 일제하에서 손기정 선수의 일장기를 태극기로 변조한 기자의 손길은, 기사(텍스트)와 '거리를 두고' 그것을 시대정신(컨텍스트) 속에서 파악한 인문적 사유에 의한 것이었다.

　허나 오늘날 기자를 두고 지사니 인문적 지식인이니 하는 언설은 귀신 씨나락 까먹는 소리이기 십상이다. 정보를 화폐와 교환하기에도 힘에 부치는 이 냉엄한 자본주의적 현실을 무시한 한가로운 비평이란 소리다. 그러나 90년대 초반 어느 신문사의 주간이 펜을 던지면서 '이제 권력을 넘어 재력으로부터 독립하는 것이 언론의 과제다'라는 요지의 경고를 남긴 것을 기억하자. 그것은 오늘날에 대한 예지를 담고 있다. 이에 우리는 기자란 권력과 돈의 지배로부터도 거리를 두어야만 기자일 수 있다는 그 근원적 '인문성'을 재확인한다.

　기자는 지식인이다. 순간순간 객관과 거리를 유지해야 하는 전투적 지식인이다. 그 거리 두기, 특히 권력과 돈과의 거리 두기에 실패하는 경우도 허다하다. 허나 무릇 기자란 자기 속에 있는 권력과 재력에 대한 욕구조차 거리를 두고 냉정하게 기록하는 사람이어야 한다는 당위도 아직은 유효하다.

(1999년 6월)

무치 사회

옛날 중국의 춘추시대는 보기 드문 혼란기였다. 그런데 이런 혼란기일수록 희대의 영웅과 특출한 사상가들이 출현하는 법이다. 그 대표적인 인물이 공자다. 한편 그와 동시대 인물로 관중(管仲)이라는 유명한 정치가가 있다. 우리에게는 관포지교(管鮑之交)라는 고사의 주인공으로 더 잘 알려진 사람이다.

관중은 탁월한 정치적 전략과 사람의 마음을 꿰뚫는 심리학으로 자기가 몸담고 있던 제나라를 천하의 패권국가로 만든 재상이었다. 그러니만큼 리얼리즘에 기초를 둔 지혜의 말씀을 두루 남겨놓았는데, 그것이 『관자(管子)』라는 책으로 묶여 오늘에까지 전한다. 이스라엘의 『탈무드』가 '생활의 지혜'를 집성한 책이라면 『관자』는 '정치의 지혜'를 모은 책이라고 보아도 크게 틀리지 않을 것이다. 이 책을 보면 이런 말이 있다.

나라를 버티는 기둥은 네 개다. 그 가운데 하나가 부러지면 나라가

기운다. 두 개가 부러지면 위태롭다. 세 개가 부러지면 쓰러진다. 네 개가 다 부러지면 나라는 사라지고 만다.

기울어진 것은 바로잡을 수 있고, 위태로운 것은 조치를 취할 수 있고, 쓰러진 것은 일으켜세울 수 있다. 그러나 사라진 것은 되돌릴 수 없다. 그 네 개의 기둥을 말하자면 첫째 것이 예(禮)요, 둘째 것이 정의(義)요, 셋째 것이 검소함(廉)이요, 넷째 것이 부끄러움(恥)이다.

아무리 옛날(약 2500년 전) 말이라 할지라도 나라를 망쳐먹은 것이 아니라 나라를 일으켜세운 사람의 말이니 허투루 들어넘길 일이 아니다. 관중의 진단으로는 위기의 첫번째 징후는 제도나 규칙, 에티켓 또는 절차 등을 의미하는 예(禮)가 붕괴되는 것이다. 이를테면 태국에 관광 가서는 불교 사원에다 낙서로 십자가를 그리고, 광고 촬영을 한답시고 마야 문명의 비행금지구역을 허가 없이 출입하다가 적발되고, 아무 곳에서나 고성방가하여 한국인을 출입금지시키는 외국 호텔들이 늘어난 것은 다 '예'가 사라지고 있다는 징표이다.

두번째 징후는 정의(義)가 사라지는 것이다. 거지가 굶어죽고 노약자가 보호받지 못하는 사회, 자동차로 말미암아 보행자가 밀려나는 사회는 정의가 사라진 사회이다. 어디 그뿐일까. 한 민족인 옌볜 동포들조차 사취의 대상으로 삼는 것도 정의가 사라진 모습의 또다른 예라고 할 만하다.

세번째 징후는 사치하는 것이다. 언제부터 이렇게 잘살게 되었는지는 몰라도, 마치 식민지를 가진 제국의 신민인 양 세계를 활보했던 것이 저간의 우리 모습이었다. 최근에는 불황이 심해지면서 잠잠해진 듯도 하지만 반도체 수출이 정상화되고 자동차 수출이 활기를 띠면 언제라도 다시 불붙을 사치열이다.

관중은 이것까지는 구해낼 수 있다고 본다. 어느 사회 어느 시대에나 있을 수 있는 일이어서 이 정도는 사람들의 지혜와 정치력으로 극복이 가능하다는 것이다. 그러나 네번째는 차라리 운명적이라고 할 만한 것으로서 나라가 멸망할 징후로 보았던 것이니, 서늘하기조차 하다. 그 네번째가 부끄러움(恥)의 상실이다. 그런데 부끄러움을 잃어버린 예를 우리 주변에서 너무나 쉽게 발견할 수 있다.

친구들에게 정기적으로 매를 맞고 괴롭힘을 당하던 여중생이 자살을 하고 말았다. 그런데 그 아이를 괴롭혔던 친구들은 경찰서에서 '나는 심하게 때리지 않았다'고 말한다. 그 말투는 더욱 평심하다. 어리광 부리듯 코맹맹이 소리로 "있잖아요……" 하며 변명조로 말을 꺼낸다. 자신은 이 일과 관련이 없다는 발뺌이다.

대학생들은 커닝을 하여도 부끄러운 줄을 모른다. 눈놀림이 수상하여 커닝 페이퍼를 적발하면 '준비는 했지만 보지는 않았다'고 변명하고, 커닝 현장을 들켜도 흘끗 째려보며 원망을 표현할 뿐, 머리를 긁적이면서 부끄러워하는 법이 없다.

지난 학기 데모를 하던 한총련 학생들이 사람을 죽인 날, 학교 화장실에는 "김영삼 정권이 또 사람을 죽였다"라는 스티커가 나붙었다. 이건 거짓말이다. 십 년 전 경찰이 학생을 죽여놓고 "탁 치니 억, 하고 죽었다"고 한 교언(巧言)을 이제는 학생들에게서 듣는다.

교사의 촌지 장부가 적발되었다. 촌지가 회계장부처럼 기록될 때는 이미 그것이 일상화되었다는 뜻이다. 우연히 인사치레로 들어오는 것이 아니라 이미 그 교사에게는 경상비가 된 것이다(특별회계가 일반회계로 전환된 셈이다). 촌지가 경상비가 되었을 때는 예상한 돈이 들어오지 않으면 짜증이 나게 되어 있다. 더 큰 문제는 그 일이 언론에 보도된 다음 그 교사가 '그런 일이 없었다'고 오리발을 내밀었다는 점이다.

다들 부끄러움을 잃어버렸다. 모두 입을 쑥 내밀고 궁시렁거린다. "나만 그런가 뭐……" 이렇게 십대의 어린 학생부터 이십대의 대학생을 거쳐 오십대 중반의 교사에 이르기까지 다들 부끄러움을 잃어버린 것이다. 부끄러움을 잃은 예가 어디 이것들뿐일까마는, 정녕 이 예화들이 송연한 것은 이것이 학생과 교사에 관한 일이기 때문이다. 이것들은 머지않아 관중이 염려한 나라의 멸망으로 이어지기에 가장 적절한 예들로 보인다. 학교와 교육은 나라의 뿌리와 같은 것이며, 이 뿌리가 썩어버리면 건강한 꽃이나 열매는 생각할 수 없기 때문이다.

부끄러움이란 자신의 행동을 반성할 때 얼굴이 화끈거리는 심리 상태이다. 그러기 위해서는 스스로를 비추어 볼 수 있어야 하고, 스스로를 비추어 보기 위해서는 거울이 있어야 한다. 어쩌면 우리 문제의 정체는 이 거울의 상실에 있는 것은 아닐까. 그리고 지금의 교육은 거울도 없이 '스스로를 반성하라! 자신의 행동을 되돌아보라!'고 강요하고만 있는 것은 아닐까? 거울이 있어야 할 텐데……

(1997년 7월)

길

오늘날은 길의 시대다. 사통팔달로 새 길이 뚫리건만, 아직도 길이 모자란다고 아우성이다. 교통방송이라는 것이 생길 만큼 길은 우리 삶의 중요한 주제가 되었지만, 아쉽게도 그 방송에서 다루는 소식은 '어디어디가 잘 뚫린다'가 아니라 '어디어디가 많이 막힌다'라는 것이다. 그러다보니 사람들은 많은 시간을 길 위에서 보낸다. 운수업을 하는 사람들은 물론이고, 일반 월급쟁이도 길 위에서 보내는 시간이 많다. 그런 점에서 우리는 도인(道人)이다. 하루중에 많은 시간을 '길 위에 서 있는 존재'인 것이다.

그러나 본래 길이란 우리에게 낯선 것이었다. 인생살이를 길 가는 행인에 자주 비유해왔고 또 '인생은 나그네길……'이라는 노래가사도 있지만, 실은 '길을 가는 사람'은 뭔가 사연이 있는 사람이었지 평범한 사람은 아니었다. 농경민족이던 조상들에게 일반적인 삶의 패턴은 고향 땅에서 나서 그곳에서 살다가 그곳에서 죽는 것이었다. 그러므로 마을을 스쳐 지나가는 방물장사나 보부상들은 깃들일 곳이 없어 피치 못해 움직이는 사람들, 즉 처지가 곤란한 사람들이었다. 이들에 대한 안타까운 눈길이 밴 표현이 '인생은 나그네길'이라는 것이지, 결코 길 떠나는 삶을 좋게 본 것은 아니었다.

보기 드물게 길 걷는 사람과 그 길을 아름답게 묘사한 이효석의 「메밀꽃 필 무렵」에서도 "이번 걸음만 끝나면 어디에 정착하리라"는 소망이 나타나 있다. 이렇게 우리네 길 떠난 사람은 언제나 고향(정착)에 대한 그리움을 한(恨)처럼 품고 살았다. 더욱이 일제시대와 6·25동란을 겪으면서 고향의 상실은 더더욱 사무치는 그리움으로 표현되었다. 〈고향무정〉〈강촌에 살리라〉 등등의 노래제목들이 다 그런 뜻을 드러내는 것이었다.

더욱이 신작로며 철도와 같이 새로 난 길은 다 남(일본인)의 손에 의해 뚫렸기에, 길이란 바깥의 가치를 안에 강요하는 위협의 통로요 또 안의 자원을 바깥으로 실어내는 수탈의 통로로 여겨졌다. 그러니 길은 더더욱 불안과 두려움의 촉수일 수밖에 없었고, 길가에는 매양 우리네 눈물자국이 아롱져 있었던 것이다. 정든 곳(사람)과의 이별, 미지의 세계로 나아가는 불안한 첫걸음이 동네 어귀의 길에서부터 시작되기 때문이었다.

허나 이제 길은 더이상 목메지 않는다. 언젠가부터 우리는 정착하는 농경민족이 아니라 유랑하는 유목민족으로 변하였기 때문이다. 한두 해 어느 아파트에 정착해 살다가도 문득 캥거루 모양이 그려진 이삿짐 트럭에 여행가방 싸듯 짐을 꾸려 떠난다. 보내는 이들은 다시 만나지 못할까 염려하지 않으며, 떠나는 이들도 결코 눈물짓지 않는다. 핸드폰, 이메일과 같은 다양한 만남의 길이 곁에 있기 때문이기도 하겠지만, 그보다는 누구도 이곳을 뿌리내릴 땅으로 여기지 않기 때문이다. 우리는 이제 둥둥 떠다니는 존재가, 길이 없으면 살아갈 수 없는 방물장사가 된 것이다.

'길 위에 서 있는 존재'인 우리는 이렇게 묻지 않을 수 없다. '과연 나는 어디서 와서 어디로 가고 있는 걸까?' '산다는 것은 무엇일까?' 이렇게 길이란 자연히 삶의 의미를 헤아리게 만드는 계기이기에, 동양에서는 길(道)을 철학의 중요한 개념으로 삼아왔던 것이리라. 이를테면 노자의 "길을 길이라고 부를 수 있다면, 그것은 이미 그 길이 아니다"(『도덕경』)라는 말이 그러하고, 공자의 "사람이 길을 넓히는 것이지, 어찌 길이 사람을 넓힐 수 있으랴"(『논어』)라는 말이 그러하다.

길이란 이렇게 걸어가는 통로이면서 또 사람의 인생길이라는 뜻도 가진다. 길을 넓히면 광장이 될 것이고, 길을 좁히면 외줄이 될 것이다. 외줄타기야 아무나 할 수 없다는 것을 알지만, 광장이라고 해서 마음대로 다닐 수 있는 것도 아니다. 탁 트인 저 하늘과 바다에도 길이 따로 있어서 비행기나 배가 제 마음대로 다니지 않듯, 광장도 제 마음대로 치달리다가는 남과 부딪치게 마련이다. 인생길을 넓은 광장 내달리듯 가는 사람도 있는 듯하지만, 그러나 또 우리는 많이 보아왔던 터다. 그러다가는 머지않아 사고가 나게 마련이라는 것을.

이처럼 사람의 인생길은 아무 데나 함부로 낼 수 있는 것이 아니다. 어쩌면 인생길이야말로 그 어느 길보다 좁고 험한 길이다. 그런 점에서 조상들이 삶을 외줄타기에 비유한 것은 아주 건강한 처방으로 여겨진다. 아니 "새하얀 작둣날 위에 설 수는 있어도, 중용의 길 위에 서기는 어렵다"(『중용』)고 하였으니, 사람다운 삶의 길을 외줄은커녕 칼날보다 더 좁은 길로 여겼던 셈이다. 이럴진대 어찌 삶의 길을 술 취한 사람의 걸음처럼 방만하게 휘청거리며 걸어갈 수 있겠는가.

해발 일 미터 위로 난 평평한 이 길은, 세상에서 제일 깊은 저 마리아나 해구로부터는 일만일천 미터 위의 고지(高地)에 난 길이며, 에베레스트 산으로부터는 팔천팔백 미터 아래의 심연(深淵)에 난 길이다. 터질 듯한 가벼움과 짜부라질 듯한 무거움이 엉킨 해발 일 미터에서 걷는 걸음이여! 억누르는 기압과 떠올리는 부력을 이기며 걷는 이 역설의 걸음걸음이여! 그렇다면 우리가 가끔 함부로 걸어가는 이 '일상'의 길이 결코 '평상'하지 않은, 무섭도록 '비상'한 길임을 깨달아야 할 일이다. 그런 각성에서야 사람의 인생길이란 것이 정녕 새하얀 작둣날보다 더 좁은 길임을 이해할 수 있는 것이리라.

(2001년 12월)

바람, 바람, 바람

　바람이 차다. 산등성이를 오르는 걸음을 바람이 가로막는다. 아마 살아간다는 것은 이렇게 걷는 것이고, 걷는 것은 또 이렇게 바람을 가르는 것이리라. 하긴 바람이 뒤에서 불어와 등을 밀어주면 그건 반칙이다(1968년 멕시코 올림픽에서는 100미터 육상 신기록이 등뒤에서 부는 바람 때문에 취소되었다).

　그렇다. 내 걸음을 가로막는 것이 바람이고, 바람을 가르며 나아가는 것만이 삶이다. 진보주의자들은 잊지 말 일이다. 발을 내딛는 것(進步)은 바람을 가르는 일이라는 사실을.

　그러하다면 묵묵히 걸어갈 일이다. 한순간 벙긋 바람을 탓하기라도 할 양이면 바로 그때 삶은 어리광으로 추락한다. 바람이 없기를 바라고, 바람이 등뒤에서 밀어주기를 바라는 삶은 진짜 삶이 아니며, 또 그런 진보는 진짜 진보가 아니다. 바람에 맞서지 않고 고개를 뒤로 돌리고 바람을 탓하거나, 삶을 살아내지 않고 삶을 누리려 들어서는 제대로 길을 걷는 사람이 아니다. 발이 아파야지 목이 쉬어서는 안 될 일이니, 이발소에 걸려 있던 액자 속 푸슈킨의 시구처럼 "삶이 그대를 속일지라도 슬퍼하거나 노여워하지 말지어다".

새천년 타령이 어제 같더니 이러구러 벌써 열두 달을 걸어왔다. 세월도 바람이다. 공자가 흐르는 물을 보고 "흘러가는 것이 저럴진저" 라고 한 탄식은 실은 세월이 바람임을 어느 순간 깨우치고 툭 외친 게송이다. 돌이켜보면 지난 봄엔 꽃샘바람과 함께 선거바람이 불었다. 그사이 돈바람도 불었고 학연-지연 바람도 불었다. 그 백미는 총선 사흘 전에 발표된, 이른바 '북쪽 바람'이었다. 그러나 그 효과가 여당에게 긍정적으로 작용하리라는 장삼이사들의 예견과 달리 북풍은 무위로 끝나고 말았다. 국민들의 정치의식이 높아졌기 때문이라는 분석도 없지 않았으나, 선거날의 날씨가 워낙 좋아 다들 투표는 않고 놀러 가버렸기 때문이라는 시니컬한 분석이 설득력을 얻었다. '소풍'이 '북풍'을 눌렀다는 것.

여름에 접어들면서는 눈물바람이 불었다. 오십 년의 끊어진 인연이 단박에 이어지는 장면들 앞에 다들 목메고 또 울었다. "자전거 찾으러 간다더니, 자전거는 찾았냐?" 그 한마디에 끊어졌던 오십 년 세월이 금방 이어졌다. 한 끼라도 손수 지은 밥을 먹이고 싶어했고, 손수 짠 옷감으로 만든 옷을 입히고 싶어했으며 하룻밤이라도 같이 자고 싶어했다. 사람이 '의식(意識)의 덩어리'이기에 앞서 '의식(衣食)의 덩어리'임을 유감없이 보여준 것이다.

그렇기에 지난 여름 눈물바람은 '사람'과 '삶'과 그리고 '살'과 '살림'이 두루 같은 계열의 단어임을 추론하는 계기가 되었다. 살이 사람의 기본 소자인 몸뚱이를 뜻한다면, 살림은 사람을 살리고 또 삶을 꾸리는 것이다. 그러니 살은 사람의 바탕이요 살림은 삶의 바탕이다. 그런데 여태 남북한의 삶은 기껏 살을 만지고, 부비고, 먹이는 원초적 상태를 벗어나지 못한 것이었으니, 이제부터는 제대로 살림을 꾸리고 또 옳게 살리는 일이 남았다.

가을에 접어들면서는 찬바람이 앞당겨 불었다. 구조조정이라는 낯익은 칼바람이다. 그 칼바람에 직장을 잃은 사람들이 어둑한 지하도 한컨에서 칼잠을 잔다. 출근길 버스 안에서 방송을 타고 흐르는, 실직한 남편을 다독이는 아내의 편지에 승객들이 온통 코맹맹이가 되었다. 칼바람이 눈물바람을 불러온 것이다. 헌데, 칼바람과 눈물바람의 틈새에서 피어오르는 것은 분노다. 우리들의 경망에 대한 분노이자 망각에 대한 분노이며 휘둘림에 대한 분노다.

우리보다 국민소득이 일 달러만 낮아도 후진국 취급하며 마치 식민지를 둔 제국의 신민인 양 거드름을 피우던 우리는, 이제 석유 일 달러의 변동에도 깜짝깜짝 놀란다. 여태 입으로는 근대를 논하고 눈으로는 탈근대를 지향한다 해왔지만 실제 우리 몸은 자동차, 핸드폰, 신용카드의 욕망에 휘둘리고 급기야 석유값에 휘둘리는 전근대를 살았음이 드러나고 말았다(삶이 자립하지 못한 처지라면, 그 어디 근대일까).

그러나 세모를 앞둔 이 겨울, 너무 모질게 자책하지는 말자. 산이 높으면 골이 깊고 그늘이 짙으면 볕이 바른 법. 바람은 또 '바람(希望)'이기도 한 것이다. 정작 바람은 차가운 현실(風)이면서 또 꿈이요, 기원인 바다. 내년에는 불어오는 바람에 휘둘리지 말고, 내가 자아낸 바람(希望)을 실현하는 한 해가 되기를 바라자. 내 삶을 내가 설계하고 남이 꼬드기는 욕망이 내 욕망인 양 휘둘리지 않는 삶이 되기를 바라자.

그럼에도 또한 잊지 말 일이다. 바람을 뜻하는 한자어 '希'는 희망이면서 또 '드물다'는 뜻도 갖고 있다는 사실을. 애초에 바람이란 쉬 실체를 드러내지 않는 것이고 또 실현이 드물기에 희망으로 매양 남는다는 리얼리즘을. 그러나 또 어찌하랴! 삶이 걷는 것이고 등뒤에서 부는 바람이 반칙이라면, 바람을 가르며 나아갈 수밖에. '희박한' 희망을' '바라면서'.

(2000년 12월)

인공심장

　지난 연말, 외국의 한 과학잡지는 지난해 최우수 신제품으로 인공
심장을 꼽았다. 사진으로 보는 인공심장은 예뻤다. 티타늄과 플라스
틱으로 만든 소프트볼 크기의 예쁜 심장. 수만 번을 쉼 없이 작동해
도 고장이 없다는, 반짝이며(티타늄) 투명한(플라스틱) 심장. 그것은
이렇게 속삭이는 듯했다. '이제 심장도 패션이다' 라고.

　물론 가끔 보고 듣기는 했었다. 기계공학과 전자공학이 만나 이뤄
내는 로보틱스(robotics) 분야의 진전이라든지, 생명공학 분야의 게
놈인가 지놈인가 하는 유전자 지도의 완성 소식 등등을. 어디 그뿐인
가. 비만이 암보다 무섭다는 것이 의학적 사실이 아니라 '마름질된
몸'에 대한 욕망의 표지가 된 지도 이미 오래다. 살 빼기와 성형수술
같은 몸의 마름질은 금방 몸에 대한 사랑이나 성취(만족감)의 선을
넘어 몸을 수단화, 상품화하기에 이르렀다. 최근 연이은 정상급 연예
인들의 마약 복용도 '마름질된 몸'의 추구와 그 끝의 허무함이 빚어
낸 스캔들일 것이다. 내 몸이 가면(*persona*)이 되어버리면, '참된

나'를 찾기란 더욱 힘들어지는 법이다. 그 불안과 고독, 허무의 틈새에서 마약의 움막이 피난처로 여겨졌으리라(더욱이 높은 산일수록 정상은 춥게 마련인 터).

몸이란 우둘투둘한 피부와 비뚤비뚤한 몸매, 쭈글쭈글한 장기 그리고 삐쭉삐쭉한 터럭들로 이뤄진 것이니, 원래 마름질되지 않은 것이다. 아니, 마름질(인공)되지 않았기에 몸(자연)일 수 있었다. 그러니 반듯하게 마름질된 인공심장 앞에서, "심장, 이제 너마저도!"라는 체념 섞인 푸념이 나올 만한 일이다. 심장이란 서양에서 보자면 큐피트의 화살이 꽂힌 하트, 즉 사랑하는 마음의 처소요, 또 동양에서 보자면 심통성정(心統性情)이라, 본성과 그 표현을 주재하는 마음의 거처가 아니던가. 그러니 인공심장의 그 투명한 반짝임을 보고 마음(心)에서 발화한 신화와 문학, 철학, 나아가 인문학의 전 체계가 무너져내리는 듯한 느낌을 받았던 것이 꼭 과장만은 아니리라.

인공심장은 인간의 모난 욕망의 한 투사물일 따름이다. 워낙에 욕망이란 그 대상을 네모로 반듯하게 만들거나 동그랗게 마름질하려 들기 때문이다. 새해부터 통용된다는 유럽의 새 화폐, 유로화를 보면 모양이 네모나거나 동그랗다는 느낌이 더욱 절실하다. 자본주의의 상징인 화폐가 동그랗거나 네모꼴인 까닭은, 그리고 그 화폐를 획득하기 위한 자격증이나 졸업장 들이 모두 네모꼴인 까닭은 인간의 욕망이 동그랗거나 네모나기 때문일 것이다.

문제는 이 욕망이 어느 순간 창을 거꾸로 돌려, 도리어 인간에게 네모나 세모 또는 원형으로 마름질되기를 요구한다는 점에 있다. 여기서부터 인간은 그 자체 목적적 존재가 아니라 어떤 것을 위한 수단으로 추락한다. 인문학이, 그리고 동서양의 종교들이 내내 염려해왔던 것도 바로 이 점이었다. 노자와 공자가, 예수와 석가가 사람들에게 가르치고자 했던 것도 '너를 마름질하지 말아라. 그 순간 네모의 곽 속으로 들어가리라!'는 경고였던 바다.

안타까운 사실은 '너를 네모로 만들지 말아라! 너를 마름질하지 말아라! 네모와 동그라미를 품을지언정, 너를 저 네모의 곽과 원형의 질곡 속에 끼워넣지 말아라'라고 학생을 가르쳐야 할 우리 대학들이 도리어 네모의 질곡 속에 끼어들기 위해 허덕인다는 점이다. 그리하여 입시철만 되면 신문과 방송에서는 이 대학에 오기만 하면 네모꼴이 될 수 있다고, 또는 저 대학에 가면 동그랗게 될 것이라고 부끄러운 줄도 모르고 모난 굉음을 토해내곤 하는 것이다. 물론 대학에서 만들어내는 생각과 글 속에는 마땅히 둥근 모양과 네모꼴도 있어야겠지만, 그렇다고 네모와 동그라미에 꼭 맞는 생각과 글을 먼저 요구해서야 대학이 대학일 수 없는 법이다. 그리고 이런 환경 속에서라면 '네모를 만드는 사람'이 아니라 '네모꼴 모양의 사람'이 배출될 수밖에 없을 것이다.

그런 점에서 올해의 복식문화 동향을 히피 패션으로 전망한 외신(Financial Times)은 도리어 반갑다. 히피, 즉 반-문명, 반-일률의 저항은 모난 욕망, 그 반듯한 마름질에 대한 파토스적 반발로 여겨지기 때문이다. 가령 흰색(살색?)/금발/팔등신의 바비 인형식 몸을 유일한 기준으로 요구해온 신체미학에 대한, 또는 생산-소비-발전이라는 시장경제 논리의 전일적 지배에 대한 비판과 성찰로서의 히피적 사조라면 넉넉히 용인할 만한 것이다. 그러나 기껏 문신, 찢어진 청바지, 물들인 머리(뉴욕부터 동경을 거쳐 서울까지 똑같은 모양)를 하고서 '나는 나'라고 외치는 식의 히피 '패션'에 머물고 만다면, 그건 거듭 네모꼴과 동그라미를 덮어쓰는 꼴밖에 되지 않으리라. 제 쓸개는 빼놓고 반짝이며 마름질된 인공쓸개를 택하는 격이라고 하면 지나친 표현일까.

(2002년 1월)

문화는 부사다

　문화는 부사다. 정치가 정명(正名)을 추구한다는 점에서 명사이고, 경제가 살아 있는 생물에 비유된다는 점에서 동사라면, 문화는 본질에 대한 형식, 또는 내용물의 장식이라는 점에서 부사다. 정치가 폭력이라는 돌멩이의 힘을 갖고 있고 경제가 유통이라는 에너지의 힘을 갖고 있는 반면, 문화는 부사에 불과하다. 특히 자본주의가 전일적으로 지배하는 오늘날의 문화는 기껏 정치를 장식하거나 경제를 수식할 뿐이다. 요컨대 문화는 힘이 없다.

　언젠가 박물관에 들렀다가 '낙랑 유물 특별전'을 본 적이 있었다. 와당(瓦當)이며 봉니(封泥) 같은 토기 유물들이 주로 전시되어 있었다. 심드렁한 눈길로 훑으면서 스쳐 지나가는데, 어느 구석에서 걸음이 우뚝 멈춰 섰다.

　칠기(漆器) 조각들이었다. 바탕의 나무는 바스러져 사라져버렸고 그 위에 입힌 까만색 옻조각만 파편으로 남아 있었다. 낙랑이라면 한(漢)나라의 조선 식민지이니 근 이천 년의 세월을 거슬러올라간다.

제아무리 가볍고 단단한 오동나무 그릇이라 한들 나무로서는 버티기 힘든 시간이었을 터. 오로지 거기 덧칠한 옻만이 세월을 이겨내고는 도리어 바탕 나무의 결을 증거하고 있는 것이었다.

아주 색다른 경험이었다. 나무그릇을 보호하고 모양을 낼 요량으로 덧칠했던 옻이 오히려 나무(본질)의 재질을 증거하고 있다니, 그야말로 형식(문화)의 힘을 극명하게 보여주는 사례로 여겨졌던 것이다(어찌 '문화가 힘이 없다'고 하랴!). 하긴 문명이란 형식이 힘을 발휘하는 세계를 두고 이르는 이름이다. 가톨릭의 장중한 미사, 유교의 난만한 통과의례, 불교의 예식들은 모두 형식이 내용을 규정하는 좋은 예들이다.

최근 새 정부의 문화부장관에 임명된 이창동의 파격 행보가 세간의 화제가 되고 있다. 취임 첫날 영접 나온 공무원들의 깍듯한 자세를 두고 '조폭 문화'라고 일갈했다는 구설부터 최근의 '취재지침' 논란에 이르기까지 말이 많다.

헌데 주목할 점은 문화를 보는 그의 시각이다. 그는 벌써 문화에 대한 본질적 언급을 여러 차례 남기고 있다. 이를테면 "형식이 굳으면 내용은 살아나지 못한다"라는 가벼운 언급에서부터, "문화란 삶의 형식이면서 동시에 본질"인데 "삶의 형식이 바뀌지 않으면 그 본질은 결코 바뀌지 않는다"(취임사)라는 본격적인 문화론에까지 이른다.

이장관의 문화론은 요컨대 '형식이 내용을 이끄는 사회', 또는 '문화가 정치 경제를 이끄는 세계'로의 꿈을 선언한 것으로 읽힌다. 이런 점에서 그는 천 년 전 옻칠장이의 꿈을 잇고 있다. 그가 "'문화도

돈이 된다'가 아니라, '돈 되는 문화, 돈 안 되는 문화가 따로 없다'
는 사고로 바뀌어야 한다"고 하면서 "경제적 관점에서 문화를 보는
것이 아니라 문화적 관점에서 경제를 바라봐야 한다"(취임사)라고 주
장했을 때, 그것은 이미 옻칠(형식)을 통해 그릇(본질)을 완성시키려
는 옻칠장이의 꿈을 부연한 것과 진배없기 때문이다.

　그렇다면 이장관의 파격 행보는 실은 잘 의도된, 세계 변화를 향한
첫걸음이다. 스스로 문화부장관이 된 것을 배우가 '캐스팅'된 데에
비유하고 또 노타이 차림의 파격이 "결코 쇼는 아니었지만 분명 그
행동의 파장을 염두에 두었다"(문화일보)라고 고백했을 때, 그는 자
신의 파격이 형식(문화)뿐 아니라 이 사회의 본질(정치와 경제)을 변
화시키는 것까지 겨냥하고 있던 것이다. 더 나아가 그는 앞으로도 정
치인이 아니라 문화인으로서 장관직을 수행할 참인 것이다.

　문제는 문화부 '장관직'이 처한 현실이다. 문화인이 형식을 짓는다
면, 문화부장관은 형식을 본질과 접속시켜야 한다. '아직도 문화인'
으로서 그는 '문화적 관점에서 경제를 바라보는' 새로운 틀을 역설하
지만, 장관으로서 그는 돈 되는 문화는 경제가 먹어버리고 돈 안 되
는 문화는 정치에 종속되기 십상인 현실을 도외시해서는 안 된다. 그
점이지대에 문화부/장관이 자리하고 있는 것이다.

　문화인으로서 이창동은 문학과 스크린을 통해 꿈을 실현할 수 있
었다. 이 부사의 세계 속에서 독자/관중들은 그의 표현을 그의 본질
로 이해했다. 그러나 문화부 '장관'으로서의 이창동이 접할 동사/명
사의 세계는 그의 미학에 감동해본 적이 없는 많은 '국민'들과의 만

남이다. 독자/관중이 아닌 국민은 미학보다는 구체적 프로그램을 요구한다. 예컨대 "문화부가 먼저 권위주의의 두꺼운 철갑옷을 벗어던지고 부드러운 문화의 비단옷으로 갈아입어야 한다"(취임사)라고 주문했던 그 '부드러운 비단옷'이란 어떤 것인지를 묻는 것이다.

우리에게 문화는 여전히 힘없는 부사라는 사실을 인식하는 것, 이것이 오히려 문화부장관으로서의 정확한 첫 발걸음일지 모른다.

(2003년 3월)

제2부

일상과 비상

일상과 비상

25층 아파트의 22층에 살기 시작한 지 얼마 되지 않는다. 처음부터 노모는 내내 찜찜해하셨다. 어린것들 데리고 이 높은 데서 어찌 살려고 하느냐는 거였다. 베란다에서 내려다뵈는 지면이 너무 아득해서 특히 걱정이 크셨다. 나는 높은 층의 장점, 이를테면 볕이 바르고 여름에 시원하다는 점 등을 부동산 소개인에게 들은 대로 예거하면서 마음을 풀어드리려고 애썼다. 그후 노모의 근심을 그야말로 노파심으로 여기고 살았다.

헌데 하루는 엘리베이터 버튼을 눌러놓고 무료하게 기다리고 있었다. 기다리는 시간이 꽤 걸리는 게 불편하다고 여기면서. 그참에 엘리베이터 문을 이리저리 살펴보다가 제원이 적힌 플라스틱 딱지를 발견하게 되었다. 노란색 바탕 위에 검은 글씨로 '최대정원 17명, 적재하중 1150kg'이라고 쓴 용량 표시가 있고, 그 위에 붉은 글씨로 '비상용 엘리베이터'라고 씌어 있었다.

가만 생각해보니 '비상용 엘리베이터'라는 말이 섬뜩하였다. 게다가 노란색 바탕에 붉은 글씨라는, 전형적인 위험 경고용 배색도 마음에 걸렸다. 설핏 스치는 생각이 있어 뒤를 돌아보았더니, 거기 계단으로 내려가는 길은 '비상구'라고 적혀 있었다. 아뿔싸 싶었다. 비상용 엘리베이터에 비상 계단이라니…… 지금껏 비상(非常)한 환경 속에 갇혀 살고 있었구나 하는 생각이 그 자리에서 스쳐 지나갔다. 뜬금없이, 어느 작가는 '압구정동에는 비상구가 없다'고 하더니 아파트에는 비상구밖에 없구나, 하는 생각도 스쳤다.

그제야 주변을 낱낱이 살펴보기 시작했다. 그러고 보니 엘리베이터 왼쪽에는 붉은색 소화전이 큼직하게 자리잡고 있었고, 오른쪽에는 소화기가 칸을 내어 들어앉아 있었으며, 계단참에는 비상 콘센트가 설치되어 있었다. 방 안에는 온도에 따라 자동으로 살포되는 비상용 소화기들이 천장 위에 숨어 있고, 엘리베이터 안에는 또 비상 호출을 위한 버튼이 설치되어 있었다. 그러자 온통 비상(非常)한 상황을 그동안 일상(日常)처럼 여긴 채 너무나 평상(平常)스럽게 살아왔구나 하는 회한이 물결처럼 밀려왔다.

물론 아파트를 설계하고 시공한 사람들은 이곳이 '비상'하다는 사실을 잘 알고 있었다. 그러면서도 그들은 오히려 이 '비상'이 진보의 표지이며 진화의 일상적 모습임을 누누이 세뇌시키곤 했었다. 쾌적한 환경, 편리한 교통 그리고 암반 위에 지어진 아파트이므로 지진에도 안전함을 선전하였던 바였다. 그러나 또한 그들은 정직하게도 이곳이 '비상'하다는 사실을 우리에게 알려주었다. 누구나 알아볼 수 있게 노란 딱지에 붉은 글씨로 '비상' '비상' '비상'이라고 써붙여놓았던 것이다.

작은 글씨로 잘 보이지 않게 써놓은 주의 표시들에 비하면 얼마나 양심적인가(예컨대 약품의 주의사항이나, 예금통장의 예금 약관이나, 고속버스 승차표 뒷면의 주의사항이나, 심지어 술병에 붙은 경고문조차 얼마나 잔글씨로 희미하게 씌어져 있느냐 말이다). 그러니 문제는 그들이 아니라 나(우리)였다.

우리는 그들이 25층의 안전을 강조하기 위해 보여준 구리로 된 소화전의 튼실한 아가리며, 도처에 설치한 소화기며, 용량이 커진 엘리베이터, 그리고 특수 설계되었다는 베란다의 창틀이 실은 비상용이라는 사실에 대해 모르쇠로 일관했다. 요컨대 안전이라는 말, 또는 안전을 위한 장치란 말의 뒷면에는 곧 불안한 현실이 도사리고 있다는 사실을 잘 알면서도(DMZ라는 단어에도 그 어디에 위험하다는 뜻이 있던가) 짐짓, 그야말로 짐짓 모른 체하였던 것이다. 그러고는 우리는 반상회에서 일상사를 논하면서 경쾌하게 살고 있었다. 어디에 가로등을 더 설치해야 한다느니, 어린이 놀이터에 뭘 설치해야 한다느니, 은행을 더 유치해야 한다느니 해가면서.

이를 통해 우리 사회생활 자체가 온통 비상한 것인데도 그 틈새에 세 들어 살면서 그걸 일상처럼 여기고 살았다는 깨우침을 얻게 되었다. 서양의 어느 통찰력 있는 학자의 글제목 모양 '위험 사회'에 우리는 이미 살고 있는 것이다.

그러면 이제 이 상황을 어떻게 타개해나갈 것인가. 이미 책상물림이 된 내가 산이나 들에서 살 수는 없다. 여하튼 이 도시에서 살아가

야만 한다. 안전이라는 이름 아래 위험이 도처에 깔려 있는 이 도시
를 어떻게든 살아내야만 하는 것이다.

　그렇다면 딴 도리가 없다. 비상이 일상이 된 터라면, 비상한 일상
을 비상하게 살아가는 수밖에. 책상물림인 나에게 그 비상한 삶이란,
여태 무심코 넘긴 갖가지 이론들, 관념들, 절차들, 개념덩이들을 이
상(異常)하게 생각하고, 그걸 질문하고 또 질문하면서 살아가는 것을
의미할 것이다. 일상을 비상하게 여기며 살아가기. 이 방법밖에는 없
는 것이다.

(1999년 1월)

아파트 이야기

미국의 여성작가 에인 랜드(Ayn Rand)의 소설 『마천루(Fountain head)』는 20세기 초반 '건축물은 가로로 누워 있어야 한다'는 고정관념을 깨뜨리고 수직으로 선 건물을 착상하여 추진해나가는 건축가의 이야기이다. 예컨대 지난번 헐어낸 중앙청 건물이나 서울역 건물처럼 옆으로 누워 있는 건물을 63빌딩처럼 세로로 세우는 일을 둘러싼 이야기다.

이 소설의 묘미는 가로로 누운 건물을 수직으로 세우는 데 따른 통념의 변화상과, 건축미학의 변화가 몰고 온 충격을 독자로 하여금 넉넉히 이해하게 만든다는 점이다. 아마 작가는 건축 양식을 혁명적으로 바꿔가는 주인공의 영웅적 행위를 통해 서양의 진보사관과 불굴의 인간 의지를 그려내려고 했음직하다. 그런데 전통과 근대, 그리고 포스트모던이 함께 엉켜 있는 한국의 독자인 나에게 이 소설은 좀 색다른 회상을 불러일으켰다. 우리에게 가로로 누운 건물을 세로로 세우는 행위 속에는 근대화에 대한 열망이 얽혀 있기 때문이었다.

우리에게 직립한 빌딩이 표상하는 상징성은 아마 서울 종로에 있는 삼일빌딩의 경우가 대표적이었던 것 같다. 60년대 후반에 세워진 이 31층짜리 검은 건축물은 초등학교 시절 학급 성적을 표시하던 막대그래프처럼 느껴졌다. 미국이 엠파이어스테이트 빌딩의 102층 막대기로 상징된다면, 우리는 31층 막대그래프를 그린 격이어서 마치 삼십 퍼센트 정도는 선진국을 따라잡은 듯한 착각이 드는 것이었다. 시골 사람이 서울 와서 그 새 건물을 올려다보고 있노라니 짓궂은 서울 사람이 '한 층 볼 때마다 십원씩, 모두 삼백십원을 내라'고 하였는데 꾀많은 시골 사람이 '10층까지밖에 안 봤다'고 우겨서 백원만 주었다는 우스개가 배를 잡게 하던 것도 그 시절이다.

그후 우리는 크고, 높고, 빠른 것의 신화에 들려 근 삼십 년의 세월을 치달려왔다. 그러나 이러한 상징은 서울에만 존재한 것이 아니었다. 높이에 대한 욕망은 방방곡곡에 퍼져 있었다. 소도시에서도 높이에 대한 욕망은 어김없이 발견된다.

가령 내가 다니던 초등학교의 교사(校舍)는 일제시대 때 지은 목재와 돌로 된 건물이었다. 물론 단층이었다. 그것이 5학년 겨울에 불타버리고 말았다. 이후 우리를 흥분시킨 것은 3층짜리 콘크리트 건축물이 새로 만들어진다는 사실이었다. 우리의 가장 큰 관심은 계단이었다. 한 번도 계단으로 위층을 올라보지 못한 우리로서는 계단을 걸어올라간다는 데 대한 기대와 열망이 컸다.

그러다가 더 희한한 정보를 접하게 되었는데, 층마다 화장실이 설치된다는 것이었다. 그렇다면 그 화장실은 푸세식이 아니라 수세식이라는 말인데, 당시 초등학교 고학년생으로서 진지하게 고민했던 것이, 과연 그 선진적인 기계 시설(수세식)이 거친 아이들의 손발에 얼마나 오래 버텨줄 것인가, 또 집적된 오물은 과연 어떻게 처리될 것인가 하는 과학적이고 실질적인 문제였다.

그러다가 그 고민을 해소할 수 있는 모델을 접하게 되었는데, 때맞춰 읍내 유명 의원이 3층짜리 병원 건물을 신축하였던 것이다. 그때 가장 큰 관심사가 바로 그 수세식 화장실이었기에, 제일 먼저 화장실을 시찰(?)해 물을 쏟아보고 난 다음, 우리 읍내의 발전상이 이 병원 건물에 응축되어 있다는 생각으로 몹시 흐뭇해하였던 기억이 지금도 생생하다. 서울이 31층이라면 우리 읍은 이제 3층 정도는 되는 것이었다. 그것도 최첨단 시설(수세식 변소)을 갖춘 현대식으로 말이다.

이렇게 60년대 말과 70년대 초반을 통과하면서 누워 있던 건물들이 일어나기 시작하였고, 그것은 오천 년 동안 누워 잠자고 있던 우리의 무지와 몽매가 깨어 일어서는 모습에 견줄 수 있는 일이었다. 이렇게 높은 건물에 대한 집착은 우리의 근대화를 상징하는 것이었으니, 높이에 대한 욕망 속에는 자부심과 열정, 내일에 대한 기대가 함께 아로새겨져 있는 것이었다.

그후 근 삼십 년에 걸쳐 수십층의 건물들이 이제는 별 감흥 없이 들어섰고, 우리는 계단뿐 아니라 엘리베이터며 에스컬레이터조차 스스럼없이 타고 다니게 되었다. 드디어 아파트들도 점점 초고층으로 치닫고 있다. 처음에 5, 6층 아파트들이 선뵈다가 그 다음은 14, 15층 아파트들이 산을 이루더니 이제는 25층이 대세이다. 그리고 머지않아 30층, 40층 아파트들도 생겨날 것이라고 한다.

이제는 더이상 신기하지조차 않은 25층 아파트 13층의 수세식 화장실에 앉아 곰곰이 생각해보면, 이미 낯익은 고층에서의 삶이 섬뜩할 만큼 두려울 때가 있다. 가로로 누이면 백 가구 이상이 될 마을이 기껏 두 동의 아파트에 다닥다닥 올라붙어 있는 이 '인공 마을'을 움직이는 힘은 오로지 전기인데, 그 전기가 사라지면 이 마을은 죽어버리고 말 터이기 때문이다. 전기의 힘으로 길(엘리베이터)이 뚫리고, 물이 퍼올려지며, 하수가 배출되고, 가스레인지에 불이 붙으며, 전화기와 전등 그리고 전열기를 사용할 수 있게 된다. 또 그 전열기의 오작동으로 화재가 날 경우, 자동 감지기를 작동하여 물을 쏟아붙게 하는 것도 역시 전기의 힘이다.

두려움의 원인은 이 도시가 특정한 한 요소, 즉 전기에 지나치게 기대어 움직이고 있다는 사실이다. 만약 전기가 사라진다면 우리는 25층, 30층의 계단을 어떻게 걸어다닐 수 있을까. 밥은 어떻게 할 것이고 먹는 물은 어떻게 하며 난방은 어떻게 해야 할까.

이 두려움은 기껏 기우에 불과한 것일까? 물론 조금 과장되었다는 점은 인정하지만, 잘 헤아려보면 전기에 의존한다는 것은 특정한 에너지원에 의존하는 것이며 그것은 곧 가변적인 국제 정치에 지나치게 의지한다는 뜻이다. 단순화하면 25층 아파트의 일상적 삶이 중동과 석유 수송로인 호르무즈 해협의 정세에 너무 깊숙이 발을 담그고 있는 셈이다. 그럴 때 우리의 인공 마을은 결코 자립한 곳이 아니다. 이곳은 저 먼 세계의 변화에 너무 깊이 의존하고 있다. 그 변화는 운명처럼 우리를 덮칠 수도 있다. 더욱이 북경 나비의 날갯짓이 뉴욕에 폭풍우를 몰고 온다는 카오스 이론의 주장을 빌리면, 우리 삶은 하루살이의 삶이다.

더욱 문제인 것은 이 직립한 도시에서의 삶이 이웃과 거의 관계 맺지 않고 이뤄지고 있다는 점이다. 우리 아파트를 예로 들자면, 어제 반상회에서 불참하는 사람에게 벌금 천원을 물리는 문제를 둘러싸고 언성이 높았다고 한다. 물론 누구에게도 불참자에게 천원을 강요할 권리는 없을 것이다. 그럼에도 불구하고 이런 전언이 씁쓸한 것은 이 불완전하고 불안한 직립한 도시에서의 삶을 완전하고 편안하게 여기고 사는 우리의 방만함 때문이다.

여태까지 수천 년 동안 우리는 '누운 마을'에 살면서도 이웃과 관계를 맺으며 더불어 위기를 이겨내왔다. 그런데 누운 마을과는 비교할 수 없을 만큼 위태로운 직립한 도시에 살면서도 더불어 사는 기술을 끊어버리고 있으니 불안감은 더욱 심화되는 것이다.

그렇다면 에인 랜드의 소설 속 주인공은 고정관념을 파괴하고 새로운 건축 패턴을 창조한 근대적 인물일지 모르지만, 아파트에서의 우리 삶은 결코 '근대적'이 아니다. 독립적이고 자립적인 삶을 근대적이라고 칭하는 한, 우리 아파트는 결코 독립적이지도 자립적이지도 않기 때문이다. 높아지면 높아질수록 관계 맺는 조건들이 많아지는 '관계적 삶'의 총아인 아파트에서 더더욱 모래알처럼 살아가는 요즘 우리네 생활태도는 도리어 새로운 위기의 징후로 여겨야 마땅하다.

(1997년 11월)

타향살이

〈타향살이〉와 〈목포의 눈물〉의 작곡가로 잘 알려진 손목인 선생이 1999년 1월, 85세를 일기로 세상을 떴다. 지난해엔 〈눈물 젖은 두만강〉으로 잘 알려진 가수 김정구씨가 타계하기도 하였다. 우리 가요사를 넉넉하게 백 년으로 잡는다면 이제 그 한 세기가 끝나가고 있는 즈음인 것이다.

〈가요무대〉라는 프로그램에서 고인에 대한 추모 특집을 마련한다기에 애써 옷깃을 여미고 그 방송을 시청하였다. 검거나 흰 예복을 차려 입은 후배 가수들이 차분히 가라앉은 목소리로 그이가 남기고 간 노래들을 불렀다. 참으로 절절하고 가슴을 치는 명곡들이었다. 예의 〈타향살이〉에서 시작하여 〈목포의 눈물〉 그리고 〈아빠의 청춘〉에 이르는 동안, '우리 근대 가요사의 주맥(主脈)이 여기에 있었구나' 하는 감회에 깊이 빠져들었다.

그윽한 감상에 빠져 텔레비전을 시청하고 있노라니 어디서 읽었던 〈타향살이〉 노래에 얽힌 이야기가 떠올랐다. 예전에 〈타향살이〉가 발표된 후 열린 만주 공연에서 있었던 일화였다. 그 내용의 대강은 이러했다.

조선 사람들이 많이 산다는 룽징(龍井)에서 고복수 선생이 〈타향살이〉를 부르게 되었는데, 그 노래의 2절째부터 청중 속에서 흐느끼는 소리가 나더니 "고향 앞에 버드나무……" 하는 대목에서 모든 청중이 목 놓아 울었고, "와도 그만 가도 그만……" 하는 마지막 절에선 가수마저 울어버려 끝을 못 맺고 말았다고 한다. 그런데 공연이 끝난 후 삼십대의 어떤 부인이 극단을 찾아와선 경남 동래의 자기 고향에 전해달라고 쪽지를 전하고는 그길로 두만강 지류에 투신 자살했다는 것이다.

그런데 두만강에 몸을 던졌다는 동래 출신 부인의 이야기를 연상한 대목에 이르자 갑자기 눈앞이 서늘해지면서 또다른 일화가 겹쳐들었다. 일제시대 이태준(李泰俊)이 남긴 「만주 기행」에서 보았던 동래 출신 부부 이야기가 퍼뜩 눈에 밟혀서였다. 육십 년 전 한반도의 남녘에 살았던 적빈(赤貧)한 가족이 만주 땅으로 들어서는 길목이었다.

"어디서 떠나오십니까?"
"기장서 옵니더."
바가지 달린 보따리 주인의 대답이다. '기장'이란 경남 동래 어디이름이라 한다. 전에 이웃 사람이 먼저 와 사는데 농토는 흔하니 들어오라 해서 찾아오는 길이라 한다.
"조선은 벌써 풀이 돋았겠죠?"

"양지짝 산엔 진달래도 폈을걸요?"

이런 것들을 묻는 그들의 눈은 거슴츠레해지며 오륙 년 혹은 십여년 전에 떠난 고향 산천을 추억하는 모양이다. 젖먹이를 업었던 어머니는 띠를 끌러 안고 젖을 물린다.

중국 사람들의 떠들어대는 바람에는 눈이 휘둥그렇다가도 젖먹이를 내려다볼 때만은 그의 야윈 볼에도 어설프나마 웃음이 어리었다. 남편은 자리가 없어 그저 짐짝 옆에 서 있었다.

낯설고 물 선 곳에서 띠를 끌어 젖을 먹이면서 "중국 사람들의 떠들어대는 바람에는 눈이 휘둥그렇다가도 젖먹이를 내려다볼 때만은 그의 야윈 볼에도 어설프나마 웃음이 어리었다"던 그 젊은 동래 출신의 어머니가 혹시 〈타향살이〉를 듣고 사향(思鄕)의 그리움이 사무쳐 강에 몸을 던진 그 부인이 아닐까 하여 마음을 졸였던 것이다.

다들 그렇게 떠난 고향이었고, 그렇게도 그리워했던 고향이었다. 그렇기에 〈타향살이〉는 단순한 노래가 아니라 그들의 마음을 대변하는 상징이자 역사이기도 했던 것이다.

또한 〈타향살이〉는 단지 30년대 식민지하의 옛 노래만이 아니었다. 〈타향살이〉가 대변하는 아픔과 그리움은 오늘날도 만주 땅에서 삶을 꾸리는 동포들 가슴속에 마치 피나 살처럼 젖어 있는 듯했다. 최근 어느 학자가 전하는 바에 의하면 이러하다.

수 년 전 중국 여행길에 옌볜 조선족 자치주의 수도인 옌지 시의 야

시장을 거닐다가 길거리에 즐비한 노래방 시설을 보았다. 거기서 〈타향살이〉 〈눈물 젖은 두만강〉 등을 혼자 열창했는데, 노래가 끝나자 등 뒤에서 박수 소리가 들렸다. 돌아보니 한 무리의 조선족 동포들이 가던 길을 멈추고 앙코르를 청하는 것이 아닌가. 옛 북간도 땅에서 가슴 속이 무한한 감개로 끓어올랐다.(이동순, 영남대 교수)

식민지하에서 우러나오던 망향의 그리움이 대를 물려가며 피처럼 흘러내려오는지 모른다. 그들만이 아니다. 최근 보고서에 의하면 오늘날 우리 국민들 열 명 가운데 일곱 명이 타향살이를 하고 있다고 한다. 이런 보고서는 이미 뿌리 뽑힌 채 둥둥 떠다니며 살아가는 우리 삶의 형태를 명징하게 보여주는 듯하다. 이렇게 유목민처럼 타향살이를 하고 있는 우리들은 오늘도 고달픈 삶의 고개고개마다 애절한 〈타향살이〉 노래로부터 위안을 얻고 있는 것이다.

이럴진대 〈타향살이〉를 작곡하고 또 그 노래를 부른 사람들을 어찌 '딴따라'라고 낮춰 부를 수 있으랴! 이들이야말로 칠십 년 전부터 오늘에 이르는 동안 전 국민이 함께할 수 있는 코드를 만들어낸 창작가들이라고 해야 하리라. 이들은 여느 예술가에 견줘 결코 손색이 없는 존재들인 것이다.

그러니 아쉬운 것은 대중예술가가 타계했을 때 보여주는 우리 사회의 각박함이다. 지난 1989년 일본의 유명한 엔카 가수 미소라 히바리가 죽었을 때 일본이 보여준 전국적인 추념 분위기와 비교해보면, 우리들이 대중가수나 작곡가에게 바치는 애도의 염은 지나치리만큼

엷다.

물론 이런 한일간의 비교가 딱 들어맞는 것은 아닐 수도 있다. 트로트 풍의 일본 엔카는 그들 나름의 역사가 있고 또 아직도 대중적 인기를 잃지 않았다. 반면 우리에게 트로트 풍의 가요는 벌써 출발부터가 일본의 영향을 입었던 것인 만큼 왜색 시비에서 자유롭지 못하다. 또 일본 사회가 어느 분야든 장인(匠人)을 높이는 풍토인 반면, 우리들은 무대 예술 행위를 낮춰 본 오랜 관습으로 말미암아 대중예술가에 대한 느낌이 다를 수 있을 것이다. 그러나 어둡고 절망적인 시대를 살아내면서 〈타향살이〉나 〈목포의 눈물〉 그리고 〈사막의 한〉과 같은 시대적 상징을, 가녀리고 흐느끼는 창법으로 노래하여 아픈 가슴을 어루만져준 은공은 결코 낮춰 볼 것이 아니다.

시대는 변하고 숭상하는 덕목도 변한다. 공자 같으면 '군자다운 인격(君子儒)'을 갖추기를 요구하고, '자잘한 기술에 탐닉하는 것(小人儒)'을 마뜩찮게 여겼을 것이다. 그러나 오늘날은 누가 뭐라 해도 한 가지 기예라도 철저하게 닦은 달인을 요구하는 시대다. 만화, 요리, 패션, 미용, 어느 분야건 철저히 통달한 사람을 높이지 않고서는 이른바 세계화 시대라는 '전문가의 시대'를 살아내지 못할 것이기 때문이다.

이런 점에서라도, 오랫동안 천시당하고 무시당하면서도 아프고 시린 시대를 감싸왔던 우리 대중예술의 장인들에게 보다 깊은 존경의 예를 표해야 하리라.

(1999년 2월)

봄감기를 앓으면서

　나는 봄마다 감기를 톡톡히 앓는다. 봄감기에 혼나는 이유를 잘 알면서도 매년 되풀이하곤 한다. 어떤 때는 감기보다 그 건망증이 더 싫을 정도다.

　봄감기에 걸리는 이유는 대략 이렇다. 좀 뭐한 이야기지만, 몇 년 전부터 겨울을 맞이하면 꼭 내복을 꺼내입었다. 그런데 2월 말쯤이면 온몸이 스멀스멀하고 조금 가려운 기분을 느끼게 된다. 그리고 마침내 새 학기와 맞물린 3월 초가 되면 거의 어김없이 새봄을 맞는 기분으로 그 내복을 벗어버리고 감기를 맞이하는 것이다.

　그런데 감기에 걸리고 난 다음 생각해보면 2월 말에서 3월 초에 걸친 그 스멀스멀한 기분은 딱히 내복이 갑갑해서만은 아니었던 것 같다. 말하자면 내복을 벗은 것이 내 몸의 요구 때문이라기보다는 외부의 충동질(?)에 들뜬 기분 때문인 것 같다는, 일종의 '속았다'는 느낌이 매번 드는 것이다. 올해도 예의 그 감기 때문에 고생을 하면서 내복 벗기를 조장한 음험한 외부 요인에 대해 곰곰이 따져보았다. 그리고 마침내 그 원인이 3월이라는 달수와 봄이라는 계절 사이의 착시 현상이라는 결론에 이르게 되었다. 한번 들어보시라.

우리가 '춘삼월 호시절'이라는 예부터의 속언을 쉽게 되뇌는 것이 2월 말에서 3월 초쯤이다. 2월 말에 이뤄지는 초중고등학교의 짧은 방학도 '봄방학'이며, 새 학기를 맞이하여 특수를 누리고자 하는 문구업체나 백화점들의 광고에 어김없이 '봄맞이 세일'이라느니 '봄맞이 대매출'이라느니 하는 문구가 끼어드는 것도 이즈음이다.

더욱이 3월의 개학은 '새 학기'이자 '새 학년'이면서, '새 친구'를 맞이하는 때이자 또 '새 선생님'을 뵙는, 거의 완벽하게 새로운 시절이다. 이런 3월 초순에 휩싸이게 되는 새롭고 설레며 들뜬 기분은, 묵은 겨울을 지나 새봄을 맞이하는 계절의 감각과 똑 떨어지게 들어맞는 것이다. 그러므로 우리에게 3월은 봄의 대명사가 되지 않을 수가 없다. 그러니 조상들이 붙이신 그 '춘삼월 호시절'이란 말은 시대의 변화에도 불구하고 참으로 변치 않는 절절한 진리의 말씀으로 와 닿는다.

그런데 정말로 그러한가? '춘삼월 호시절'이란 것이 음력 3월을 두고 하는 말이었음을 내가 진작에 알았더라면 이런 들뜸에 쉽게 휩싸이지 않았을 것이고, 또 그렇게 경거망동(?)하지 않았더라면 연례행사처럼 감기를 되풀이하지 않아도 되었을 것이었다. 즉 '3월'과 '봄' 사이에 등호를 그을 수 있는 것은 오로지 '음력' 3월일 때이지 양력 3월은 아니라는 사실이다. 올해로 치자면 4월하고도 7일에야 음력 3월 초하루가 시작되는 것을, 나는 음력 정월에 벌써 봄맞이를 하였던 셈이니 감기에 걸릴 수밖에 없었던 것이다.

그런데 이런 착각, 즉 양력 3월과 봄을 동일시해 고통받는 현상은 새로운 언어나 문화가 토착 문화와 만나는 곳에서는 언제든지 빚어질 수 있는 것이다. '양력 3월(March)'과 '음력 삼월(三月)'이라는 이름을 착각하여 혼동하는 경우는 이승만 대통령의 부인 프란체스카 여사의 모국에 대한 착각과 유사하다. 그녀는 오스트리아 출신인데 우리 국민들이 이를 오스트레일리아라고 잘못 알아 그녀를 '호주댁(宅)'이라고 불렀던 혼동 말이다.

그러나 이렇게 치부하기에는 좀 찜찜한 점이 없지 않다. 왜냐하면 프란체스카 여사의 경우 택호를 '오스트리아 댁'으로 올바로 부르건 '호주댁'으로 잘못 부르건 그녀를 알뜰하게 여겼던 국민들의 속뜻은 거의 훼손되지 않는 데 반해서, 양력 3월을 봄으로 여길 경우에는 우리 몸의 기운과 달, 그리고 계절 사이에 심각한 괴리가 빚어지기 때문이다. 즉 조상들이 달과 계절에 맞춰 몸의 기운을 조절하기 위해 개발한 구호가 '춘삼월 호시절'이었고, 이 표현 속에는 '이제 겨울을 털고 온몸으로 봄을 즐기자'는 행동강령이 깃들어 있는 것이었다. 그런데 우리는 양력으로 말미암아 음력 정월을 춘삼월 호시절로 여겨 버리는 오류를 저지르게 되었고, 나는 그 결과 몸이 망가지게 된 것이다.

그러나 이것은 너무 일찍 나온 개구리가 얼어죽는 것과는 다른 것이다. 왜냐하면 개구리의 비극은 계절을 잘못 안 개구리의 탓이지만 내 감기는 우리 것(음력)을 대수롭지 않게 여기는 병폐가 깊고 깊어,

이 땅의 삶과 몸에 맞추었던 달력조차 남의 것을 맥없이 따르는 과정에서 빚어진 것이기 때문이다. 다시 말해 내가 내복을 일찍 벗어버려 감기에 걸린 것은 나의 탓이라기보다는 몸은 춘삼월이 걸맞는데도 머리와 눈은 양력 3월을 지향했던 우리의 왜곡된 가치관 탓이라는 얘기다.

그런데 곰곰이 생각해보면 양력 3월과 봄을 동일시하는 착각은 이 사회에 널리 퍼져 있는 일종의 구조적 병폐로 여겨지기도 한다. 세계화를 영어 잘하는 것과 동일시하는 착각, 조기교육을 훗날 배울 것을 앞당겨 가르치는 것으로 오해하는 착각, 대통령제에서 내각제로 바뀌면 독단과 아집의 정치판이 없어진다고 생각하는 착각, 국민소득이 일만 달러만 넘어서면 선진국이 된다고 생각하는 착각, 덧붙여 선진국 국민은 남의 나라에 가서 무례한 짓을 마음껏 해도 괜찮은 것으로 여기는 착각 따위도 다 구조적으로는 동일한 착각으로 여겨지는 것이다.

양력 3월을 봄과 동일시한 착각으로 말미암아 해마다 이쯤이면 감기에 시달리는 나의 고통처럼, 세계화를 영어 잘하는 것으로 착각하는 것으로 인해 내 삶을 하찮게 여기고 남의 것을 섬기는 버릇이 더욱 고질이 될 수 있다. 조기교육을 착각하는 것으로 인해 학교가 황폐화되며, 제도만 바뀌면 정치문화가 바뀌리라는 착각 때문에 누구도 책임지지 않는 정치위기가 심화될 수 있다. 그리고 소득으로써 삶의 수준을 재는 착각으로 인해 돈 없는 사람이 홀대당하고, 급기야 식민지도 없으면서 제국주의자인 양 우쭐대는 졸부근성으로 말미암아 호된 시련을 자초할 수도 있는 일이다.

이렇게 보면 해마다 봄이면 찾아오는 나의 감기는 근래의 정치적 혼란과 경제적 위기, 그리고 더욱 팽배해지는 개인주의의 한 상징인 것 같기도 하다. 내남없이 두루 서양의 3월을 나의 3월로 착각하는 눈에서, 또 조상의 삶을 하찮은 구닥다리로 여기는 눈길에서부터 봄 감기와 정치 경제의 위기는 이미 예비되어 있었는지도 모른다.

(1997년 4월)

꽃

4월이다. 지금 남도의 산과 들은 온통 꽃으로 장관을 이루고 있다. 찬바람에도 굳건하던 동백꽃은 몸을 던져 땅바닥을 핏빛으로 물들였고, 화사하던 목련은 목을 비틀며 한 닢 한 닢 낙화하고 있다. 그 사이 비탈진 둔덕에는 샛노란 개나리가 줄지어 늘어섰고, 그 틈새로 진달래가 붉은 속살을 드러내었다. 드디어 봄비에 벚나무들이 입술을 벌렸으니, 출근길 아침의 가로는 파스텔 풍 은회색으로 출렁거린다.

봄꽃들이 이토록 아름다운 까닭은 '화무십일홍(花無十日紅)'이라, 열흘을 버티지 못하기 때문이다. 우리는 저 꽃들이 머지않아 질 줄을 알기에 기껍고 또 안타깝다. 영랑이 노래했듯, 모란이 지고 나면 또 한 해를 기다릴 수밖에 없는 '한정' '끝' 혹은 '스러짐'이 목울음처럼 꽃 속에 잠겨 있기에 아름다운 것이다. 꽃이 아름답기 위해서는 꽃술 속에 죽음이 담겨 있어야 하는 줄을 이제사 알겠다.

그러나 꽃이라고 하여 다 꽃일 수는 없는 것. '한정'을 넘어서면 꽃은 이미 꽃이 아니라 그냥 한 사물로 퇴각하고 만다. 한겨울, 로터

리나 길가에 '설치' 되었다가 채 시들기도 전에 철거당하는 꽃들이 꽃이라기보다 차라리 거리의 풍경에 불과하였던 것처럼. 그렇다면, "내가 그의 이름을 불러주었을 때, 그는 나에게로 와서 꽃이 되"긴 하겠지만, "이름을 불러주기 전에" 이미 꽃으로 자처하거나 그저 활짝 피어 있기만 한다면, 그건 "다만 하나의 몸짓에 지나지"(김춘수, 「꽃」) 않는 것이다. 넘치지 말기, 제 한정에 머물기, 이것이 꽃이 꽃일 수 있는 이유다.

허나, 어디 꽃만 그러할까. '한정을 넘지 않음(止)'은 이 세상 이치의 궁극이라고 해도 과장이 아닐 것이다. 이를테면 『대학』의 들머리에서 세상의 가장 큰 공부길이란 "지극한 선에 그치는 것(止於至善)"이라고 하였으니, '그침'의 위대함을 미루어 짐작할 수 있는 일이다.

말(言語)이 말일 수 있는 까닭도 말이 제 뜻에 그칠 줄 알기 때문이다. 말이 뜻을 넘어버리면 '소리'가 되고(그래서 우리는 술에 취해 하는 말을 대개 '헛소리'로 취급한다) 또 말이 오그라들면 '침묵'이 된다(면벽한 스님에게는 말이 장애다). 이렇게 말이란 침묵과 소리의 한가운데에서 제가 끌어안은 뜻(의미)에 머무를 때에야 그 역할을 다하는 것이다. 그렇다면 인간사 가운데 큰일도 '말이 그치는 자리를 아는 것'을 넘지 않는다. 그러니 말을 할 땐 더듬거리지 않을 수 없다. '말더듬기(訥)'를 지혜로 삼았던 이는 고려의 지눌(知訥)이었고, 말을 '칼날처럼 조심하기(訒)'를 권한 사람은 공자였으니, 말을 삼감에는 유불(儒佛)이 따로 없음을 알겠다.

이렇게 보면, 요즘 들어 김대중 대통령의 말이 힘을 잃어가는 것도 까닭이 없지 않다. 그건 임기가 얼마 남지 않아서가 아니라, 그 동안 대통령과 정부의 말이 넘쳐났기 때문이다. 본시 말이 넘치면 실수가 잦기 마련이다. 말이 꼬이면 엉키게 되고, 말이 엉키면 어디서 그쳐야 할지 모르는 법이다. 민주, 개혁, 통일, 진보, 새천년 따위의 좋은 말들은 먼저 소유하려고 숨이 가쁜 반면 교육 문제, 의료 문제와 연관된 나쁜 결과는 아랫사람과 남의 탓으로 돌리기에 급급하였다. 그러나 결국 좋은 말들은 '소리' 가 되어 증발해버렸고, 나쁜 결과들은 '침묵' 이 되어 국민들 가슴에 돌처럼 가라앉았다.

헌데 연초에 자기 당 소속 국회의원들을 자민련에 임대하는 와중에 대통령이 하는 말을 듣고서야 그게 남 탓이 아니라 자업자득인 줄을 알았다. 대통령이 그걸 두고 '넓은 의미의 정도(正道)' 라고 하였으니, 바로 그 자리에서 정도라는 말은 죽어버렸던 것이다. 정도가 죽으면 정치는 따라서 죽게 되어 있다. 정자정야(政者正也)라, '정도(正道)' 가 곧 '정도(政道)' 인 것이니 길을 그렇게 넓게 펼쳐버리면 길 아닌 것이 없게 되고 이에 정치는 그 넓기만 한 길에서 우왕좌왕 갈피를 잡지 못하다가 제 길을 잃고 만다. 그 와중에 국민은 무엇이 옳고 그른지, 어디가 발 디딜 곳인지 알지 못하고 그 넓은 길을 전후좌우로 횡행하는 정치에게 이리 치이고 저리 치여 끝내 죽음에 이르기도 하는 것이다.

그러니 정치에서 '그침(止)' 이란 '새 말을 지어내는 것(作名)' 이 아니라 '있는 말을 벼리는 것(正名)' 일 따름이다(이 세상에 새로운 것이란 없다). 말의 날을 날카롭게 벼려 말 한마디로 죽음과 삶을 선연히 가를 수 있을 때, 그제서야 정치는 제자리를 찾는 것이다. 화무십일홍이라, 꽃이 한정이 있을 때에야 아름답듯이 말도 칼처럼 한정될 때에야 힘을 얻는다.

자기 말은 넓게 확장하려 들면서 남의 말은 좁게 구속하기를 꾀한다면 넓히려는 제 말은 기껏 길거리의 겨울꽃처럼 풍경으로 퇴각하고 말 것이요, 좁힘을 당하는 자들의 말은 도리어 단련되어 칼날이 되어 뒤통수를 칠 터이다. 세상사 이치가 그런 것이다.

(2001년 4월)

어미

한자(漢字)는 재미있는 글자다. 글자마다 뜻이 있으니 곰곰 새겨 보면 수천 년 전 사람들의 생활상을 그려볼 수 있다. 문화인류학의 보고인 셈이다.

어디서 남(男)자를 그럴듯하게 풀어놓은 글을 본 적이 있었다. '男' 자를 아래위로 쪼개면 '밭 전(田)'자와 '힘 력(力)'자가 되는데, 결국 남성의 의미란 '밭을 경작하는데 힘을 쓰는 사람'으로 볼 수 있다는 해석이었다. 오늘날식으로 하면 노동을 해서 돈을 버는 사람이라는 뜻이 될 것이고, 그러고 보면 '남자=노동=샐러리맨'이라는 등식이 참으로 유구한 역사를 가지고 있구나 하는 감회에 사로잡힐 만한 설명이었다.

그런데 이런 식의 글자 쪼개기를 통한 문화인류학 여행은 아무나 하는 것이 아닌 모양이었다. 남(男)자에 대한 해석이 실로 그럴듯하던 차에, 좋을 호(好)자를 보고는, '옳거니! '好'자란 계집 녀(女)자와 남자를 뜻하는 자(子)자가 합쳐진 글자이니까, 여자와 남자가 꼭 껴안은 모양을 형상한 것이로구나'라는 통찰을 얻었다. 남자와 여자가 꼭 껴안은 호(好)자의 글꼴이야말로 동서고금을 막론하고 좋고 즐거운 것의 상징일 수 있겠다는 해석이 앞장서고, 뒤를 이어서 '아이고 남사스러워라, 옛날 양반들도 꽤나 밝혔던 모양이구나'라는 낯간지러운 생각이 지나갔다. 속으로는 키득거리는 웃음을 머금고서 말이다.

그뒤 우연히 중국의 옛 글자(갑골문) 사전을 뒤지다가 호(好)자가 여성이 자식을 안고 있는 모양을 형상한 글자임을 발견했다. 그야말로 여자(女)가 아들(子)을 안은 모양을 형상한 것이 호(好)자인데, 그동안 내 마음대로 오해한 것이다(부끄러웠다. 뭐 눈에는 뭐밖에 안 보인다더니, 내가 꼭 그 짝이었다). 그러고 보니 정녕 세상에서 제일 좋고 아름다운 모습으로 어미가 자식을 어르고 있는 모양에 비할 만한 것이 없을 법하였다.

참으로 그럴 법하다고 고개를 끄덕거리는데, 『삼국유사』에서 보았던 어미와 자식에 대한 일화가 함께 생각났다. 사람이 남긴 발자취가 크면 클수록 그 뒤에 흥미로운 설화가 생기게 마련인데, 신라시대 혜통 스님의 설화가 그런 경우일 것이다.

이분이 출가하지 않고 세속에서 살 때의 이야기이다. 그이는 사냥을 즐겼던 모양인데, 하루는 집 뒤의 골짜기에서 수달을 한 마리 잡아 살은 발라먹고 뼈는 뒷동산에다 버려두었다. 그런데 그 다음날 새벽에 뒷동산에 올라가보니 뼈는 사라지고 대신 핏자국이 흐트러져 있었다. 이상하게 여긴 혜통이 그 자국을 따라가보았더니 그 뼈가 자기가 살던 동굴로 돌아가 새끼 다섯 마리를 껴안고 있더라는 것이다.

이에 혜통은 "놀라고 이상하게 여겨 한참 망설이다가 문득 속가를 버리고 중이 되었다"고 『삼국유사』는 이야기를 끝맺는다.

아무리 큰스님의 출가를 드라마틱하게 구성해서 지어낸 설화라고는 해도, 그 어미 수달의 사랑을 그린 장면이 너무나 지극하고 슬퍼, 이 대목을 접하고는 눈앞이 아득해지면서 코가 맹맹하고 목이 꽉 잠기었다. 어미 수달은 죽은 몸뚱이였건만, 아니 뼈만 남았건만 다섯 새끼들의 안위가 염려스러워 그 한 밤을 죽어 있을 수가 없었던 것이다. 급기야 뼈만 남은 어미 주변에 몰려와 젖을 찾아 어미의 뼈 이쪽저쪽을 들쑤셨을 새끼들의 몸짓과 울음을 상상하면, 수달과 인간이라는 유(類)의 차이를 떠나고, 고금(古今)이라는 시대를 떠나, 또 사실의 여부를 떠나서 어미의 그 짙은 모성이 가슴을 치지 않을 수 없는 것이었다. 세상 그 어디에 비할 바 없이 좋은, 어미가 자식을 껴안은 호(好)자가 쪼개지고 만 것이니, 그 어미의 아픔이 얼마나 깊고 짙었을까 말이다.

그 여한이었을까. 어느 해 겨울, 텔레비전에서 수달 남매의 한살이를 방영하는 것을 보다가 동생 수달이 죽는 장면 앞에서 나는 마음껏 울었다. 천 년 전 수달 어미와 천 년 후 수달 남매의 뼛속 깊이 스미는 사랑은 세월을 넘어 가슴을 저미게 하는 것이었다. 하긴 워낙에 옛사람들은 수달을 영리하고 또 예를 아는 동물로 지목하였던 바다. 마치 까마귀가 늙은 어미를 위해 입 안에 먹을 것을 물고 와서 봉양한다고 하여 반포지효(反哺之孝)의 예로 삼은 것처럼 수달은 물고기들을 큰 바위 위에다 진설해놓고 조상에게 제사를 지내는 동물이라고 여겼다. 그만큼 영리하고 예를 아는 동물이었으니 자식 사랑도 그토록 지극할 수 있었을 것이다.

어미의 지극한 사랑으로는 우렁이를 또 빼놓을 수가 없다. 우렁이는 제 몸 속에다 알을 낳고 제 살을 먹이로 삼게 하는데, 새끼들이. 커서 떠나면 어미는 빈 껍데기가 된 채로 물 위에 둥둥 떠내려간다. 그러면 마치 청개구리가 비만 오면 어미 산소가 떠내려갈까 개골개골 우는 것처럼, 그 빈 껍데기를 보고 새끼 우렁이들이 운다는 이야기가 있다.

언젠가부터 5월 8일이 어머니날에서 어버이날로 바뀌었다. 그래서인지 요즘은 어미의 은공을 모르는 자식들만큼이나 자식을 버리는 어미도 꽤 있는 모양이다. 그러나 호(好)자를 남녀간의 사랑으로 잘못 읽는 경우가 있을지라도, 수달 어미의 그 지극한 사랑과 우렁이 어미의 몸 바침은 세월을 떠나 공감을 얻는다. 짐승보다 못한 일들이야 고금을 막론하고 있어왔지만 그것은 옥의 티일 뿐, 다수는 참다운 인간의 행실을 찾아 배우고 살아간다. 그러므로 5월 8일이 어버이날이어서 나쁠 것은 없지만, 아무래도 아직까지는 어머니날이라야 할 것 같다. 젖가슴 꺼지고 뼈마디 한 군데 성한 데 없는 늙은 어머니의 날이 있기에 5월은 빛나는 것이리라.

(1999년 5월)

선무당의 내력

태어났다가 죽는 이치를 거스를 수 있는 생명체는 없다. 인간도 처음에는 밀림이나 사막의 동물들처럼 죽은 자리에서 그냥 스러졌을 것이다. 낙엽처럼 죽은 채 말라가거나, 정글에서처럼 다른 동물의 먹을거리가 되었으리라. 애초에는 죽음에 대한 의례 절차 즉 장례가 없었으리라는 것이다.

맹자의 문화인류학적 추론에 의하면 본래 인간에게는 부모의 시신을 매장하는 풍속이 없었다. 그냥 구덩이에 던져버렸다. 그런데 어느날 들짐승들이 부모의 시신을 파먹고 시신에 벌레들이 들끓는 것을 본 자식의 얼굴이 자연히 찌푸려졌다. 차마 눈 뜨고 볼 수가 없었던 것이다. 이에 집으로 돌아가 삼태기에 흙을 담아와서 시신을 덮었다.

이런 추론을 토대로 맹자는 효(孝)가 바로 그 '얼굴이 찌푸려지고 차마 보지 못하는 마음가짐'으로부터 피어나는 것이라고 짚었다. 거대한 유교 문명의 출발을 짐승들이 부모 시신을 먹는 것을 차마 보지 못하는 그 마음가짐에서 비롯했다고 본 것이다.

맹자식 추론이 아니더라도 삶과 죽음을 구별하고 장례를 치르는 것은 인간의 문명화 과정 가운데 가장 혁명적인 계기였다. 장례 풍속은 인간과 짐승을 구별하는 기준이 되고 또 인간의 삶을 되돌아보는 거울이 된다. 장례를 통해 정면으로 응시하는 육신의 소멸 과정이야말로 산 사람으로 하여금 삶의 유한성을 실감케 하는 무서운 거울이기 때문이다.

이 죽음의 무서움, 나아가 사후세계에 대한 두려움은 갖은 개념을 만들어내었다(동서고금을 막론하고 필요는 발명의 어머니다). 귀신과 혼백, 천당과 지옥 그리고 하늘과 땅 같은 개념들이 그 대표적인 발명품이다. 더욱이 농경문화의 발전과 더불어 죽음이 끝이 아니라 순환의 한 계기에 불과하다는 생각을 하게 되었을 것이다.

예컨대 겨울 동안 죽어 있던 나무가 봄이면 새싹을 틔워내기를 반복하는 순환의 과정은 인간에게도 적용할 수 있는 것이었다. 특히 시베리아 계통의 우리 민족은 봄이면 떠났다가 겨울이면 돌아오는 청둥오리, 두루미와 같은 철새들의 회귀(回歸)에서 그런 순환을 더욱 실감할 수 있었다. 이렇게 되면 죽음은 영원히 떠나는 것이 아니라 잠시 사라졌다가 다시 출현하는 새싹이나 철새와 같은 것이 된다.

언젠가 되돌아온다는 순환의 사이클을 상정해놓고 보면 장례는 슬픔일 뿐만 아니라 미지의 세계로 들어가는 한 통과의례가 된다. 죽음은 공포나 두려움과 같은 감정의 영역에서 벗어나 논리로써 제어 가능한 이성의 영역으로 들어온다. 즉 죽음의 공포를 나름의 방식으로 극복한 셈이다.

이리하여 죽음과 관련된 보다 풍요로운 관념의 세계가 펼쳐지게 된다. 이 세상의 사회조직과 흡사하게 저 세상에도 지배자 혹은 심판자(염라대왕)가 있다고 여기고, 또 편안한 세계인 극락(천당)과 비천한 세계인 지옥이 설정되는 동시에 천당이냐 지옥이냐는 당사자가 살아생전에 쌓은 복덕에 의해 결정된다는 반성적 의식도 등장한다. 이것이 종교의 발생이다.

그리고 이 땅에서는 종교적 의식이 발생한 후 그 주재자로 무당이 생겨났다. 무당은 삶의 뒷면인 죽음을 산 사람에게 알려주었다. 죽은 사람의 혼령을 불러내어 산 사람과 면담을 시켜주기도 하고, 미래의 모습을 예견하기도 하였다. 이러한 위대한 능력을 가진 사람을 원래 성인(聖人)이라고 불렀는데, 옛사람들은 오늘날 석가모니나 공자, 예수를 성인이라고 부르는 것과 똑같은 존경심으로 무당을 성인이라고 불렀다.

이 무당들의 지혜와 예지는 자연의 침해가 심했던 옛날일수록 더욱 힘을 발휘하였다. 그들은 미래를 알고 죽음을 알고 또 질병의 정체를 아는 사람이며, 나아가 위험을 피하고 질병을 고치는 힘을 가진 사람들이었다. 죽음을 아는 사람이 살아가는 이치를 모를 리 없고, 원인을 아는 사람은 고치는 방법도 알게 마련이다. 그러므로 지식과 힘을 함께 갖춘 무당은 대개 세상사를 주관하는 통치자이기도 했던 것이다.

이에 『삼국사기』는 신라의 역사가 김대문의 말을 인용하여 신라 고대의 왕호(王號)였던 차차웅이 곧 무당의 이름이라고 증언하고 있는 것이다. 이들은 찬연한 왕관을 쓰고, 번쩍이는 금붙이와 쇠붙이를 단 옷을 입은 채 신궁(神宮)에서 겅중겅중 뛰면서 신과 의사를 소통하였으리라. 서울의 백성들이 운집한 가운데 북소리, 요령 소리를 울리면서 신사(神事)를 집행하였던 것이다.

그러나 이들은 불교가 도래하면서 그 지배적 권능을 잃기 시작하더니, 유교가 국교가 된 조선시대에 이르러서는 아예 천민으로 몰락하고 말았다. 또 기독교의 도래와 함께 미신이라는 딱지는 더욱 완강해져 그야말로 '어둠의 자식'으로 내몰리게 되었다. 그나마 80년대에는 문화계 일각에서 전통문화 계승운동이 일어나 탈춤과 더불어 재생의 기미를 보이기도 했는데, 최근에 한 선무당이 제왕들과 현인(賢人)들의 산소에 칼과 정을 꽂아 온 나라를 들썩이게 만들어버렸다. 한때 하늘과 땅을 소통하고, 삶과 죽음을 연결하고, 현재와 미래를 이으면서 만백성의 고민을 덜어주던 위대한 선지자였던 무당이 이제는 제 한 몸의 병치레 때문에 만백성의 가슴에 칼을 꽂는 전도된 지경에 이르렀으니, 실로 세월이 무상하기만 하다.

그러나 어디 이것이 그 무당에게만 국한한 일이랴. 미륵불을 자처하여 소동을 벌였던 불교의 선무당도 있고, 성경을 오독하여 휴거 소동을 일으켰던 기독교의 선무당도 있다. '사람을 위한' 사상이 어느덧 '사람이 섬기는' 사상으로 바뀌면 이런 우울한 소식이 생겨나게 마련인 것이다.

공자는 "귀신을 공경하되 멀리하는 것이 곧 지혜"(『논어』)라고 하였는데, 이즈음에 종교를 빙자하는 선무당들과 또 미혹에 빠지는 사

람들에게 전하는 법어라고 할 만하다. 요컨대 삶과 생각의 주인공은
언제나 자기 자신이어야 한다는 것이다.

(1999년 6월)

참 낯뜨거운 일

수년 전, 서울의 어느 대학에서 학생이 교수를 폭행한 일이 있었
다. 신문마다 개탄의 소리가 높았고, 교무회의가 열리고 있는 건물의
복도에 총학생회 간부들이 무릎 꿇은 장면이 실리기도 했다. 무릎 꿇
고 사죄하는 고전적(?) 모습이 흐뭇하기도 했지만 한편으로는 또 우
스꽝스럽기도 했다.

특히 제자가 스승을 폭행했다는 논조 앞에서는 고개가 갸웃거려졌
다. 오늘날같이 수만 명이 머무는 거대한 대학 캠퍼스에서는 누가 교
수요 누가 학생인지 알기 어려운 게 현실인데, 굳이 그 문제를 스승
과 제자라는 차원으로 전환하는 논리가 쉬 납득되지 않았던 것이다.
학생이 교수를 폭행한 것이 잘했다는 게 아니라, 이 일과 '스승과 제
자'의 문제는 전혀 별개의 것이라는 말이다.

그러고 보면 세상의 낯뜨거운 일 가운데 학생회에서 주최하는 스
승의 날 행사에 서 있는 기분만한 것이 또 있을까 싶다. 지금 재직하
고 있는 학교에 부임한 지 얼마 되지 않아 멋모르고 행사에 참석했다

가 혼이 난 적이 있다. 교수들을 멀거니 앞에 세워놓고 이런 저런 행사를 한 다음 노래를 부르는 것이다. "스스웅에─ 으은혜는 하늘 같아서─" 이쯤부터 등에서 땀이 나는 것이 내내 눈을 둘 데가 없었다. 아직 천둥벌거숭이인 내가 저 노래를 듣다니. 송구스럽다는 말은 바로 이런 경우에 쓰는 말이었다.

그런데 학생들도 어색한가보았다. 흘끗 쳐다보니 그들도 하늘을 보거나 땅을 쳐다보면서 노래 부르고 있는 것이다. 그렇다. 다들 스승의 날이 숨가쁜 것이다. 이렇게 서로 숨가쁜 까닭은, 스승이라는 이름이 함축하는 세계가 이제 더이상 존재하지 않기 때문이다.

우선, 고전적 의미의 스승이 존재하려면 질문이 먼저 있어야 한다. 누구에게나 교실을 개방했던 공자도 "배우려는 자가 조급해하지 않으면 알려주지 않고, 표현하려고 애쓰지 않으면 가르치지 않는다. 한 모서리를 들어주되 나머지 세 모서리를 알아채지 못하면 다시 반복하지 않는다"(『논어』)는 원칙을 갖고 있었다. 이것이 스승의 원형이다. 그런데 오늘날은 질문은 없고 가르침만 있다. 교사든 교수든 교(敎)라는 글자가 상징하듯 뭔가를 가르치는 사람이라는 점에서, 이들은 질문에 답하는 일을 능사로 삼는 원래의 스승이 아니다(역시 제자도 질문을 가진 자의 이름이지, 그냥 책상에 앉아 있는 학생들을 뜻하지 않는다).

또 스승이 존재하기 위해서는 그 사이에 감동이 존재해야 한다. 배우고 싶어 목마른 제자의 뒤통수를 쳐줌으로써 제자는 무릎을 꿇는다. 여기서 발생하는 에너지가 감동이다. 감동이 없는 한, 스승은 존재하지 않는다. 그러므로 스승의 그림자는 밟지 않는다는 말은 애초에 스승의 그림자는 밟을 수조차 없다는 고마움의 절규이지, 자칫 오해되듯 강제적 규범이 아니다.

또한 스승은 자처하지 않는다. 평생을 배워도 다 못 배우고 죽는 판국에 누가 누구의 스승일 수 있단 말인가. 그러므로 스승이라는 말은 제자의 가슴속에 별처럼 빛나는 이름이지 교무실에서 '이 선생님' '김 선생님' 하고 부를 때의 그 법적인 명칭이 아니다.

그러니 "돈만 내면 즉석에서 흔쾌히 모든 걸 전수해주는 오늘날의 화끈한 싸부님"들과 "아무 때나 발랄하게 하산"하는 제자들(유하, 「돌아온 외팔이 — 영화사회학」)이 횡행하는 이 시대에 스승이란 말은 비아냥거리가 되거나 기껏해야 회고조의 타령에 몸을 팔 수밖에 없는 처지다. 말(言語)이 제 뜻을 잃고 방황하면 그런 꼴을 당하게 되어 있다. 이제 스승이 없는 '스승의 날'에 남아 있는 것이라고는 시대착오적인 개탄과 상인들의 장삿속, 또 학교 현장의 부끄러움과 낯뜨거움뿐이다. 다 말만 남고 뜻은 사라졌기 때문이다.

(2000년 5월)

어린왕자들의 나이

일곱 살 먹은 아들이 있다. 날씨가 더워지면서 수영장엘 가자고 조르기에 겸사겸사 목욕탕으로 가자고 꾀었다. 아들은 냉탕에서 놀게하고, 나는 온탕에서 몸을 풀 작정이었다. 냉탕에는 아들 녀석보다조금 커 보이는 아이가 놀고 있었다. 아들이 들어가자 그 녀석은 친구를 만난 양 물장난을 쳤다.

한참 동안 두 녀석이 푸푸거리며 물장난을 치는데, 자못 소란했다. 남의 눈도 있고 해서 지나가는 말로 "친구 사이에 친하게 놀아야지!"라며 얼렀다. 그랬더니 그 녀석이 대뜸 "난 여덟 살인데요!"라고 하는 것 아닌가. 제법 화가 난 모양이었다. 요컨대 동갑내기가 아니라는 것이다. 그 사이에 둘이 나이를 재봤던 모양이고, 그 녀석은 제가한 살 많은 걸 확인했던 것이다. 내가 한 걸음 물러나서 "아이고, 네가 형님이구나. 그럼 동생을 잘 데리고 놀아야지"라고 했더니 금방얼굴이 풀린다.

한편으로는 귀엽기도 하고, 한편으로는 무섭기도 했다. 귀엽기로는 꼬마들이 제법 그들 나름대로 질서를 세워가는 모양이 그랬고, 무섭기로는 '나이'라는 이데올로기가 벌써부터 아이들을 구속하는 현장을 보았기 때문이었다.

왜 그 여덟 살배기는 낯선 내 아들을 만나면서 나이라는 잣대를 먼저 갖다대었을까. 초면에 서로 관계를 맺는 방식에는 여러 가지가 있을 것이다. 수영을 얼마나 잘 하는가라는 잣대도 있을 수 있고, 무슨 장난감을 가지고 있는가라는 잣대도 있을 수 있다. 헌데 그 가운데서도 나이라는 기준이 우선하는 것은 여러 가지를 생각하게 한다.

이 방식은 어른들에게서 배운 것임에 분명하다. 사실 우리가 어린이들을 만날 때, 첫번째 또는 두번째 묻는 것이 나이다. 예컨대 이름이 뭐냐고 묻고 난 다음에는 대개 나이가 몇 살이냐고 묻는다. 은연중에 어린이들은 나이를 통해 주변을 구별하고 서열화하는 방식을 배우는 것이다. 그것은 나이에 합당한 행위를 훈련시킨다는 점에서 긍정적인 측면도 있지만, 반면 나이를 가지고 그들을 규격화하는 나쁜 점도 있다. 목욕탕에서 만난 그 여덟 살배기는 일곱 살배기에게 형의 역할을 자임함으로써 성숙을 학습할 수 있다. 저보다 어린 아이를 돌본다든지 물안경을 양보한다든지 하는 등이 그렇다. 이건 좋은 점이라 할 수 있다.

반면 여덟 살배기는 일곱 살배기가 아우로서의 한계를 넘어서 덤빌 경우 폭력이나 폭언을 통해 그 반발을 억압할 권리도 동시에 획득한다. 즉 나이 이데올로기가 무서운 것은 나이가 인사치레를 위한 의례의 기준일 뿐만 아니라 지배와 복종이라는 정치-권력적 관계를 형성한다는 사실에 있다. 우리가 주의해야 할 것이 이런 나이 이데올로기이다.

나이 이데올로기는 학교에 들어가면 더욱 심해진다. 일학년은 이학년에게, 이학년은 삼학년에게 인사를 올릴 뿐 아니라 무조건 복종해야 한다. 최근에는 여학생들 사이에서도 이런 행태가 보인다. 안타까운 일이다. 대학에 들어가면 그 이데올로기는 입학 학번 따지기로 이어지고, 군대에서는 그 간격이 한 달 단위로 더욱 가팔라진다. 몇월 군번이냐에 따라 같은 일등병이라도 아래위로 나뉘는 식이다.

직장에 들어가서도 나이 순서가 큰 잣대가 된다. 입사를 하면 또 동기가 생기고, 그 아래위 기수 사이에 복종과 지배의 관계가 관철된다. 퇴근후 술자리에서는 바로 이 아래위 기수들에 대한 불만이 좋은 안주거리가 된다. 이 틈새에서 개인의 창의력은 집단의 조직력에 밀릴 수밖에 없다. 만일 그 틈새에서 개인을 내세우다보면, 많은 경우 왕따라는 보복이 돌아온다.

낯선 사람들끼리 격렬하게 부딪치기로는 자동차 접촉사고만한 것이 없다. 이때 잔뜩 화가 난 두 당사자들이 주먹다짐 일보 직전에 서로의 정체를 따지는 '마지막 카드'가 "너 임마, 몇 살이냐!"다. 뿐만 아니다. '건방지다'는 말은 대부분 나이와 관련되어 있다. 집안은 물론이고 직장, 사회, 급기야 낯선 사람들끼리 다툴 때조차 나이 이데올로기가 관철되는 우리 사회의 모습은 정말 섬뜩하다.

나이 순서대로 서열화하고 이에 따라 지배와 복종의 관계가 형성되는 것은 자연의 원리에도 반하는 일이다. 뒤의 파도가 앞의 파도를 밀어내는 것이 자연의 순리다. 헌데, 선배를 비판하지 못하고 후배를 억누르는 사회는 썩고 부패할 수밖에 없다.

생텍쥐페리의 『어린왕자』에는 어린이가 어른들에게 코끼리를 삼킨 보아뱀의 그림을 보여주면서 뭐냐고 묻는 장면이 나온다. 이에 대해 어른들은 모두 모자라고 대답한다. 이미 어른들은 숫자와 크기, 겉으로 드러나는 것만을 맹목적으로 믿고 숭배한다. 『어린왕자』는 어린이가 어른들의 스승인 까닭이 숫자나 눈에 보이는 것이 아닌 속뜻을 바라볼 수 있는 맑은 눈에 있음을 알려준다.

이런 맥락에서 볼 때, 목욕탕의 나이 따지기는 참으로 우울하다. 홀딱 벗은 몸으로 서로를 반겨야 할 어린이들이 벌써 나이라는 옷을 걸친 채 서로를 대하는 것은 '작은 어른'이지 '어린이'가 아니기 때문이다. 코끼리를 삼킨 보아뱀이 모자로 보일 때 어린이는 어른이 되겠지만, 그 그림을 보고 모자가 아니라 보아뱀이라고 말하는 사람을 윽박지르는 사회가 되어서는 안 된다. 우리의 어린것들이 저 폭압적인 나이 이데올로기의 희생물이 되어서는 안 되겠다는 말이다.

이제 어린이들을 맞으면서 나이를 묻지 말자. 그보다는 어린이들의 행동이나 말을 눈여겨 보아두었다가 그걸 칭찬하기로 하자. 그리고 다음에 만났을 땐 그걸 또 되새김질하자. 예컨대, "저번에 인사 참 잘하던 녀석이구나"라든지 "저번에 그림을 기막히게 그리던 녀석이로구나"라는 식으로 말이다. "몇 살이냐?"라고 묻고, 다음에 만나서는 "많이 컸구나"라고 대하는 것보다는 더 뜻이 깊을 것 같다.

급기야 어린이들이 이런 말투를 본받아 저희 또래끼리도 나이로 구별하지 않고 '딱지 잘 치는 녀석' '게임을 잘하는 녀석' '태권도를 잘하는 녀석'으로 분류한다면 더더욱 좋지 않을까. 이런 가운데에서 나이로 서열화하지 않고 능력으로 인정하고 인정받는 사회의 싹이 돋아난다면 더욱 좋은 일이다.

(1999년 7월)

그 많던 쉬리들은

　요즘엔 단연 영화 〈쉬리〉가 화제다. 흥행실적도 대단한 모양이다. 아직 보지는 못했지만 기분좋은 일이다. 영화를 둘러싼 많은 화제들 가운데, 정작 영화에는 쉬리가 한 번도 출연하지 않는다는 것도 이야깃거리다. 신문에서는 쉬리 사진을 동물도감에서 찾아 싣고, 차고 깨끗한 계곡에서 사는 민물고기라고 설명을 덧붙이는 친절까지 베풀었다. 그런데 쉬리의 사진을 보면서 깜짝 놀랐다. 쉬리라는 것이 우리가 크던 시골에서 '휘리' 또는 '피리'라고 부르던 바로 그 물고기였기 때문이다.

　휘리는 계곡에 사는 물고기들이 다 그렇듯 몸집이 크지 않고 재빠르다. 피라미보다는 훨씬 크지만 은어보다는 작고, 여러 마리가 어울려 다니다가 인기척이라도 나면 잽싸게 흩어진다. 자갈과 모래가 깔린 도랑에 투명한 봄 햇살이라도 내리쬐면 휘리들은 떼를 지어 알록달록한 자갈 위를 한가롭게 유영하는 것이다. 그렇다고 열목어나 산천어처럼 심산유곡에만 사는 성깔이 유별난 물고기는 아니다. 그저

물이 맑기만 하면 어지간한 도랑에서도 쉬 볼 수 있는 것이었다. 헌데 그것이 이토록 귀한 물고기가 되었다니…… 마치 어릴 때 구박했던 친구 녀석이 출세했다는 소식을 전해들을 때의 난감함과 같은 느낌이 스치고 지나갔다.

그러고 보면 흔했던 것들이 어느 날 갑자기 사라진 게 한둘이 아니다. 지난 겨울 동해에서 사라진 명태도 그 가운데 하나일 것이다. 팔뚝만하던 조기가 어느 날 손가락만큼 작아져서는 그래도 조기랍시고 식탁에 올라 사람을 처연하게 만들고, 명태도 노가리라는 이름으로 손바닥만한 게 맥주 안주로 오르더니 이젠 씨마저 말라버렸나보다.

뭉게구름이 지구상에서 사라져간다는 것을 몇 년 전 과학 잡지에서 읽은 적이 있었다. 그후 하늘을 볼 때마다 뭉게구름을 찾는 것이 습관처럼 되었지만, 뭉게구름은 한여름 장마철에도 찾기가 어려웠다. 새파란 하늘 위로 갑자기 피어올라 토끼 모양, 사자 모양, 선녀 모양 같은 것을 짓고 선명하게 그려내다가 순식간에 소나기를 퍼붓던 그 뭉게구름이 없어진 것이다.

그런데 과학자들은 이런 '사라짐'에 대해 너무 안이하고 손쉽게 설명해버리는 것 같아 불만이 크다. 대충 전 세계적 이상현상이면 '엘니뇨'라는 이름을 붙여 해결해버리는 식이다. 뭉게구름과 명태가 사라진 것이 과학적으로는 엘니뇨라는 이름의 이상현상 때문이라고 할지라도, 뭉게구름 속에는 동화와 어린 꿈이 담겨 있고 명태에는 가곡 〈명태〉의 노랫말이 섞여 있는데, 이 동화와 노랫말이 사라지는 데 대해서 엘니뇨는 그 어떤 설명도 하지 못하는 것이다.

조기가 사라지면서 파시(波市)라는 단어가 사라지고, 명태가 사라지면서 "검푸른 바다, 바다 밑에서 줄지어 떼지어 찬물을 호흡하고"라는 노랫말이 사라지고, 뭉게구름이 사라지면서 하늘과 구름이 그려내는 온갖 그림들이 사라지는 것이다. 결국 부둣가에서는 비린내가 사라지고, 강에는 떠 있는 배가 한 척조차 없고, 하늘은 한낱 창백한 배경이 되고 말았다. 이럴 지경이면 이미 바다는 바다가 아니라 소금물일 뿐이며, 강은 강이 아니라 하천일 뿐이다.

　그러나 곰곰 생각해보면 잃어버린 것들은 실은 잃어버린 것이 아니다. 대부분 우리가 내다버린 것이다. 엘니뇨가 우리로부터 빼앗아간 것이 아니라 우리가 내팽개친 것들이다. 엘니뇨는 우리의 죄를 덮어쓴 속죄양일 따름이다. 휘리는 자갈 채취로 인해 개천에 풀이 나면서 사라졌고, 조기는 황해의 오염 때문에 사라졌으며, 명태는 새끼마저 낱낱이 잡아대는 바람에 사라진 것이다. 정작 휘리를 죽이고 조기를 내몰고 명태의 씨를 말린 것은 엘니뇨가 아니라 우리들이었다.

　그렇다면 우리가 잃어버린 것은 자연의 생물들이 아니라 오히려 우리 자신들이다. 엘니뇨는 바다 깊은 곳에서 우리를 농락하고 있는 것이 아니라 우리들의 가슴과 머리 속에 있는 것이다. 자연이 변질되고 생물들이 사라지는 것은 바로 우리들이 더이상 정직하지 않고, 더이상 욕구를 참지 않으며, 더이상 다른 생명체를 배려하지 않기 때문이다. 자연이 사라지기에 앞서 사람다운 사람이 사라졌던 것이다. 모든 것을 돈과 바꾸는 동안에.

오늘 아침 밥상머리에서 고등어자반을 큼직하게 떼어 어린 자식들의 밥 위에 올려주었다. 그 흔하던 것이 올봄 들어 귀해져 팔천원이나 주고 샀다는 그 팔뚝만한 고등어를, 뚝 떼어 아이들 숟가락 위에 얹어주었던 것이다. 아들의 아들들에게 아들이 내가 어릴 때는 어른 팔뚝만한 고등어를 먹었다고 전설 같은 이야기를 할 수 있게 말이다. 마치 오늘 밥상머리에서 내 자식들에게 내가 어릴 때는 팔뚝만한 조기를 먹었다는 전설 같은 이야기를 들려주었듯.

(1999년 4월)

음악과 삶

댄스그룹 H.O.T의 공연중에 수백 명의 여학생이 졸도하고 급기야 한 여학생이 스스로 목숨을 끊었다고 한다. 나이 먹는 것을 가장 예민하게 느낄 때가 대중음악의 변화를 쫓아가지 못하는 경우라고 하던데, 그런 소식을 들으면서 짜증이 앞섰으니 나도 나이를 먹은 것이 분명하다.

80년대 초반 조용필의 〈창 밖의 여자〉나 〈못 찾겠다 꾀꼬리〉 같은 노래를 즐겨 들었고, 또 좋아하는 음악이 인기차트 1위에 오르면 이 나라 대중음악의 선두에 끼인 양 내 일처럼 좋아하기도 했었다. 그리고 김창완의 "내일 아침에는 고등어 구일 먹을 수 있네—"처럼 흐느적거리는 노래를 두고 '무슨 놈의 노래가 이래' 하고 비난하는 기성세대의 평에 맞서 적극 변호하기도 했었다.

그런데 이제는, 음악보다 춤이 앞서는 댄스 음악도 그렇지만 특히 음악 공연을 두고 졸도하고 죽기조차 하는 사태에 대해서 이해에 앞서 눈살이 먼저 찌푸려지는 것을 보면 영락없는 쉰세대가 된 것이다.

한때는 트로트부터 팝송에 이르기까지 폭넓은 감수성을 자부했었는데……

돌려 생각하면 세대간의 감수성 차이는 사람(나)이 변한 탓이라기보다는 그 동안 환경이 급격하게 변한 탓이라 할 수도 있으리라. 즉 살아가는 환경이 크게 변하였고 또 그 속에서 생산되는 말과 생각이 달라졌기 때문에 음악의 표현양식과 수용양식이 달라졌다는 것.

그것은 인터넷의 채팅방에 들어가보면 확연하게 느낄 수 있는 일이다. '방가(반갑습니다)' '당근이쥐(당연하지)'와 같은 은어도 장벽이지만, 그보다는 표현하는 방식의 거침없음 또는 상대방에 대한 무례함 같은 데서 느끼는 거리감이 더 크다. 이런 무례하고 거침없는 표현은 가사 전달보다는 몸짓을 중시하는 댄스 풍의 음악 조류와 관련되어 있고, 또 자기가 좋아하는 가수(댄서)에게 거리낌 없는 환호를 보낼 뿐 아니라 그를 위해 생명마저 던지는 자세와도 직접적으로 연결되어 있는 것 같다.

한편 좀더 생각하면, 세대간에 드리워진 두터운 장벽은 음악 본래의 성격에서 비롯되는 측면도 있다. 음악은 민족이나 언어, 성별과 관계없이 수용되는 드넓은 전파력을 가지고 있는 동시에, 한번 감동하면 헤어나기 어려운 중독성도 갖고 있다. 이 때문에 전 세계 사람들이 모두 좋아하는 음악이 있는가 하면, 소수의 마니아들만 즐기는 음악도 존재하는 것이다.

그러면 음악이란 무엇일까. 간단하고 메마르게 정의하면, 소리 가운데 몇 단계(7음)를 선택하여 이를 섞어 화음으로 만든 것이라고 할 수 있을 것이다. 헌데 소리와 달리 음악만이 갖는 특징은 사람의 마음을 울리고 빼앗는 '힘'을 갖고 있다는 사실이다. 이런 음악의 특성을 정치적으로 이용하여 사람을 조종할 수도 있다.

이런 음악의 힘에 가장 먼저 주목한 것이 샤먼들이었다. 세상에서 가장 원초적인 악기라면 북을 첫손에 꼽을 수 있는데, 샤먼들이 연주하는 규칙적인 북소리의 리듬은 사람을 점차 황홀경으로 빠뜨리는 것이었다. 가장 단순한 리듬에서 심리적 이완과 함께 육체적 휴식까지 얻음으로써 외부 세계에서 받은 긴장을 해소할 수 있었던 것이다.

오늘날에야 언제 어디서든 음악을 들을 수 있지만, 레코드가 발명되지 않았던 백 년 전까지만 해도 음악은 아주 귀하고 값진 것이었다. 군대에서 긴 행군을 마치고 파김치가 되어 귀대할 적에 들려오는 군악대의 행진곡에 힘이 솟구치는 느낌을 가져본 사람이라면 음악의 위대한 힘을 수긍할 수 있으리라. 이렇게 사람을 감동시키고 또 불끈 힘이 나게 만드는 음악이야말로 정치적으로 매우 중요하면서도 잘 다루어야 하는 무기였다.

이 대목에서 우리는 음악이 가진 힘을 해악으로 보았던 플라톤이 자신의 이상국가에서 시인과 음악가를 추방한 내막을 이해할 수 있다. 또 80년대 이란에 종교국가를 건설했던 호메이니가 대중음악에 철퇴를 내렸던 것도 같은 맥락이다. 반면 음악의 순기능에 주목한 사상가들도 있는데, 공자가 그 대표적인 인물이다. 낮과 밤이 바뀌고 여름과 겨울이 번갈아들면서 시간이 형성되듯, 공자는 예(禮)와 악(樂)이 서로 번갈아가면서 사회를 유지한다고 보았다.

예란 '사람 사이(人-間)'를 구별짓고 사람 사이에 적절한 거리를 유지하도록 만드는 형식이요, 악은 사람들을 두루 어울리게 함으로써 동질감을 느끼도록 하는 장치다. 예와 악의 교대는 과장-계장-계원이라는 서열을 유지하면서 각기 합당한 직무를 행하다가(예), 또 어느 때에는 함께 회식하면서 노래를 통해 거리감을 해소하는(악) '리듬'과도 같은 것이다. 그러니 공자가 꿈꾼 사회는 구별지었다가 섞고, 또 섞었다가 구별하기를 끊임없이 되풀이하는 곳이다.

오늘날 우리는 공자를 제사나 장례와 같은 형식을 중시하는 의례주의자로만 이해하고 있지만, 사실은 식음을 전폐하고 음악에 심취할 정도의 음악 애호가이자 시(詩) 비평가이기도 했다. 예컨대 "공자는 제나라에서 '클래식(韶)' 음악을 듣고 석 달 동안 고기 맛을 잊었다. 그가 말하길, 음악이 이 경지에 이를 줄은 생각조차 못했다"(『논어』)라고 하여 음악에 심취한 감동을 전한 바 있다.

그러면 오늘날처럼 굉음과 율동, 몸짓이 숭상되고 특정한 음악에 자지러져 몸까지 상하는 세태에 대해서 '음악 비평가'로서의 공자는 어떻게 평가할까. 한마디로 과유불급이라, 지나친 것은 모자람과 같다고 평하였지 싶다. 중국의 대문호 루쉰이 일본의 침략에 전전긍긍하는 중국의 현실을 비판하면서 "예교(禮教)가 사람을 잡아먹는다"라고 일갈하였던 적이 있는데, (여기서 예교란 예에 치중한 유교사상을 말한다) 이를 비틀어 오늘의 세태를 풍자하자면 '음악이 사람을 잡아먹는다'라고 할 수 있을 것 같다. 사람을 위해 존재하는 것이 음악인데 음악 때문에 사람의 목숨마저 상해서야 어디 될 법이나 한 말인가, 하고 공자가 비판했을 성싶어서다.

옛날 조선시대가 형식적인 예에 치우쳐 억지로 열녀며 효자를 만들어 사람을 상하게 했다면 오늘날은 음악, 예술, 자유 같은 것들이 일종의 이데올로기가 되어 사람을 상하게 하고 있으니, 경우만 바뀌었지 지나친 것은 예나 지금이나 마찬가지인 듯싶다.

귀한 것은 사람이다. 이 세상에 사람의 생명과 바꿀 수 있는 가치는 없다는 사실을 염두에 두고, 예든 악이든 조율해나가야 할 것이다. 어느 쪽이든 치우치게 되면 남는 것은 생명을 해치는 일과 환멸뿐이다.

(1999년 11월)

겉늙음과 점잖음

요즘은 잘 쓰지 않지만, 예전에는 '점잖다'라는 말을 칭찬으로 많이 썼다. 사내아이가 의젓하고 어른스러울 때 "아! 그 녀석 참 점잖다" 하는 식이었다. 옛날 그 점잖은 아이는 오늘날 시각으로 보자면 '애어른'으로 취급받을지 모른다. 좀 징그럽다는 느낌이 드는 것일까. 그래선지 점잖은 아이들이 거의 사라지고 없다.

사전적 해석은 아니지만 점잖다는 말은 '젊지 않다'가 압축된 말이 아닐까 한다. 말하자면 '노숙하다' '경박하지 않다'가 점잖다는 말의 뜻으로 여겨진다는 것이다. 어떤 일을 초보자가 숙련된 장인처럼 척척 처리해낼 때 그 칭찬으로 '노숙하다' '노련하다'라는 말을 쓰는 것처럼, 인생의 의미나 사람 간의 관계를 젊은 나이에 일찍 이해하여 자신의 역할을 어른스럽게 해낼 때 우리는 '점잖다'는 말을 썼던 것 같다.

물론 개그맨 전유성씨의 통찰을 빌리자면, 유모차의 안전벨트를 스스로 척 매는 외국 어린이의 노련한 몸짓은 놀랍기에 앞서 슬프다.

(전유성, 『남의 문화유산 답사기』, 소담출판사) 아이는 아이다워야 한다는 것이다. 그리고 이러한 생각은 재빠른 노숙함보다 더 건강해 보인다. 요즘은 겉늙은 수준을 넘어서 속조차 늙어버린 영악한 아이들이 도처에 가득하니 오히려 어린아이다운 어린아이가 그리운 참이라 더욱 그럴 것이다.

그래도 점잖음은 겉늙음과는 다른 것 같다. 겉늙었다는 것이 제 앞가림도 못하면서 나이 든 사람들 흉내를 내는 것을 말하는 데 반해, 점잖다는 것은 제 나이의 깊은 의미를 체득하여 듬직하게 행동하는 것을 말하는 듯해서다. 겉늙었다는 것이 피상적이라면 점잖은 것은 깊은 맛이 우러나는 경지를 뜻한다고나 할까.

그런데 점잖음이 미덕으로 칭찬되었던 까닭은 무엇이었을까. 우선 늙음이 지혜와 동일시되던 농촌사회의 환경 탓이었을 것이다. 한곳에서 나서 한평생 그곳에서 농사를 짓다가 죽는 농촌사회에서는 나이가 들수록 지혜가 깊을 수밖에 없기 때문이다. 예컨대 가뭄이 들었을 때 어디에 깊은 샘이 있다는 것을 가르쳐주는 것도 노인들 몫이었다. "우리 어릴 적, 그해가 무진년이던가 갑자년이던가"라고 점잖게 서두를 꺼내면서 근 육칠십 년 전 지독한 가뭄에 관정(管井)을 뚫던 기억을 되살림으로써 노년의 지혜를 증거할 수 있는 일이었다.

정녕 농촌사회에서 젊지 않음은 지혜로움이요 또 젊지 않음이야말로 안정된 삶을 증명하는 상징이었을 것이다. 그러나 그간의 시대 변화는 너무나 빠른 것이어서, 산업화, 서구화를 부르짖던 것이 어제 같은데 이제는 정보화, 세계화가 아니면 벼랑에 몰리는 지경에 이르렀다. 삼십 년 동안의 시대 변화가 가위 상전벽해라고 할 만큼 심하였으니, 사람들이 숭상하는 미덕도 결코 과거와 같을 수는 없는 일이다.

그러니 늙은이들은 이제 지혜의 상징이 아니라 천덕꾸러기가 되어 '노인을 공경하는 집(敬老堂)'이라는 이름의 감옥(?)으로 내몰리거나 한적한 공원에서 젊었던 한때를 회상하며 노닥거리는 유한 인생, 또는 잉여 인생이 되어버리고 말았다. 어느 텔레비전 광고에서 그려지는 행복한 가정에서는, 저녁밥 먹으라는 할머니의 말에 손자가 '인터넷으로 쥐라기 공원에 가야 한다'고 대답하자 할머니가 빙충맞게 '밤늦게 공원엘 왜 나다니느냐'고 말해 홍소(哄笑)를 자아낸다. 이것이 오늘날의 행복인 것이다.

늙음이 사회의 짐이 되고 젊음만이 재화와 지식을 생산하는 사회에서 당연히 늙은 것은 슬프고 젊은 것만이 미덕이 된다. 이런 상황에서 '점잖다'는 욕설이다. 노인을 대상으로 한 〈언제나 젊음〉이라는 텔레비전 프로그램에서 보이는 오늘날 노인들의 모습은 슬픔을 넘어 비극적이기까지 하다. 〈언제나 젊음〉이라는 제목부터가 이미 그렇지만, 거기에 출연하는 노인대학 할머니들의 청승맞은 아양과 애교 섞인 몸짓과 원색의 옷차림, 그리고 어린애들을 다루는 듯한 젊은 사회자의 말투는 차마 눈 뜨고 볼 수 없는 지경이다.

늙지 않으려는 늙은이들의 몸짓 속에서 원로와 노련과 노숙함은 실종되고 만다. 아니, 숨어버리고 만다. 이다지도 늙지 않은 것이 미덕인 시대에 '점잖다'니, 이건 큰 욕설이다. 우리 사회의 진정한 문제는 참된 늙음과 참된 점잖음이 없다는 점일지도 모른다.

그러면 점잖아지는 길은 어떤 것이 있을까. 우선 지금의 나에게 만족할 줄 아는 자세부터 시작해보자. 지금 가진 책, 만년필, 컴퓨터, 전셋집이긴 해도 일 년 남짓 보증기간이 남은 안락한 공간과 가족, 그리고 많지는 않아도 아껴 쓰면 사람 구실은 할 수 있는 월급을 기꺼워하는 것이다. 현재에 만족함으로써 우리는 초등학교 시절의 담임 선생님과 단짝을 그리워하고, 군대 고참과 하숙집 아주머니를 상기하고, 나아가 나를 기른 어머니 아버지에게 감사할 수 있게 될 것이다. 그리하여 마침내 편지를 쓰고, 전화를 하며, 또 촉촉한 시를 쓸 수 있게 될 것이다.

이 가을이 주는 쓸쓸함을 나의 것으로 동감함으로써 스스로 어느덧 가을이 되고, 그 쓸쓸함으로 말미암아 함께 살아가는 모든 것들을—적어도 몇몇 인연이 닿았던 것들을 소중하게 여기게 될 것이다. 주변 사람들의 고민과 슬픔이 가까이 다가오면서 그들과 함께 나눌 공간과 마음의 여분을 마련하게 될 것이다.

이렇게 함께하려는 자세에서 파생되는 몸짓이 바로 점잖음이라는 덕목이리라. 이 점잖은 마음가짐과 몸가짐으로 우리는 주변과 하나가 되고 또 보다 따뜻한 이야기들을 나눌 수 있는 것이다. 나를 늙게 함으로써 주변과 함께 따뜻함을 나눌 수 있는 것이니, 이것이야말로 참된 점잖음이리라.

(1997년 10월)

학도병

　이즈음 짙어가는 숲으로 산천은 푸르다 못해 도리어 검다. 3~4월에 피어나는 꽃들이 차가운 겨울이 지났다는 표시로 여겨져 반갑다면, 6~7월의 푸른 숲은 그만의 운치가 있다. 저 멀리 풍성한 미루나무가 보이는 텅 빈 들판에서 눈을 아슴푸레하게 뜨고 푸른 하늘 아래 환한 대지와 짙은 그림자의 대조를 감상하는 것도 이 시절의 즐거움이다.

　지면에서 튀어오르는 열기는 숨을 멈추게 하고, 또 그 열기는 흙냄새 풀냄새를 동반해 신발을 벗고 논밭을 걷고 싶은 충동을 느끼게 한다. 하긴 예전 같으면 보리타작과 모내기로 몸과 자연이 깊숙이 만나는 때이니, 고양이 손이라도 빌리고 싶다고 할 만큼 바쁜 시절이 바로 이즈음이다. 반거충이 일꾼도 이때는 한몫을 단단히 하는 것이다.

　그저께 오후 강의를 마치고 돌아오는 길에, 잔디밭에서 잔디를 깎고 있는 것을 보고 갑자기 온몸으로 땅을 기고 싶은 충동을 느꼈다. 동시에 온몸에 힘이 들어가면서 귓가에 익숙한 노랫소리가 들려오는 듯했다. "사나이로 태어나서 할 일도 많다만……"

아! 아직도 잠결에 다시 입대하는 꿈을 꾸듯이, 벌써 오랜 세월이 흘렀건만, 짙은 땅냄새와 함께 군대 시절의 몸짓이 떠올랐었나보다 (그러고 보니 내가 입대했던 날짜가 6월 초순이기도 하다). 그래서 각개 전투하면서 박박 기던 그 붉은 황토흙 냄새와 '5분 휴식' 시간에 벌러덩 드러눕던 풀숲의 냄새가 그렇게 뒤통수를 때리듯 덤벼들었던가보다. 하긴 어느 시인도 그 질긴 군대 인연의 끈을, "아직도 나는 지나가는 해군 찝차를 보면 경례! 붙이고 싶어진다"(이성복, 「제대병」)라는 시어로 표현하지 않았던가.

그래선지 지금도 6~7월의 논산과 연산 들판은 생생하게 기억난다. 고달픈 훈련장에서의 일과를 마치고 열을 지어 훈련소로 귀대할 때 스쳐 지나는 감자밭에서는 시어머니와 며느리가 오순도순 햇감자를 캐고 있었고, 탱자나무 울타리 너머 사과밭에는 아기 주먹만한 푸른 사과가 익고 있었다. 지친 행군길이었지만 길 옆에 핀 민들레꽃을 꺾어 전우의 총구를 화병 삼아 꽂기도 했다. 그러고는 걸음마다 끄덕이며 피어나는 꽃내음을 맡곤 했는데, 그 냄새는 지금도 묘사할 수 있을 것 같다.

이렇게 한때 고달팠던 시절조차 시각으로 또 후각으로 재현될 때는 마치 어제의 일인 듯 환하게 피어나는데, 생사가 걸린 경험들이야 어디 평생 잊을 수 있으랴. 경주에서 포항 쪽으로 길을 잡으면 안강이라는 곳이 있고, 그 위로는 다부동이, 또 더 위로는 영천이 있는데, 이곳들은 다 6·25동란 때 낙동강 전선을 지키기 위해 열여섯, 열일

곱의 어린 학생들이 떼로 몰려가 온몸으로 산화한 곳이다. 지금은 눈여겨보지 않으면 어디가 어딘지 알 수 없는 수풀 자욱한 산 언저리마다 젊은 죽음들이 있었던 것이다.

1950년 여름방학 어느 날, 삽을 들고 학교로 모이라는 말을 비상연락망으로 전달받고 농업고등학교 학생들이 등교했을 때, 그들을 기다리는 것은 지엠시(GMC) 군용 트럭들이었다고 했다. 군인들이 착검한 채 담장을 빙 둘러싸고 있었고, 대위 계급장을 단 장교가 연단에 서서 국가가 위망하니 펜을 던지고 총을 들자고 호소하더라고 했다. 어마지두에 실려간 포항과 안강, 그리고 다부동에서는 죽음과 죽임이 기다리고 있었다.

하늘은 구름 한 점 없이 푸르고, 산과 들은 짙푸른 숲으로 깊어갔을 8월의 어느 한낮, 그렇게 젊은 목숨들은 포화에 산화해갔던 것이다. 이제는 전적비가 아니고서는 눈에 띄지조차 않는 곳이지만, 잘 살피면 그곳의 우묵한 응달의 수풀이 다른 곳에 비해 유달리 기름진 까닭을 알 수 있으리라.

전쟁이 무엇인지, 정치가 무엇인지 모르는 젊은이들을 전쟁터로 몰아갔던 그때의 화급한 사정을 짐작하지 못할 바 아니나, 그럼에도 불구하고 그들의 죽음은 "가르치지 않은 백성으로 전쟁을 치르면, 이걸 '내다버린다'고 하는 것이다"(『논어』)던 그 '내다버린다(棄)'는 표현에 불행하게도 들어맞는다.

생각하면 우리 현대사의 진짜 생채기는 동족이 서로 총부리를 겨누었다는 사실 그 자체보다는, 뜻 모르고 죽이고 뜻 모르고 죽어갔다는 사실, 그 인간에 대한 모독 또는 야만적 취급에 있으리라. 이 고통이 아직도 사람들의 가슴속에 한(恨)으로 남아 있는 한, 이 땅에서 분단의 상처는 쉬 사라지지 않을 것 같다.

이제 남북간 정상회담으로 물꼬를 트게 된 화해의 바람이, 기껏 '산 사람 더 잘살자'는 식이 아니라 '묵은 원한을 푸는(解寃)' 방향이어야만 하리라고 생각되는 것도 뼈가 시린 상처와 또 심리적 앙금이 아직 생생하게 남아 있기 때문이다. 6월, 한여름의 푸른 숲속에 묻힌 우리 현대사의 아픔을 되새길 줄 알 때, 남북통일의 정책과 그 실천은 더욱 진중한 것이 되리라.

(2000년 6월)

축구와 광장

1

광장은 인간이 만든 최초의 문명이다. 자연은 광야는 만들 수 있으나 광장은 만들지 못한다. 광장은 인간이 만든 빈 터인 것이다. 광장의 묘미는 인공과 자연의 교차에 있다. 사람이 만드는 것은 대개 드러내거나 채우거나 짓는 것인데, 광장만큼은 텅 빈 자리이기에 그렇다. 이렇게 '만든 빈 터'라는 점이 '원래 빈 터'인 광야와 다른 점이다.

사람들은 오래 전부터 그 빈 터에서 신에게 기원하고 굿을 하였으며 또 모듬살이의 지혜를 서로 나누었다. 즉 광장은 인간이 더불어 살기 위해 언어와 물건, 기쁨과 슬픔, 기원과 바람을 함께 나누는 마당이었으니, 크게 종교와 정치의 기능을 했던 셈이다. 종교의 마당으로서 광장에는 제사와 굿 그리고 그 뒤풀이로서 축제가 행해졌고, 정치의 마당으로서는 웅변과 토론, 투표가 행해졌던 것이니, 광장이란 인간 삶의 필수조건이라고 해야 마땅하다.

2

　그런데 우리네 전통 속에서 광장은 정치적 공간보다는 종교적 공
간의 흔적이 훨씬 우세하다. 가령 굿터나 축제 마당으로서의 성격은
고구려의 가을축제인 무천(舞天)이나 삼한의 소도(蘇塗) 같은 데서
넉넉히 유추할 수 있지만, 고대 그리스와 같은 토론과 유세의 마당으
로서의 광장(agora)은 우리에게는 없었던 것 같다. 회의를 통해 의사
결정을 행한 최초의 기록인 신라의 육촌장 모임도 광장이 아닌 강가
의 빈 터에서 열렸다.(『삼국유사』) 그러니 우리 전통 속에서 광장은
꼭 상설되어야 하는 것은 아니었던 셈이다.
　실은 우리에게 광장은 일제시대 식민지 건설과 더불어 등장하였
다. 시청 앞과 역전에 주로 만들어진 그 광장들은 공원과 더불어 우
리에게 낯선 근대적 도시계획의 일환으로 '주어진' 것이었다. 그 시
청 앞 광장과 역전 광장은 각종 궐기대회, 이를테면 일제시대의 징
용, 징병, 창씨개명을 위한 관 주도의 모임과 해방후의 반공, 규탄 등
의 관제데모를 위한 자리였다. 뿐만 아니라 군사정권에 의해 만들어
진 5·16광장이란 것도 내내 부릅뜬 눈이 지키는 밀실에 가까운 것이
거나 국군의 날 전차의 캐터필러 소리로 뒤덮이는 곳이었을 뿐이다.

3

광장이 타의에 의해 주어진 것이었듯, 광장의 주인공도 우리가 아니었다. 광장의 주인은 저 위 또는 저 바깥의 존재였고, 따라서 광장은 도시의 중심이 아니라 그냥 교차로이거나 주차장, 혹은 음습한 터미널에 불과하였다. 그러므로 최인훈의 소설 『광장』에서 주인공 명준이 꿈꾸던 광장은 실은 우리네 광장이 아니라 서구의, 이를테면 영국 런던의 피커딜리 광장이었던 것이다.

도리어 우리가 주인이 되는 공간은 애처롭게도 길거리였다. 4·19가 그랬고, 1980년 서울의 봄이 그랬고, 1986년 민주화운동이 그러했다. 그리고 대부분의 축제도 대학로와 같은 길거리에서 행진으로 이루어졌던 터다. 광장이 의사를 형성하고 의견을 모으는 종착지라면 길거리는 어디를 향해 나아가는 통로인 만큼, 우리네 축제(운동)도 어디 모여들지 못한 채 흘러 증발하고 마는 그런 것이었던 셈이다. 그러니 광장의 아들인 축구(축구는 공터와 공만 있으면 되니 광장의 아들일 수밖에 없다)가 우리에게서 번성하기는 어려웠을 터였다.

그 동안 우리에게 축구는 전투의 일환이거나(군대에서 전투체력은 주로 축구경기와 연결되었다. '전투' 체력이니만큼 지는 것은 곧 죽는 것이므로 축구가 끝나면 어느 한쪽은 혹독한 기합이 기다렸다) 단체와 국가를 선양하는 도구였다. 박정희 정권 시절의 '박스컵 대회'는 축구경기의 주인공이 우리가 아닌 저 위의 누구였음을 잘 보여주는 예이다.

4

그러나 본래 의미에서 축구는 광장의 아들인 만큼이나 그 자체로 목적적인 게임이다. 축구는 축제의 들러리가 아니라 그 주인공인 것이다. 다시 말해 축제를 위해 축구가 존재하는 것이 아니라, 축구 경기가 곧 축제의 내용물이라는 것이다. 한 걸음 더 나아가자면, 축구를 하는 것이 곧 축제다. 공이 튀는 곳이 축제의 장이요, 공이 멈추면서 축제가 끝난다. 여기서 축구장은 곧 세계의 중심이 된다. 그렇기에 축구는 그 자체로 축제요, 또 광장을 형성한다. 축제를 위해 축구가 초대받는 것이 아니라, 축구를 하는 자리가 곧 광장(축제의 마당)이 된다는 뜻이다.

어릴 적 시골에서는 가을에 추수가 끝날 즈음이면 면 소재지에서 동네 대항 축구대회가 꼭 열렸다. 또 동네마다 '펠레'가 한 사람씩은 있게 마련이어서(지난해나 지지난해에 골을 집어넣어 그 동네를 승리로 이끄는 견인차 역할을 한 사람이 펠레다), 다들 승리를 장담하곤 했다. 그날이 다가오면 동네 이장은 집집마다 돌아다니면서 쌀을 거뒀다. 마실거리며, 막걸리, 돼지고기 같은 걸 마련해서 선수들을 격려하기 위해서다.

경기가 시작되기 전부터 초등학교 운동장은 온통 사람들로 가득 찬다. 이제 운동장은 축제를 위한 광장으로 거듭나는 것이다. 스탠드가 없어 뒷줄에 선 사람들은 자전거나 경운기 위에 서서 관람했고, 판정 시비가 동네간의 격투로 변하는 일도 종종 벌어졌다.

마침내 누군가 뿌얀 먼지를 일으키며 멋진 헤딩으로 골을 넣으면 학교가 무너질 만큼 큰 함성이 터져나온다. 그러면 골을 성공시킨 선수는 구릿빛으로 그을린 얼굴 위로 비처럼 땀을 흘리고 가쁜 숨을 몰아쉬면서도 자랑스러움에 으쓱거렸다. 그날 탄생한 '동네 펠레'는 그 다음 해까지 명성을 누리게 되는 것인데, 그 청년이 지나갈 적이면 동네 꼬마들이 "야! 펠레 간다, 펠레"라면서 자랑스럽게 속삭이곤 했던 것이다.

5

축구에는 야만성이나 동물성이라고 할 만한 것이 깔려 있다. 축구는 기본적으로 발로 공을 차는 것인데, 대개 사람이 화가 났을 때 그 화풀이를 주로 차는 행위로 발산한다. 화난 며느리의 발길질은 집에서 기르는 개에게 향하는 수가 많고, 상갓집의 우울한 분위기를 감지하지 못하고 거치적거리는 개도 발길질의 대상이 된다. 발로 차는 행위는 인간적이기보다는 동물적이며, 이성적이기보다는 감성적이며, 정신적이기보다는 육체적이다. 축구경기 속에는 이런 성격이 잘 농축되어 있다.

그런데 이렇게 야만적인 축구에 대단한 기술이 요구된다는 점이 또 흥미롭다. 전혀 어울릴 것 같지 않은 야만성과 고도의 기술이 한데 섞여 있는 것이 축구의 패러독스다. 공은 둥글기 때문에 마음대로 움직이지 않는다. 신기에 가까운 공 다루는 기술을 보고 있노라면 둥글다는 것의 위대함(?)에 고개 숙이게 된다.

각종 전법이 개발되고 감독의 역량이 요구되는 점도 바로 기술로서의 축구가 가진 성격 때문이다. 한편으로는 또 이 공의 둥근 성격으로 말미암아 경기의 승패가 예상과 전혀 달라지기도 한다. 대단히 뛰어난 실력을 갖춘 선수들로 아무리 잘 짜여진 팀워크를 이뤘다 하더라도 난데없는 팀에게 지는 경우가 종종 발생하는 것이 축구다. 이건 축구공이 둥글기 때문에 갖게 되는 운명적 요소다.

이렇게 보면 축구는 인간 삶의 축소판이다. 축제적 성격과 야만성, 그리고 고도의 기술과 운명적 요소까지 아울러 갖췄으니, 둥근 축구공은 결코 단순한 것이 아니다. 아마도 이렇게 단순성 속에 감춰진 다양성으로 말미암아 우리는 축구에 열광하는 것이리라.

6

지난 월드컵 대회의 체험은 사실 좀 우울한 것이다. 우리 축구의 눈부신 성과는, 미안하지만 광장에서 우리가 길러낸 것이 아니라 특별한 사람들(히딩크, 대한축구협회, 그리고 유능한 선수들)에 의해 제작되어 우리에게 선물로 주어진 것이나 진배없다. 그 축구는 광장이 아닌 훈련장에서 특별히 선발된 사람들에 의해 수행된 '작전' 같은 것이었다. 다만 우리는 그 성장에 깜짝 놀랐고, 그 놀라움을 즐겼을 따름이다. 냉정히 말하자면 우리는 축구 자체를 즐겼다기보다는, 남을 이기는 기술을 즐겼을 뿐이다. 우리 광장에서 우리 스스로 길러낸 축구가 아니었기 때문이다.

그럼에도 불구하고 지난 월드컵 대회는 우리에게 숨어 있던 신명을 분출시키는 중요한 계기가 되었다. 우리는 이제야 축구 경기를 주체적으로, 스스로 즐길 줄 아는 결정적 체험을 한 것이다. 그러나 우리에게는 축구를 즐길 수 있는 마당(광장)이 많지 않다. 놀라운 응원 군중의 운집이 애초에 광화문 네거리에서(광장이 아닌 거리의 모퉁이에서) 시작되었다는 점이야말로 아직 우리 축구(축제)가 길거리에 머물고 있음을 상징한다. 그 군중들이 광화문 네거리에 사방팔방으로 넘쳐흘러 세종로며 새문안길이며 급기야 시청 앞에 이르렀다 하더라도 그것은 광장이 아니라 도로를 메운 데 불과한 것이다.

이제 우리에게 필요한 것은 축제의 주인이 되는 일이다. 여태 남에 의해 주어졌던 축구와 축제를 우리가 주인공이 되는 것으로 만들어야 하리라는 것이다. 그러기 위해서는 우선 길거리에 머물고 있는 우리 문화를 광장에 부려야 하리라. 그리하여 선수들은 무당이 되고, 축구 골대는 솟대가 되고, 관중들은 신명의 오롯한 구덩이에 몽땅 빠져들 수 있는 굿판으로서의 광장을 먼저 이루어야 할 일이다.

그러자면 우선 저 굿판을 경기장에서 마을 안으로, 아파트 앞으로 가져와야 한다. 아파트 마당을 메우고 웅크리고 앉은 자동차들의 자리를 '빈 터', 즉 광장으로 만들어야 한다. 거기서 아이들이 거리낌 없이 공을 차고 노닐 때 '광장의 아들'로서의 축구의 본래 의미가 되살아나고 또 우리는 광장의 주인이 되어 제대로 된 생활의 주인공이 될 수 있을 테다.

(2002년 7월)

고향의 상실

올 초여름은 햇살이 뜨겁고 비도 잦아 그 어느 해보다 수풀과 곡식들이 짙푸르다. 무더위에 앞뒤 창문을 모두 활짝 열고도 햇살이 무서워 발(簾)을 치고 싶을 즈음이면 우리의 몸은 어느덧 흐트러지고 마음도 한껏 여유로워진다.

고향 들판에는 모가 정강이만큼 자라고 앞산에는 아득한 뻐꾸기 소리가 한가로움을 더하는 때다. 못에는 소금쟁이가 한가롭게 동심원을 그리고 뜨거운 햇살이 물결에 반사되어 열기를 후끈 내뱉는다. 그러니 모심는 일도 힘들지만 이즈음에 물 가둔 논에서 피를 뽑는 일은 더 고역이다. 그러다 밤이 익으면 개구리 소리가 등천을 하고, 길가 숲에는 반딧불이들이 잔치를 벌인다.

저녁상이라야 보리가 반 넘게 섞인 밥을 밥솥에 찐 호박잎에다 멸치젓으로 쌈을 싸 먹는 정도지만 여럿이 삥 둘러 함께 드는 그 맛은 참으로 달고 깊었다. 더욱이 군것질거리가 귀했던 산골 아이들에게 삼시 세끼 밥은 단순한 먹을거리를 넘어선 풍성한 잔치였다.

골짜기마다 참게가 사라진 것은 오래전의 일이지만, 가재는 얼마 전까지만 해도 흔히 볼 수 있었다. 소를 산에다 풀어놓고는 개구리를 잡아 뒷다리를 구워 먹고 가재를 잡아 껍질이 빨개지도록 익혀서 먹고, 풀숲에서 삘기를 찾아 뽑아 먹고, 또 칡뿌리를 캐느라고 온통 땀으로 멱을 감기도 하였다. 표고나무나 '보리똥' 같은 야생 과실나무에서 나는 그 검고 붉은 열매는 또 얼마나 달콤했던가.

동네 어귀 소나무 숲속에 있는 무덤의 주인은 이미 죽은 지 오래건만 아직도 살아 있는 사람인 양 맨이름으로 불리면서 살았을 때 저질렀던 실수며 장난의 주인공으로 생생하게 부활하고, '아랫말'이니 '윗말'이니 '정골'이니 '터안'이니 하는 다른 동네 사람들은 알아듣지 못하는 암호 같은 이름들이 그 동네와 이웃 동네 사람들 간에는 익숙한 지명으로 통용되고, 또 그 이름을 제대로 알고서야 이웃일 수 있었다.

동네마다 성치 않은 사람들이 있게 마련이지만 동네 허드렛일을 도와주며 사는 이들도 당당한 마을 구성원으로 대접받았고 또 동네 사람들의 보호의 손길도 남달랐다. 집집마다 사립문은 언제나 반쯤은 열려 있었고, 어른 가슴 높이의 담장은 사람에 대한 믿음을 그대로 보여주었다. 그 낮은 돌담 위로 휘영청 달이 떠오를 즈음이면 이른 저녁을 먹은 아이들이 주섬주섬 몰려들어 모깃불을 메케하게 피워놓고 노래 부르며 학교 이야기며 묵찌빠 같은 놀이를 달 그림자가 길게 늘어질 때까지 하였다.

그곳은 동요 〈고향땅〉에서 그려진 것처럼 한낮이면 "고향에도 지금쯤 뻐꾹새 울겠네"의 고장이며, 황혼녘이면 "아이들도 지금쯤 소 몰고 오겠네"의 고장이다. 전깃불이 들어오지 않아 더욱 밝던 달이며 은가루 뿌린 듯한 밤하늘의 별들이며 가마솥에 쇠죽을 끓이는 오후 대여섯시쯤이면 라디오에서 흘러나오던 어린이 방송시간의 시그널 음악 등등이, 그러나 이제는 아련한 추억의 장으로 넘어가고 있다.

올가을이면 이런 내 고향이 사라지기 때문이다. 지금까지 사람이 떠나고 사라질지언정 고향이 사라진다는 것은 생각해본 적도 없었거 니와, 생각할 수도 없었던 일이다. 이은상의 노랫말에서 예견되었던 것처럼 "산천의구란 말 옛 시인의 허사로고"라는 말이 체념처럼 덮치 는 순간이다.

대도시의 주변에 위치하여 들 앞으로 고속도로가 날 때부터 짐작 했어야 했던 일인지도 모른다. 요즘엔 들 넓은 평야지대보다는 산골 짝이 더 큰 변화의 바람에 휩싸이곤 하니까 말이다. 상계동에서부터 분당, 일산을 거쳐가는 그 신도시 건설 바람에 수천 년 묵은 전통 마 을이 몽땅 쑥대밭이 될 때 그곳에 터하고 살았던 사람들에게 더 관심 을 기울였어야 했다는 회한도 덮친다.

하긴 그간 신도시 건설을 둘러싼 일들은 신문의 부동산 면에 재테 크 기사로 실리는 것이었지 어디 한번 문화면에 실린 적조차 없었다. 우리는 오랜 동네의 유서 깊은 사연들이 사라지는 것에 대해 관심을 기울이지 않았고, 이미 퇴락한 마을의 일로 치부하고 말았다. 오랜 세월 당당했던 마을의 인문지리학은 기껏 평당 몇 푼으로 환산되어 껍질 벗겨진 수탉처럼 거래되곤 하였던 것이다. 수탉의 그 풍채며 당당하던 그 울음소리며 화려한 볏이며 매섭던 부리는 아무 의미가 없고, 다만 그 몸뚱이의 몸무게에 따라 값으로 매겨질 뿐인 것처럼.

한때 문순태의 소설 「징소리」를 읽으면서 댐 건설로 고향을 잃은 이들의 슬픔에 안타까워한 적이 있었지만, 그것도 남의 일이라는 거리감을 갖고 있었기에 스쳐 지나가는 피상적인 감상일 따름이었다. 그러나 이즈막에 고향의 산이며 들이며 구릉은 저 측량기사의 외눈에 직선으로 잘려나가고, 포크레인이 찍어대는 쇳날에 산마루가 깎이고, 불도저의 밀어내기에 골짜기가 메워질 지경이다. 그러면 수백 년 동안 조상들이 가꾸었던 삶의 터전과 또 그곳에 깃든 이야기들은 죽음을 맞고 말 터이니, 이제사 댐으로 고향을 잃은 이들의 고통이 숨조차 못 쉴 지경으로 가슴에 와 닿는 것이다.

어느덧 동양 최대의 물류 센터가 들어선다는 산골 마을은 온통 뒤숭숭하기 이를 데 없다. 젊은이들은 보상금이 주된 관심사이지만, 이 산 아래에서 태어나 그 산에 묻히는 것을 자연스레 여겼던 늙은이들은 그들의 삶의 역사가 사라진다는 사실에 목이 멘다. 젊은이들에게는 어떤 들뜬 기대감 같은 것, 또는 좋은 기회를 놓치면 안 된다는 핏발 선 긴장감 같은 것이 느껴지는 데 반해 늙은이들은 맥 빠지고 지쳐버린 느낌이다. 젊은이들에게는 살아갈 일이 걱정이지만, 늙은이들에게는 죽을 일이 걱정인 것이다. 죽고 나면 동네 젊은이들의 어깨 위에 휘영청 꽃상여로 올라타 낯익은 뒷산 양지녘에 묻힐 기회를 늙은이들은 잃고 있는 것이다. 지진이 뭐 달리 있는 것이 아니다. 이것이 그냥 지진인 것이다.

힘세고 믿을 만한 것을 보고 '태산 같다'는 표현을 쓰곤 하지만, 요즘은 산조차 얼마나 무기력한지 모른다. 포크레인이 몇 번 폭폭 퍼내고 덤프트럭들이 몇 차례 오가면, 수만 년 동안 숲이 깃들이고 산토끼가 깃들이고 사람이 살고, 그리하여 '토끼와 호랑이' 이야기가 생겨나 두런두런 이야기되던 산은 사라져버리고 마는 것이다. 그리고 그렇게 벗겨진 숲은 이미 토끼와 호랑이가 술래잡기를 하고 담배를 피던 '드라마'의 배경이 아니라 고작 '잡목'이라는 치욕스런 이름을 달고서 울음소리 한 번 제대로 내지 못한 채 휘청휘청 트럭에 실려 팔려가고 만다.

드디어 잘라내고 도려낸 자연의 터전 위에 우리는 아파트를 짓고 그곳에서 살아가고 있다. 평당 가격으로 따지는 우리 아파트의 터 아래는 도무지 헤아릴 수 없는 숲과 삶과 이야기가 깃들어 있던 곳인데 말이다.

훗날 우리 아이들이 성년이 되고 난 후 맞이하는 7월에도 분명 그들 나름의 유년의 체험을 되새길 것이다. 에버랜드 수영장이니 학교에서 함께 간 수련장이니 〈아기공룡 둘리〉나 〈세일러 문〉과 같은 만화영화들을 아련한 추억으로 회상할 것이다. 그러나 이들은 다 조작된 자연이지 수천 년간 이끼가 낀 '제 스스로 그러한(自然)' 진짜 자연은 아니다.

우리의 아련한 추억인 '지금쯤 친구들이 소 몰고 오는 고향'이 복작거리는 풀장의 인공 해변에서 느끼는 추억과 질적으로 다른 것임에 분명하다면, 이제부터라도 '개발'이라는 이름과 '건설'이라는 이름에 대해 거리를 두지 않으면 안 된다. 우리 아이들을 위해 반딧불이와 가재, 그리고 이들이 깃들일 골짜기의 물과 숲을 남겨두어야만 한다. 우리 아이들의 7월이 우리의 7월보다 풍요롭지는 못하더라도 빈곤해서는 안 될 것이니까 말이다.

(1997년 7월)

발효와 효도

미국이 부자 나라라고는 하지만, 의외로 그들의 식생활은 형편없는 것 같다. 농이 섞였긴 해도, 미국 사람들은 죽어도 몸이 썩지 않을 것이라는 조크를 들은 적이 있기에 하는 말이다. 남녀가 함께 벌지 않으면 살기 힘든 사회다보니 가족 모두가 바쁘고, 따라서 냉동식품과 인스턴트 음식으로 매 끼니를 때우는 것이 일상화되었기 때문이라는 것이다. 매일 먹는 음식에 방부제가 들지 않은 것이 없을 정도이니 죽어도 썩지 않는 몸이 된다는 것이다.

이에 비하면 우리네 식단은 매우 풍성할 뿐 아니라 우리 스스로가 먹는 것에 몹시 탐닉하는 것 같다. 길가마다 무슨무슨 가든이니 하는 큰 간판들이 즐비하고, 산골 마을에도 횟집이 있을 정도다. '먹기 위해 사느냐, 살기 위해 먹느냐'는 질문이 절박했을 만큼 배고픈 세월을 겪으면서 생긴 음식에 대한 집착도 이런 풍성한 식단에 일조했음직하다.

이런 허기진 역사 때문인지 우리는 음식을 단순히 육신을 유지하는 영양분의 의미를 넘어서 정신적인 기운마저 깃든 것인 양 여긴다. 된장이나 김치를 조상들의 지혜가 잘 발현된 것으로 자부하는 논리가 대표적이다. 신토불이(身土不二)라는 말에도 음식이 몸뿐만 아니라 정신(영혼)과도 깊은 관계가 있다고 보는 생각이 깃들어 있다.

사실 식성만큼 보수적인 것도 없다. 『맹자』라면 지금으로부터 이천여 년 전의 책인데, 그 가운데 가장 맛있는 음식으로 치는 것이 곰발바닥(熊掌) 요리이다. 오늘날 중국 요리 가운데 가장 값비싸고 귀한 것 역시 곰발바닥 요리이다. 이 정도라면 인간의 식성은 거의 진보하지 않았다고 보아도 좋을 것이다.

그러나 식성은 진보하지 않았다고 하더라도, 음식 자체는 진보해 왔다. 아마 가장 원시적인 음식 형태는 날것으로 먹는 회였을 것이다. 『논어』에 공자가 "가늘게 썬 회를 즐겨 들었다"는 말이 나오는 것으로 보아, 식성이 몹시 까다로웠던 공자도 회는 즐겨 들었던 것 같다. 물론 공자의 고향은 노나라 산골이었으니 우리가 연상하는 바닷물고기가 아니라 육회였을 가능성이 크다.

날것을 먹는 습성은 오늘날까지도 면면히 남아 있다. 서양인들에게는 굴(oyster) 요리에 미약하게 남아 있는 정도이지만, 아무래도 회의 본산은 일본이다. 그 가운데서도 복어회에는 이른바 일본인들의 음식철학이 잘 표현되어 있다. 치명적인 독이 들어 있는 복어회를 먹으면서 미각의 극단을 체험한다는 것이다. 살기 위해 먹는 음식 속에서 죽음을 연상하는 일본인의 독특한 음식철학인 셈이다.

날것에서 한 단계 진보한 것이 익혀 먹는 것이다. 이것은 불의 발견과 직접적인 관련이 있다. 아마 익힌 음식을 처음 맛보았던 사람들에게 이것은 가위 '맛의 혁명'이라고 표현할 만한 것이었으리라. 이로부터 음식은 생존의 조건에서 생활문화로 탈바꿈한다. 이와 턱 그리고 장(腸)의 기능이 퇴보하는 대신 혀와 침샘, 그리고 맛을 느끼는 뇌의 기능이 발달해갔을 것이다.

밥과 떡 그리고 빵은 모두 곡물을 익힌 것이고, 스테이크 같은 것은 고기를 익힌 것이다. 곡물을 익힌 밥과 빵을 주식(主食)이라고 부르는 것으로 보아도 익혀 먹는 것의 혁명성을 짐작할 수 있으리라. 한편 '날것'에서 '익힌 것'으로 진화해나아가는 과정을 잘 보여주는 것이, 스테이크 요리 가운데서도 피가 뚝뚝 흐르는 채로 약간만 익혀 먹는 레어(rare)일 것이다.

익힌 것에서 한 단계 더 진보한 것이 삭혀서 먹는 것, 즉 발효음식이다. 여기에 이르러 음식문화는 가장 고급스럽고 최종적인 수준에 도달했다고 볼 수 있다. 서양 음식으로는 치즈와 요구르트, 우리 음식으로는 된장을 위시한 장류와 젓갈, 그리고 김치를 들 수 있을 것이다. 발효음식의 묘미는 '썩음'과 '삭음', 달리 표현하자면 부패와 발효 사이의 아슬아슬한 한계를 유지하는 데에 있다.

우리 조상들의 탁월한 음식문화는 바로 이 발효음식을 만들고 그 발효상태를 유지하는 기술에서 잘 발휘되었으니, 그 대표적인 음식으로 서해안 지방에서 즐겨 먹는 홍어회를 들 수 있을 것이다. 옛날에는 두엄더미나 거름 속에다 홍어를 던져두어 며칠간 삭혔다고 하거니와, 그 확 쏘는 암모니아 냄새의 퀴퀴함이 썩음과 삭음 사이의 긴장을 맛보게 하는 한계선상의 음식이 바로 홍어다.

그러나 아무래도 발효음식의 가장 대중적 형태는 젓갈이다. 젓갈은 금방 상해버리는 물고기를 오래 두고 먹기 위한 지혜가 잘 응축된음식이다. 좀 현학적으로 표현하자면, 자연이 물고기를 썩히기 전에인간이 먼저 썩힘으로써 그 생명을 연장시키는 것이라고나 할까. 이러한 '발효의 미학'은 생활의 지혜가 농축된 것이라고 할 수 있을 것이다. 서·남해안의 각종 젓갈류와 게장류 그리고 동해안의 식혜류는우리 발효문화가 얼마나 다양하고 또 환경적응적인지를 잘 보여주는예이다.

발효의 세계는 '나이를 먹을수록 오히려 새로워진다'는 역설이 현실화되는 곳이다. 새로워진다는 것은 나날이 익어감을 뜻한다. 발효의 세계에서 어리고 젊다는 것은 미숙(未熟)함을 의미하므로, 새것또는 날것은 발효와 성숙을 위한 재료, 즉 발효를 위한 필요조건일뿐이다. 성숙이니 미숙이니 하는 말 속에는 이미 발효적 세계관이 포함되어 있는 것이다. 따라서 발효의 세계는 물리적 세계처럼 외향적·직선적이지 않고, 내향적·나선형적이다. 이런 세계관에서 보자면나이를 먹는 것도 어느덧 기쁨이 된다. 아니 '나이를 먹는다'라기보다는 '세월을 묵힌다'라고 표현하는 것이 정확할지도 모르겠다.

그러므로 이런 세계관으로 보면 오늘날 낯설게 되어버린 효도의의미도 잘 부각된다. 요즘 효도라고 하면 기성세대들이 젊은 세대들에게 강요하는 복종, 즉 윤리가 아닌 권력행사의 이데올로기로 이해되는 감이 없지 않다. 그러나 발효적 세계관에서 보자면 효도란 부모

(대상)를 위한 행위이기에 앞서 자기(자신)의 발효를 위한 학습과정이다. 발효의 효(酵)자를 뜯어보면 이러한 생활태도가 잘 드러난다.

효(酵)는 '삭히다'는 뜻의 유(酉)자와 효(孝)자가 합쳐진 형성문자다. 즉, 발효에는 '삭히는 음식문화(酉)'와 '늙음을 숭앙하는 인간문화(孝)'가 중첩되어 있는 것이다. 물질의 발효나 도덕의 효도는 두루 묵은 것, 오래된 것을 높여 보는 사고방식의 표현으로 볼 수 있다. 그렇다면 새로운 문물보다는 오래된 관습을 숭상하고, 또 젊고 어린 것보다는 세월이 묵은 것을 숭상하는 '효도'적 사유와 '발효'적 세계관은 제대로 짝이 맞는 것이다.

더욱이 오늘날 산업화와 더불어 점점 희석되어가는 효 문화와, 짠 음식과 더불어 사라져가는 발효음식 문화는 그 몰락 과정마저도 어찌 그렇게도 꼭 닮았는지 모르겠다.

(1998년 9월)

벌초를 하면서

예민한 사람은 한여름 찌는 더위 속에서도 바람결에 설핏 떨어지는 오동닢을 보고 가을이 오는 것을 느낀다지만, 우리 같은 범인들은 가을이 뒷담을 타넘고 들어왔어도 눅진한 늦더위만 있으면 마냥 여름으로 여긴다.

그러나 둔감한 사람에게도 계절의 변화를 느끼게 되는 계기가 있으니, 그게 벌초다. 대개 추석을 이삼 주 앞둔 일요일에 산을 오르며 조상의 묘를 찾다보면 주변의 풀들이 벌써 누릇하게 익어가는 것을 발견할 수 있다. 이때가 가을을 자연 속에서 만나는 시점이다.

농사짓는 처지가 아닌 다음에야 대개 군대 시절 익힌 낫질 솜씨를 발휘하는 유일한 기회가 벌초인 셈인데, 그날의 낫질은 감회가 남다르다. 집안마다 구성원이 다르겠지만 대개 이십대의 조카들에서부터 칠십대 초반의 당숙들까지로 구성된, 이른바 노·장·청이 조화된 '벌초단'은 정겹기가 그지없다.

게다가 벌초하는 행위의 의미도 유다르다. 제사를 통해서 조상을 만날 기회가 있긴 하지만 그때는 조상의 영혼을 만나는 셈이니 그 실체를 가깝게 느끼지는 못한다. 반면 벌초는 무덤이라는 조상의 몸을 만나는 것이니 그 느낌이 살뜰하고 또 친근하다.

그렇다. 분명히 무덤은 조상의 살, 몸뚱이 같다. 그러므로 벌초는 조상의 몸을 씻고 머리를 깎아드리는 행위와 진배없다. 처음 무덤가에 수북한 잡초를 대하면 이렇게 무성할 때까지 팽개친 그간의 무신경이 송구스럽지만, 잡초를 베기 위해 무덤 위로 팔을 뻗치면 마치 할아버지의 살결을 스치는 것 같아 살갑기만 하다.

그사이에 느끼는 묘한 느낌은 '자연보호'와 '조상보호' 간의 괴리감이다. 여느 때라면 일없이 나무를 베고 땅을 파헤치는 일에 눈살을 찌푸릴 사람들이 그날만큼은 무덤 위로 늘어진 소나무의 가지를 가차없이 잘라내고 묘역 주변의 아카시아 나무 뿌리를 파헤쳐 소금이나 농약 세례를 한다. 또 이런 '자연 훼손' 행위를 부도덕하게 생각하거나 기분 나빠하지도 않는다. 오히려 묘역이 환해지고 나면 앞서 수북했던 잡초더미를 회상하면서 켕겼던 자괴감이 후련하게 사라지는 통쾌함을 느끼는 것이다.

이쯤에서 이 땅의 조상들이 화장이 아니라 무덤을 쌓는 유교식 장례를 선택하였던 까닭을 헤아려본다. 유교는 다른 종교들과 달리 현세와 몸을 중시하는 종교이다. 그러므로 몸을 예의에 맞추는 훈련, 즉 수신(修身)을 중시하였던 것인데, 몸과 살 그리고 터럭마저 부모에게서 물려받은 것으로 여겨 몸을 건사하는 것을 삶의 기본으로 삼았던 까닭도 여기서 드러난다. 역시 같은 선상에서 주검도 봉긋한 무덤으로 남기는 방식을 택하여 벌초와 성묘를 통해 조상과 후손이 만나는 구체성을 확보하려 했던 듯싶다.

물론 이런 소박한 만남, 즉 벌초를 통해 조상의 몸을 닦아드리고 이를 통해 자손이 심리적 안정감을 확보하는 애초의 소박한 의미는 세월이 흐르면서 크게 변질되었다. 사이비 풍수지리설과 결탁한 때문이다. 무덤의 입지를 두고 설왕설래하는 풍수지리설이 나쁜 것은 조상의 주검을 후손의 삶을 위한 도구로 생각하는 모리배적 사고방식 때문이다. 즉 풍수지리설 속에서 조상은 후손의 삶을 위한 도구요 수단일 뿐이니, 애초의 소박한 의미와는 전적으로 배치되는 것이다.

원래 묏자리를 선택할 때는 산 사람(후손)의 눈에 살기 좋아 보이는 곳, 가령 바람이 잘 통하고 앞에는 물이 흐르는, 볕 바른 양지에 터를 잡았다. 이런 땅은 산 사람이 살기에도 좋은 곳이다. 즉 산 사람이 살 만한 곳이라면 죽은 사람도 살 만하지 않겠느냐고 유추한 것이다. 이런 마음 속에는 죽은 조상이 편하고 안전하게 오랫동안 후손과 함께하기를 바라는 효심이 아로새겨져 있었다.

그런데 길지(吉地)라는 뜻이 죽은 조상이 영면하기에 안전하고 편안한 자리라는 처음의 의미를 벗어나 점차 산 사람의 복락을 점지해주는 땅으로 변질되었던 것이니, 그 전도된 양상이 참으로 개탄스럽게 되었다. 풍수지리설의 허상에 대해서는 이미 조선 후기 정약용 선생이 호되게 비판한 바였다.

그 비판의 요지는 이렇다. "영웅호걸로 추앙받고 세상을 경륜하던 대정치가의 후손들도 때로는 정변에 내몰려 죽기도 하고, 질병으로 어릴 때 죽기도 한다. 헌데 무덤 속의 바짝 마른 평민의 뼈다귀가 산하의 형세와 어떻게 결탁하여 그 후손에게 은택과 복락을 내린단 말이냐. 턱에 닿지도 않는 소리다."(「풍수론」)

이처럼 풍수지리설에 입각하여 조상의 무덤을 두고 이러쿵저러쿵 시비하는 것은 그저 내 몸뚱이 하나를 건사하려는 심보와 다를 바 없으니 참으로 부끄러운 일이다.

헌데 이런 입장에서 보자면, 요즘 묘지 문화에 대한 논의들도 조심해야 할 점이 있다. 지난해 어떤 재벌 총수가 유언으로 화장하기를 부탁하고 실행으로 옮긴 뜻깊은 일이 있었고, 또 중국의 등소평도 죽으면서 화장을 유언으로 남겨 호젓이 자연으로 돌아가는 풍모를 보여주면서 우리의 장례문화를 다시금 되새기게 하였던 것이다. 여기서 비롯된 장례문화에 대한 논의의 요지는, 좁은 국토에서 많은 사람들이 살아가는 형편에 무덤을 쓰는 유교식 장례보다는 화장을 통한 장례법이 낫지 않겠느냐는 것이다. 덧붙여 매년 여의도 몇 배 되는 크기의 땅이 무덤 용지로 들어가고, 이에 따라 쓸 만한 산지가 큰 폭으로 줄어든다는 통계 숫자가 그 근거로 제시되곤 하였다.

그런데 이런 논의가 십분 이해되면서도 한편으로는 새로운 풍수지리설의 재현이 우려되기도 한다. 즉, 죽은 사람에 대한 예의 또는 죽은 몸에 대한 예의라고는 없이 오로지 죽은 사람을 산 사람을 위한 도구로 여기는 눈길만이 또렷한 세태가 염려되는 것이다. 극단적으로 말해 무덤이 후손의 삶을 위한 공장 부지를 갉아먹고 주택 부지를 갉아먹는다고 푸념하는 것은 조상의 무덤을 후손의 복락을 위한 도구나 수단으로 본 과거의 풍수지리설과 큰 차이가 없어 보인다.

　문제는 '눈길'에 있다. 경우에 따라서 무덤 대신에 납골당을 쓸 수 있고 또 매장이 아니라 화장을 할 수도 있을 것이다. 허나 죽은 사람의 몸을 산 사람의 삶에 거추장스러운 장애물로, 또는 산 사람의 삶을 위한 도구로 취급하는 눈길만은 거두지 않으면 안 된다. 그것은 꼭 죽은 사람만을 위하는 것이 아니라 산 사람을 위한 것이기도 하다.

　죽음에 대한 안타까운 눈길, 이것이 모든 문명의 바탕이었다. 공리적인 차원에서 보더라도 죽은 사람을 제대로 대접하지 않는 곳에서는 산 사람도 제대로 대접받지 못한다는 사실을 유념해야 하리라.

(1999년 10월)

양갱

한 아이가 열차 안에서 밤양갱을 먹고 있다. 우적우적, 큼직큼직하게 막 베어먹는다. 양갱 먹는 모습을 보는 것은 흐뭇한 일이다. 열차 시간표가 거의 변치 않는 것처럼 열차 안에서 파는 먹을거리가 거의 변함이 없다는 것은 일종의 든든함이다. 어째서 열차의 속도는 더욱 빨라지면서, 또 열차의 의자는 더욱 편해지면서도 열차 안에서 판매하는 음식들은 거의 변화가 없는 지 모를 일이다. 그러나 열차 특유의 냄새가 안정감 있는 여행을 예감케 하는 것처럼 거의 변함없는 열차 내의 음식들은 열차 여행의 안정감을 더욱 돈독케 한다.

정말 열차 안 음식 종류는 거의 변함이 없다. 양갱과 더불어 어릴 때 선망의 대상이었던 찐 계란만 해도, 그리고 대구역 근처를 지나면서 팔던 망사에 감싼 능금도 사라진 지 얼마 되지 않은 것 같다. 더욱이 천안 지나면서 팔던 '천안 명물 호두과자' 는 지금도 명맥을 유지할 뿐 아니라, 언젠가 열차 안에서 본 잡지에 의하면 더욱 쌩쌩하게 기업화해가고 있단다. 요즘도 배불뚝이 '바나나우유'를 계속 팔고 있는지가 아슴푸레할 뿐이다. 최근까지도 보았던 것 같은데.

어디 그뿐인가. 역사에서 파는 음식도 크게 다를 바 없다. 우리 어머니는 속이 좋지 않아 평생을 고생하시는데, 어느 땐가 대전역에서 푹 곰삭은 우동 국물로 속을 푼 다음부터는 가끔 타는 새마을호가 그 역에서 오래 머물지 않음을 내내 아쉬워하신다. 그 우동 국물은 멸치와 통무 그리고 다시마 따위로 종일토록 푹 곤 것이어서 그렇게 시원한 것이리라. 다만 역마다 양손에 사과 꾸러미며 찐 계란 꾸러미를 들고 발가락을 버티면서 호객하던 사람들이 사라져서 역사가 한가해진 것이 변화라면 변화다.

그래서 지금 한 아이가 먹고 있는 저 양갱을 바라보는 내 눈길은 사뭇 부드럽다. 다만 한 가지 흠을 잡자면, 양갱은 저처럼 애들 주먹만큼 크면 안 된다. 그저 어른 가운뎃손가락만한 길이에 엄지손가락만한 굵기면 족하다. 이건 워낙 단 음식이어서 많이 먹으면 물리고, 그래서 귀한 맛이 덜하게 된다. 그저 단 음식은 더 먹고 싶은데 똑 떨어져버릴 정도의 양이면 족하다.

덧붙여 흠을 잡자면, 저렇게 우적우적 씹어먹으면 또 제 맛을 느낄 수가 없다. 양갱이란 원래 일본 음식으로 팥을 졸여 젤라틴 상태로 만든 쫄깃쫄깃한 단맛 덩어리이다. 그러니 입 안에서 그 탱탱한 젤라틴을 혀로 핥는 듯하면서도 씹는 듯한 행동을 반복하여야 제 맛을 느낄 수 있다. 그냥 씹어먹어버리면 사탕을 부숴먹는 것처럼 입 안에 남는 단맛이 오래가지 않는다. 하긴 이따위 양갱 맛 감상법은 단것이 워낙 귀할 때 몸에 익은 것이니 오늘날 지천으로 깔려 있는 단것에 물린 아이들에게는 통하지 않을 터다.

이런 점에서 열차 안에서 느끼는 양갱은 반가우면서도 아쉽다. 다시 말해 내가 느끼는 양갱은 수학여행길 같은 '열차 안에서나' 맛볼 수 있던 특수한 체험이었지만, 이제 저 아이가 먹는 양갱은 '열차 안에서만' 맛볼 수 있는 특별난 체험인 것이다. 물론 그것은 열차 밖의 변화에 비해 열차 안의 변화가 더디기 때문일 것이다. 열차 속에서 느끼는 '보수'의 체험은 이처럼 특별나다.

맛의 보수성은 『섬진강』의 시인 김용택에게서 더욱 절절하다. 그가 그려내는 멸치 요리(?)에 대한 집착은 가슴이 아플 정도이다. 그는 이 세상에서 가장 좋은 음식을 멸치볶음으로 안다. 지금도 다싯물을 우려내고 국에 남은 멸치까지 씹어먹는단다. 이쯤 되면 그것은 맛이 아니라 한(恨)이다. 그것은 도시락에 김치쪽조차 담아가기 어렵던 체험과 관련되어 있기 때문이다. 그리고 그가 멸치를 구경한 것이 자기 집 식탁이 아니라 남의 도시락 반찬을 통해서였기 때문이다.

그러므로 그에게 멸치는 부유와 풍요의 상징이다. 이렇게 되면 그가 국에서 건져 쭉쭉 빨아대는 헛껍데기 멸치는 단순히 멸치가 아니라 이만큼이라도 살게 된 데 대한 안도와 행복감이다. 이 순간은 음식이 몸을 지탱하는 영양분의 의미를 넘어서서 역사요 문화가 되는 찰나다. 오늘날 우리의 탐식은 이런 역사적이고 문화적인 현상으로 읽혀야 한다.

그런데 이쯤에서 나도 부끄러운 고백을 해야 할 것 같다. 지난봄, 아이를 데리고 공원에 놀러 간 적이 있었다. 갇힌 아파트에서 풀려난 아이는 공원 주변에서 날아다니는 비둘기 무리를 쫓느라고 신이 났다. 그 녀석의 기분을 고양시켜줄 요량으로 나는 비둘기 모이로 팝콘이나 사줄까 하고 매점에 들렀다. 비둘기 모이는 따로 있었는데, 바싹 말린 옥수수 알갱이였다. 그런데 그걸 마구 흩뜨리는 아이를 보곤 갑자기 화가 나서 눈을 부라렸던 것이다. 북한에선 강냉이죽도 못 먹는다는 소식이 퍼뜩 생각나서였다. 허나 얼마나 간사하고 얼마나 어줍잖은 짓인가. 밥 타령에 반찬 타령을 곁들이고 숱한 음식을 남겨버리면서, 기껏 강냉이 오백원어치에 북한 아이들의 배고픔을 연상하는 이 마음의 행로가.

어쨌건 이제 아이는 양갱을 다 먹었다. 먹성 좋은 아이의 뒤통수에 과거에 허기졌던 우리 역사와 지금 허기진 북한동포의 삶이 교차한다. 마치 고속도로가 목적지까지 재빨리 데려다주지만 주변을 스쳐 지나가버리는 단점이 있듯, 풍요는 아늑하고 편한 것이지만 참된 맛을 잃어버리는 것은 아닐까 하는 생각도 겹친다. 이즈음에 '더도 말고 덜도 말고 한가위만 같아라'는 그 비원을 북녘에서도 함께 누리기를 기원하게 된다. 지금 열차는 고향인지 타향인지 가늠 잡지 못할 곳으로 잔잔한 물 위를 달리는 배처럼 한가롭게 떠간다.

(1997년 9월)

삼십 년 전 어느 추석날 하루

추석날 아침은 일찍 일어나게 된다. 입추는 물론 백로도 지나 아침 저녁으로 서늘한 기운이 감돈 지가 꽤 오래되었으니 꼭 새벽 찬 기운 때문에 일찍 일어나게 되는 건 아닐 터다. 아직 어두운 신새벽인데도 어머니는 안방의 세존과 부엌의 조왕신께 조촐한 음식으로 먼저 차례를 지내셨다. 잠이 깬 것은 달각거리는 그릇 소리와 두런두런하는 이야기 소리 때문이기도 하겠지만, 그보다는 소리 내지 않으려고 조심하는 긴장된 동작을 잠결에서조차 퍼뜩 느꼈기 때문일 것이다.

추석날 아침은 이렇게 부모님의 정중하고 경건한 몸짓과 정갈한 차례 음식들, 그리고 그 틈 사이로 전해져오는 찬 공기를 느끼면서 시작된다. 점차 동쪽 하늘에서 푸르스름하게 날이 밝아오면, 집집마다 피어오르는 아침밥 짓는 연기로 온 동네는 안개 같은 연무에 휘감긴다. 그러면 새 옷과 새 양말로 갈아입은 우리는 한복을 차려입은 아버지 뒤를 따라 큰댁으로 간다.

삽상한 공기가 뺨이며 살갗에 기분좋게 닿고, 풀잎을 스쳐 지나가는 새 신발과 바지에는 제법 차가운 이슬이 배어든다. 아버지는 들판을 휘 둘러보시고는 "어ー힘! 올 농사 잘됐다"라고 덕담을 하시고, 동생들은 졸래졸래 따라오면서 연신 벙실댄다. 큰집에 들어서면 '어찌 이리 옷이 잘 어울리냐' '누가 사주더냐'라는 큰어머니와 사촌누나들의 과장된 칭찬에 동생들은 괜히 쑥스러워 땅만 쳐다보고, "어서 오너라" 하시는 큰아버지의 말씀이 푸근하기만 하다.

마루에 다 서지 못해 마당에 멍석을 깔고 줄줄이 도열하여 올리는 차례는 항렬에 따라 순서에 맞춰 서는 것이 가장 큰 관심사다. 아재비와 조카를 따지고 나이를 따져 순서를 헤아리는 부산한 움직임 속에서 어깨를 함께한 옆의 낯선 아이가 '남'이 아니라 한울타리 안의 '우리'임을 실감한다. 서울이며 부산으로 흩어져 살다가 한 해에 기껏 한두 번씩밖에 만나지 못하는 육촌, 팔촌들은 서먹서먹하다. 그래도 당숙모는 멀지 않은 한핏줄임을 내내 강조하시면서, 옛날에는 십촌이 한부엌에서 났다는 말씀을 계속 되뇌신다.

큰댁, 작은댁으로 옮겨다니면서 여러 번 절을 반복하다보면 어느덧 열시가 넘는다. 차례를 올릴 때마다 음복한 술로 어른들의 얼굴은 벌써 불콰하다. 다음은 산 사람에게 절을 올릴 차례다. 할아버지들께는 아재비들이, 아재비들께는 조카들이 순서대로 절을 올린다. 그때마다 덕담이 오고가게 마련이다. '건강하게 오래 사시라'는 것은 아랫사람들이 자주 올리는 인사말이요, '하는 일들 잘 성취하라'는 말씀은 웃어른들께서 내리는 답례다.

개중에 나이 든 조카가 나이 어린 아재비에게 절을 하게 되는 경우도 있는데, 나이 든 조카가 절값을 달라고 농을 거는 바람에 한바탕 웃음이 터지는 것도 이런 자리에서다. 어른들은 손자들에게 절을 받으면 대개 돈을 주시는데, 기왕이면 깨끗한 십원짜리 동전과 빳빳한 백원짜리 지폐를 준비하느라 추석을 즈음해 읍이나 면의 농협에는 깨끗한 돈이 동나곤 했다.

차례가 파하면 안방에서는 큰아버지와 당숙들이 차례 음식을 앞에 두고 쉬엄쉬엄 세상사를 논하시고, 대청마루에서는 할머니들과 당숙모들이 앉아 집안 이야기를 나눈다. 작은방에서는 큰 형님들이 돌아가는 경제 사정이며 자기 회사의 현황과 장래에 대한 이야기를 나눈다. 실제 지위는 계장이나 과장 정도이지만, 이 자리만큼은 다들 자기 회사나 업계의 대표 자격으로 말씀을 나누느라 자못 진중하다.

건넌방에서는 이보다 낮은 연배의 형님들, 대략 노총각이거나 대학생인 형님들이 자리잡는다. 머지않아 시집 안 간 누나들도 합류하곤 한다. 이 방에서 주고받는 대화는 격하고 농담은 진하다. 당시의 정세, 예컨대 유신정권이나 새마을운동에 대해서는 비판적으로 목청 높은 소리를 내지만 또 연애담을 털어놓을 때는 서로가 짓궂은 농담으로 낄낄댄다.

제일 바쁜 것은 형수들이다. 그중에서도 갓 시집와서 파란색 저고리에 붉은색 치마를 둘러입은 새 형수가 제일 바쁘다. 형수들은 추석날 저녁이나 다음날이 돼야 친정으로 갈 수 있으니, 그때까지는 잠시도 쉴 짬이 없다. 우리는 낯선 새 형수가 고운 목소리로 '도련님' 하고 부르면 온통 얼굴이 빨개지고 숨이 가빠진다. 부끄러워서 막 뛰어나가다가 기둥에 머리를 박아 눈물이 쑥 빠질 지경이어도 아픈 내색을 할 수가 없다(그 형수들도 이제는 며느리 볼 때가 되었건만, 어린 눈에 곱던 모습은 아직도 여전하다).

새 형수에게는 어린 우리도 귀한 손님(?)이어서, 한 상 잘 차려 내준다. 그러나 안타깝게도 추석날에는 배가 고프지 않다. 그렇게 먹고 싶던 사과며 배가 흔한데도 먹히질 않는다. 내일이 지나고 나면 분명히 안 먹은 것을 후회할 것이라고 예감하면서도 먹히질 않는다. 그래서 '더도 말고 덜도 말고 추석만 같아라'는 말이 생겼는지도 모른다(추석날 허기를 느끼기 시작할 때부터 유년과 소년 시절이 끝나고 성년이 되는 것이다).

정오를 넘어서면 추석날은 적막해진다. 큰방의 어른들은 목침을 베고 낮잠을 주무시고, 와자하던 아랫방의 형들도 무슨 비밀스런 이야기들을 주고받는지 가끔 키득거리는 소리만 낼 뿐이다. 곧 농사일에 바쁠 소들은 한가로이 되새김질을 하면서 성가신 파리를 꼬리로 쫓고 있다.

바깥을 나서면 해는 중천에 떠 있고 햇살은 시어서 차마 눈을 뜰 수가 없을 지경이다. 사위가 온통 고요한 가운데, 들판은 황금빛으로 출렁거린다. 아직도 여름의 끝이 남아 열기를 뿜지만, 이미 들 한가운데는 고추잠자리들이 일렁거린다. 들판을 걸으면 길가의 코스모스가 반긴다. 내리꽂히는 햇살과 황금색 들판, 그리고 분홍색 적홍색 진홍색의 코스모스가 하늘거리는 추석 한낮의 색깔은 어디에도 비할 수 없이 찬연하고 풍요롭다.

드디어 해가 뉘엿 저문다. 우리는 다음날이면 학교에 가야 하니까 마음이 무겁고, 농사꾼들은 본격적인 추수철이 시작되므로 몸이 무겁다. 그러나 서울의 유리공장이며 부산의 고무공장으로 돌아가야 할 동네 형들과 누나들은 몸과 마음이 다 무겁다. 그래선지 시간 버스가 닿는 정류장 어귀는 아까부터 소연하다. 누가 또 술을 좀 과하게 마셨나보다. 고향 올 때는 객지에서 성공한 양 제법 폼을 쟀지만, 다음 날부터 예견되는 고달픈 생활이 고향 떠나는 섭섭함과 겹쳐 저토록 취하게 만드는 것이다. 고향 올 때는 온갖 것이 다 반갑지만, 막상 또 고향을 떠나려고 버스를 기다리노라면 온갖 것이 다 섭섭하다.

저어기 뿌옇게 먼지가 이는 것이 신작로를 달려오는 시간 버스다. 추석날은 버스도 대목이다. 읍내에서 내려올 때는 성묘 가는 사람들이며 친정 다녀갈 누나들을 많이 태웠고, 읍내로 올라가는 차에는 극장 가는 사람들이며 또 고향 떠나는 형들이 빼곡히 들어찼으니까 말이다. 내려오는 버스는 반갑고, 올라가는 버스는 서운하다.

늙고 초라한 엄마들의 배웅을 받으며 버스에 오르는 형들의 손에는 된장이며 푸성귀며 쌀 같은 것이 그득 들렸다. 아직 앳된 그 형들의 목에 매인 새 넥타이가 어쩐지 어색해 보인다. 먼지를 뿜으면서 떠나는 버스의 등 위로 커다랗고 탐스런 8월 대보름달이 휘영청 떠오른다. 70년대, 어느 추석날이 끝나가고 있는 것이다.

(1998년 10월)

맨발의 청춘

언젠가 텔레비전에서 미국의 스미스소니언 박물관에 관한 프로그램을 본 적이 있다. 그 박물관은 전 세계에서 문화인류학 관련 유물을 가장 많이 소장한 곳이라고 하였다. 세계 여러 지역 사람들이 사용했던 일용품들을 모아둔 곳이었다. 거기서 한국관의 수장고를 보여주는데, 놀랍게도 우리가 60~70년대 사용하던 물건들이 잔뜩 들어 있었다. 플라스틱 물바가지, (진짜 타이어표) 검정 고무신, 밑창이 올록볼록한 축구화, 파란색 플라스틱 물뿌리개, 번쩍번쩍 찬란한 수술을 단 먼지털이 등등. '어! 왜 저것들이 저곳에 있지?'라는 반가움과 함께, 금방 '참! 이제 우리 곁에는 없구나'라는 서늘한 느낌이 교차하던 기억.

그 서늘한 기억을 부연하자면 이런 것이었다. 우선은 '우리가 하찮게 여겨 그냥 쓰다가 은연중에 내다버린 물건들이 다 미국 사람 손에 들어가 있구나'라는 아쉬운 생각이 들었다(말하자면 〈진품 명품〉 같은 프로그램을 볼 때 느낄 만한, '쌀 때 모아두었으면 돈이 되었을 텐데'와 같은 쓴맛 다시기). 그 다음은, '오늘날과 같은 정보화사회의 관건은 콘텐츠(contents)라는데, 결국 저 유물들이 우리 역사의 콘텐츠가 아닌가!' 하는 각성이었다. 세번째는 '미국 사람들 참 무서운 사람들이로구나' 그리고 '미국의 세계 지배는 오랫동안 계속되겠구나' 라는 보다 거시적인 생각이었다.

그러고 보면 예로부터 강대국이란 무력이나 경제력만으로 되는 것이 아님이 분명하다. 이 대목에서 언젠가 전해들었던 스페인과 영국을 비교한 이야기가 생각난다. 스페인은 한때 천하무적의 함대를 거느리고 근 백여 년 동안 세계를 주름잡았던 나라인데, 그들이 탐낸 것은 금과 은으로 상징되는 경제적 가치였다. 그래서 잉카 제국의 문명을 일거에 멸망시키면서 유럽으로 가져온 것이 금과 은이었다. 결국 이것이 인플레이션을 일으켜 멸망을 자초하였다는 것이다.

반면 영국이 세계를 경영하면서 탐낸 것은 대영박물관이 상징하듯 책과 유물, 즉 정보였다. 그 정보는 단순히 견문을 넓히는 수준의 인상기나 여행기가 아니라, 자연과 사회 그리고 각 지역의 전통에 대한 문화인류학적 지식의 축적물이었던 것이다. 이들을 소중히 보관하고 연구하는 풍토 덕분에 영국은 한때 전 세계를 경영하면서 '해가 지지 않는 나라' 로 불리었고, 아직도 무시할 수 없는 강대국으로 건재하다는 이야기였다.

이런 역사적 사례를 두고 보면 나라의 강함은 결코 무력이나 경제력이 아니라 정보력에 있음을 알 수 있는데, 미국의 경우도 이러한 점에서 좋은 사례가 되는 것이다. 그래서 좋건 싫건 간에 미국 중심의 세계질서(Pax Americana)가 한동안 지속될 것이라고 전망하는 것이다.

그런데, 이런 문화인류학적 안목으로 주변을 살펴보면, 최근 길거리에 60년대풍의 술집들이 새로 생겨나는 것을 발견할 수 있다. 술집 간판에는 시골 영화관처럼 '맨발의 청춘' '미워도 다시 한번' '굳세어라 금순아' 따위의 영화제목과 그림이 걸려 있다. 또 나무판자를 차곡차곡 겹으로 쌓아 옛날 일본식 집벽을 흉내내고, 일본식 '마도문(작은 정사각형 유리창을 낸 여닫이 나무문)'을 출입구로 하여 창틀에는 '왕대포'라 써놓았다. 내부에는 '반공방첩' '간첩신고는 113' 따위의 구호를 붙여놓고, 드럼통을 잘라 화덕을 만들고 그 주변에 둥글게 앉는 자리를 마련했다. 마치 연전에 방영되었던 〈옥이 이모〉나 〈은실이〉와 같은 텔레비전 드라마 세트 같은 분위기를 연출하는 것이다.

이것도 분명 하나의 문화현상이라고 여길 만한데, 처음에는 '이제 우리도 과거를 오늘에 되살리는 힘을 갖추기 시작했구나'라는 긍정적인 생각이 들었다. 그런데 그 술집이 위치하고 있는 곳이 대부분 대학가이고 주된 손님층도 젊은이들이라는 점을 생각해보니, 이 현상은 역사를 오늘에 되살린다기보다 도리어 과거를 우스꽝스럽게 여기는 경박함이 주조(主調)인 것으로 판단되었다. 즉 그 60년대식 모방에는 잘난 과거에 대한 번듯한 회상이 아니라 '그때는 이렇게 초라했노라'라는 눈흘김이 숨어 있다고 여겨졌던 것이다.

그리고 그 시대를 사진처럼 생생하게 기억하고 있는 사람으로서는, 벌써 우리 시대의 삶이 역사화, 박물화하고 있는 것 같아 쓸쓸해지기도 하였다. 더욱이 조잡하게 형상화한 그 술집들의 세트 속에는 진정 60년대에 존재하던 '인간에 대한 예의'와 '사람 사는 정'이 담겨 있지 않기 때문에 그런 안쓰러운 느낌은 더 깊어진다.

그러고 보면 스미스소니언 박물관 속의 우리 물건이 진짜라면, 최근 유행하는 60년대식 술집은 가짜인 것인데, 우리는 왜 이렇게 매양 진짜는 내버리고 가짜만을 가지고 우리 삶을 회상해야 하는지 안타까운 생각도 스치는 것이다. 우리는 언제쯤 되어야 현재적 삶을 '문화인류학적' 시선을 통해 '낯설게' 바라보며 오늘을 설레는 마음으로 살 수 있을까라는 질문 앞에 더욱 가슴이 답답해오는 것이다.

(2000년 6월)

퇴계의 꿈

정치의 계절이다. '나만한 사람 없다'고 자처하는 후보자들이 자신에게 표를 달라고 호소하고 있다. 그러나 정작 유권자들은 냉담하다. 표를 달라는 사람은 애태우고, 표 줄 사람은 생각이 없으니 모양새가 사납게 되었다.

생각해보면 '나에게 표를 달라'고 요구하는 것은 참 쑥스러운 일이다. '넌 뭐냐'라는 질문에 대해 자신을 설명하고 또 표를 요구하는 일은 여간한 낯이 아니고서는 힘든 것이다. 그런데도 오늘날 정치는 민망스러운 제 자랑을 하고 난 다음에야 시작하게끔 돼 있다. 게다가 국민으로서의 의무는 제대로 수행하지 않은 채 표 달라고 나선 후보자들도 꽤 있다니 한탄할 일이다.

이렇게 사나운 모양새로 시작한 정치가 그 끝이 아름다울 리 없다. 한번 의원이 되면 스스로 물러나는 경우가 드문 것도 다 출발에서부터 내력이 있는 것이다. 정치에 많은 기대를 하면서도 끝내 정치가들에게 실망하고 마는 우리 정치사의 비극은 결국 스스로 손들고 나서는 민망한 출발과, 물러설 줄 모르는 욕심에서 비롯되는 것이다. 능력자는 사양하고 주변 사람들은 추대하는 아름다운 정치는 과연 불가능한 것일까. 이 지점에서 퇴계 이황의 정치적 행동은 하나의 본보기가 된다.

퇴계(退溪)라는 호가 지명이라는 사실을 모르는 사람은 거의 없을 것이다. 그런데 그곳의 원래 이름이 토계(兎溪) 곧 토끼골이었고, 그것을 그가 퇴계로 고쳤다는 사실은 잘 알려져 있지 않다. 더욱이 그는 퇴수(退叟)라는 호를 따로 갖고 있기도 했다. 퇴수는 물러난 늙은이라는 뜻이다. 게다가 그가 임금에게 올린 상소의 대부분은 물러나게 해달라는 내용이다. 그는 왜 이렇게 물러나는 일에 집착하고 또 지명을 고쳐가면서까지 물러난다는 뜻을 이름으로 삼았을까.

당시는 연이은 사화(士禍)로 말미암아 수많은 정치가들이 죽임을 당하고 있는 정국이었고, 팽창하는 국가 기구와 늘어나는 관료들로 인해 국가 재정은 만성적인 적자 상태에 빠져 있었다. 그는 이런 국가 위기를 초래한 구조적 원인이 '나아가는 길'만 있고 '물러나는 길'이 사라진 데 있다고 보았다. 즉 정치가 원래의 '문명의 비전(道學)'을 실천하는 도구가 아니라 '인간의 욕망'의 대상으로 추락한 것이 당시의 문제였고, 또 그 문제의 핵심에는 정치가들이 나아가려고만 할 뿐 물러나지 않는 태도(또는 물러날 길이 봉쇄된 제도)가 놓여 있다고 지목한 것이다. 그러므로 퇴계의 물러남은 정치 현장에서 떠나려는 것이 아니라 그 자체가 정치적 행위였다.

이 점에서 퇴계는 스스로 이상 정치의 한 모범을 보인 것이다. 이

점을 놓치면 유학자로서의 퇴계의 행동을 이해할 수가 없다. 훗날 조선 후기의 정치는 산림(山林)에서 조정으로 나아가고 또 조정에서 산림으로 물러나는 순환적 구도를 형성하게 되었으니, 그의 '물러남'이 미친 정치적 영향이 얼마나 큰지 짐작할 수 있는 일이다.

그러면 우리는 퇴계로부터 무엇을 배울 수 있을까. 뭔가를 이루어 보겠노라고 덤비는 정치는 경쟁과 죽음을 부르지만, 물러서고 양보하는 정치는 생각지도 않은 이룸을 얻을 수 있다는 역설이다. 뿐만 아니라, 이 역설을 통해 정치가는 기품을 얻고 또 정치는 부드러워진다. 하긴 『논어』에서도 "사양함으로써 지위를 얻게 된다"라고 하였으니, 이런 역설은 동양의 정치적 사유 속에 이미 깊숙이 깔려 있던 것으로 보아야겠다.

그러므로 그 '스스로 물러나는데도 끊임없이 불려올려진' 정치의 역설을 충분히 경험했던 퇴계로서는 오늘날 우리의 정치 풍토에 대해서도 '스스로 물러서는' 자세를 권할 것으로 여겨진다. 의욕하여 앞으로 나서기만 하는 정치판은 천박한 경쟁을 유발하지만, 물러나고 양보하려는 정치는 아름다움을 생산해낸다고 말이다. 그러나 아무래도 오늘날 이런 소리를 하면 참 세상 물정 모르는 꿈 같은 말씀이라고 타박 맞기 십상이리라. 그럼에도 불구하고 '퇴계의 꿈'이 실현될 세상 역시 사람이 만든다는 점도 분명하다.

(2000년 4월)

조선족

최근 중국에서 조선족들이 남한 사람을 억류하고 또 살해하기까지
했다는 소식을 접하면서, 이백 년 전의 고전이 되살아나는 듯한 느낌
을 받는다. 연암 박지원의 『열하일기』를 두고 하는 말인데, 이번 사건
과 『열하일기』 속에 그려진 일화를 겹쳐 보면, 우리 민족성을 다시
한번 곱씹어보게 된다.

연암이 연행(燕行)에 나선 것은 1780년의 일인데, 당시에도 만주
땅에는 조선족들이 마을을 이루어 살고 있었다. 병자호란 때 포로로
잡혀갔다가 머문 사람들이다. 처음에 그들은 북경으로 들어가는 조선
사절단을 만나면 크게 환대하였고 또 "이야기가 고국에 미칠 때는 눈
물짓는 이들도 많았다". 그런데 점차 "사절단의 하인배 가운데 음식을
훔쳐먹거나 그릇이며 옷가지들을 요구하는 자가 생기고, 더욱이 고국
사람이라 여겨 느슨히 대하면 그 틈을 타 도둑질하는" 일마저 생기게
되었다.

이렇게 되자 그들은 "고국 사람들을 꺼려서 사절단이 지날 때마다

음식을 감추고 잘 팔지 않았고, 그럴수록 또 이쪽에서는 백방으로 속여서 그 분풀이를 하게 되었다". 환대가 홀대로 변하고, 사랑이 증오로 변한 형국이다. 드디어 연암이 사절단에 참여한 즈음에는 "서로 상극이 되어 마치 원수 보듯 이쪽에서 욕을 하면 저쪽에서도 욕설을 퍼붓는" 지경에 이르렀다. 이를 두고 연암은 "우리나라에서는 도리어 이곳 풍속이 극히 나쁘다 하니 참으로 한심한 일이다"라고 총평하면서 글을 맺고 있다.

오늘날 우리가 조선족을 대하는 태도를 보면, 어쩌면 이백 년 전의 일이 이렇게도 똑같이 반복되는지 모골이 송연할 지경이다. 90년대 초엽 중국과 수교한 직후 우리에게 제일 먼저 와 닿은 것은 중국을 통해 백두산에 오를 수 있다는 사실이었고, 그 도중에 만난 것이 만주의 동포(조선족)들이었다. 그들은 일제의 탄압을 피해 만주로 간 한민족의 후예였으니, 조국 분단의 현실이 그들의 처지와 겹쳐져 우리는 그들을 눈물로 대했고 또 그들의 대접도 융숭했던 터다. 그러나 얼마 지나지도 않아 이 땅을 찾는 동포들이 많아지면서 그들에 대한 우리의 인식은 싸늘해져갔다. '한민족 한핏줄'에서 '못사는 동포'로 전락하였던 것이다.

그들의 처지는 손님에서 일꾼으로 바뀌었고, 이에 서로간의 인심이 사나워지게 되었다. 드디어 옌지(延吉)에는 한국인들의 현지처가 생기고, 서울서는 임금을 떼인 외국인 근로자 속에 조선족이 빠지는 일이 없었으며, 연전 〈PD수첩〉에 의하면 한국 초청 사기사건이 벌어져 조선족 마을들이 초토화되다시피 한 사건도 생겨났다. 그러더니

급기야 중국 땅에서 조선족이 남한 사람을 살해한 사건이 일어나고
만 것이다. 이게 기껏 십 년 안에 생긴 일들이다. 우리는 이런 '역사
적' 맥락을 염두에 두고 조선족의 살인사건을 보아야만 한다.

　이 사건의 가해자를 옹호할 생각은 없지만, 또 피해자들에게는 누
가 될까 염려스럽지만, 이를 계기로 되새기고 싶은 것은 역사적인 유
례가 있는 우리 자신의 경망과 비례(非禮)다. GNP 일 달러 차이를
두고 선진국과 후진국의 갈래를 잡는 물신숭배와 이번 조선족 사건
이 밀접한 관련이 있다고 여기기 때문이다. 언제부터 그렇게 잘살게
되었는지는 몰라도, 솔직히 우리는 그동안 꽤나 졸부처럼 굴었다.

　덧붙여 이번 사건을 다루는 언론들의 태도도 경망스럽다. 처음에
는 우발적 사건이던 것이 다음날에는 조직범죄가 되고 또 그 다음날
에는 조선족 여성들로 구성된 '꽃뱀들'이 연루된 엽기적 사건으로 발
전하더니, 급기야 중국에 거주하는 우리 사업가들과 유학생들이 바깥
출입조차 무서워한다고 근황을 전한다. 마치 조선족들이 우리를 향해
전쟁을 선포한 듯 호들갑을 떨고 있다. 어떤 사건이 일어나면 그 내
막이 밝혀지는 것이야 흔한 일이지만, 하루하루 급전하는 '공포화'
과정은 아무래도 믿어지지 않는다.

　더욱 우울한 것은 이것이 통일 이후 겪게 될 북한 주민과의 갈등을
예감케 해주는 사건이라는 사실이다. 짐작컨대 우리는 통일의 초창기
에는 북한 주민들을 한민족으로 대하면서 남쪽의 풍요를 전달하기
위해 지나치게 환대할 것이다. 허나 이런 감정이 급속히 식으면, 이
번 사건과 유사하게 북쪽 사람들의 위협에 봉착할지도 모른다. 그래

놓곤 또 이쪽에서 그들을 '삼팔 따라지'라느니 '북쪽 것들'이라느니 비난한다면, 통일은커녕 더욱 깊은 내분의 생채기만을 남기고 말 것 같아 벌써부터 염려스럽다.

요컨대 이번 사건을 두고 이백 년 전처럼 '조선족의 풍속이 극히 나쁘다'고 개탄하기에 앞서 우리 자신의 최근 행태를 차갑게 살펴보아야 할 일이다. 지나친 공손도 예가 아니거늘, 지나친 인색이나 지나친 베풂이야 말할 것이 없다. 사랑이 지나친 뒤끝에는 미움의 그늘이 드리우게 마련인데, 지나침이 항상 유지될 리가 없기 때문이다.

(2000년 2월)

향

눈에 보이는 것만 믿고 또 눈으로만 사람을 평가하는 이 시각 중심의 시대에 '향'이나 '향기'는 그 말만으로도 그윽하다. 증언의 영어식 표현인 위트니스(witness)가 목격자라는 뜻을 갖고 있는 데서도 알 수 있듯 '보는 것'이 법률적이고 권력적이라면, 향-냄새는 문화적이고 매력적이다.

물론 향도 향 나름. 침향(沈香)과 같이 마음을 안정시키는 것이 있는 반면, 사향(麝香)처럼 마음을 도발하고 눈길을 뺏는 것도 있다. 그럼에도 불구하고 향에는 눈이 가진 폭력성과 단순성을 넘어 마음속 깊숙이 스며들어 사람을 홀리는 매력을 갖고 있다는 것은 분명하다.

그렇기에 옛날부터 향은 귀신과의 소통에 필수품이었던 것이리라. 이미 몸뚱이를 잃은 귀신에게 눈이 없을 것은 분명하지만, 향냄새에 대해서만은 감응하리라는 믿음, 즉 향에는 귀신마저도 홀릴 수 있는 마법적 힘이 깃들어 있다는 믿음이 제사상에 향을 사르는 행위 속에 스며들어 있는 것이다.

그러나 어디 향에서만 향내가 나랴. 오히려 더 귀한 것은 사람(지혜)에게서 풍겨나는 향기일 터이다. 70년대 대중가요의, "꽃보다 더 귀한 나의 여인아~"라는 노랫말처럼 사람이 품은 향이 꽃의 향기보다 더할 수 있는 법이다. 옛날 신라 선덕여왕이 당나라에서 보내온 모란 그림에 벌과 나비가 그려져 있지 않음을 보고, '모란은 향기가 없는 꽃이리라' 하고 예측했다는 이야기는 거꾸로 선덕여왕의 매력적인 '지혜의 향내음'을 물씬 풍기는 일화가 될 수 있겠다.

향기를 품은 사람을 예부터 우리는 '선생'이라고 불렀다. 오늘에야 선생이라는 말이 대중화되어 낯선 사람을 부르는 호칭으로 추락한 감이 없지 않지만, 원래는 타인들의 삶에 깊은 영향을 미친 이들에게 붙이는 칭호였던 것이다.

이를테면 오백 년 전 지리산에 은둔하여 평생을 마친 조식(曺植) 선생을 예로 들 수 있으리라. 어느날 출세한 제자가 그를 찾아와 겸상을 하게 되었는데, 그야말로 형편없는 밥과 반찬이라 제자가 제대로 먹지를 못하였다. 조식 선생이 그에게 이르기를, "자네는 밥을 등으로 먹지 못하는구먼"이라고 하였다.(『남명집』)

여기서 '등으로 먹는다'는 말은 목구멍에 넘어가지 않는 박한 음식을 억지로 꿀꺽 삼킬 때 등짝을 타고 흐르는 삼킴의 요동을 형용한 것이다. 곧 음식이란 입맛(욕구의 충족)으로 먹는 것이 아니라 몸의 유지(생존)를 위해 먹는 것일 뿐이라는 뜻이니, 글공부만이 공부가 아니요 일상의 행동거지가 다 공부거리라는 질책이다.

그런데 그 글을 읽는 순간, 독자인 나의 등도 함께 서늘해지는 것이었다. 더욱 놀라운 것은 그후 찬 없는 음식일수록 더 꼭꼭 씹는 버릇이 생겼다는 점이다. 그것은 '등으로 먹는다'라는 말의 향기가 오백 년 세월을 흘러 다시 피어나 행동의 변화를 불러일으킨 것임에 분명하다. 이렇게 지리산 산골 침침한 호롱불 아래 밥상머리에서 있었던 일화가 오백 년의 세월을 지나 그윽한 향기로 피어나 사람을 감동시키고 또 사람의 행동을 바꾸고 있는 것이다. 스승의 가르침, 곧 사람의 향기는 이토록 짙고, 깊고, 또 오래가는 것이다.

하긴 남명 선생과 동시대에 살았던 퇴계 선생도 그윽한 향기를 품고 또 내뿜었던 사람이다. 그 스스로가 매화를 몹시 아껴 돌아가실 적에 "매화 화분에 물을 주어라"는 말을 유언으로 남길 정도였는데, 그이가 매화를 아낀 까닭은 차가운 대지(역경)를 뚫고 피어나 첫봄을 알리는 그 꽃의 향기를 아꼈기 때문이었다. 나아가 그 스스로도 "산 속 한 떨기 난초처럼, 종일토록 향기를 내뿜으면서도 스스로는 향기로운 줄 모르는 존재가 되기"(『퇴계전서』)를 기약하였던 것이다.

그런데 향기란 참 묘한 것이어서, 숨기는 향은 더 짙게 솔솔 나는 반면 내로라하며 드러내는 향은 금방 사라져버린다. 향을 감추려고 감싼 종이에서 도리어 향냄새가 묻어나듯, 속으로 온축한 지혜와 진리의 향기만이 더욱 그윽하고 또한 짙고 깊게 세상을 감쌀 수 있는 줄을 알겠다. 곧 맞을 5월에는 스승의 날이 끼어 있다. 스승이란 말이 지식이나 정보를 제공해준 사람들을 두루 칭하는 것이긴 하지만, 참된 스승이란 나에게 향기를 내뿜어 나를 감동시키고, 급기야 나를 변화시킨 분을 일컫는 말임을 이참에 알아둘 만하다. 그런 스승을 가진

사람은 실로 행복한 제자라고 할 수 있겠다. 어디 주변을 한번 둘러
보자.

(2002년 4월)

샘터

남쪽 지방에서는 우물을 '새미'라고 불렀다. 여름에도 시리도록 차가운 물이 솟는 우물을 '찬새미'라고 부르는 식이다. 찬새미는 특히 한여름 농사철에 요긴해서, 새참으로 내어갈 오이냉채나 미숫가루에 넣을 물을 긷기 위해 온 근동의 사람들로 늘 북적댔다. 지금도 머리까지 시원했던 그 차가운 물을 생각하면 속이 다 후련하다.

깊지 않은 샘물은 하늘에 떠가는 구름마저도 비칠 만큼 맑디맑았고, 퍼내도 퍼내도 매양 한결같은 그 물높이는 언제나 든든했다. 자세히 살피면 샘의 밑바닥에는 가재가 기어다니고, 때로는 개구리가 헤엄치기도 했다. 훗날 학교에서 정저지와(井底之蛙)라, 우물 안 개구리에 대한 고사를 배우면서 전혀 낯설지 않았던 것도 그런 장면들에 익숙해져 있었기 때문이리라.

여름철에 그토록 차갑던 샘도 어느덧 늦가을에 접어들면 따뜻해지는 것이 신통하기만 했다. 가을걷이가 끝날 무렵이면 잔뜩 기름이 올라 누런 배를 드러낸 미꾸라지들이 따뜻한 샘을 찾아 물길을 따라 오른다. 요즘에야 그렇게 장어 새끼만큼이나 크고 기름진 미꾸라지를 찾아볼 수가 없지만, 그때는 그런 미꾸라지들이 샘 주위에 오글거리면 어른들은 들일을 나왔다가 삽으로 살짝 떠내기만 하면 되었다.

샘은 여성들의 천국이다. 새벽부터 샘은 여자들의 발길로 부산하다. 그야말로 '정화수'가 필요한 집이라면 누구도 손 타지 않은 물을 얻기 위해 꼭두새벽에 물을 길었고, 특히 정월 대보름날 새벽에는 동네에서 제일 먼저 물을 뜨기 위해 종종걸음을 쳤다.

이제 한낮이 되면 샘 주변은 정보교환으로 시끌시끌하다. 대개 다 아는 처지요 집집마다 숟가락 수까지 꿰는 처지라 '툭하면 호박 떨어지는 소리요 척하면 삼척이지만', 그래도 누가 어떻고, 어느 집이 어떻고 하는 소리에 귀가 솔깃해지고, 이야기가 꼬리에 꼬리를 물면서 잔뜩 부풀려지는 것이다. 사촌이 논을 사면 배가 아픈 것이 인지상정인지라, 좋지 않은 소문은 잔뜩 부풀려지지만 좋은 소문의 뒤끝에는 꼭 삐쭉거리는 비평이 따르게 마련이기도 한 것이 샘 주변의 공론이었다.

한낮이 지나 오후에 접어들면 샘 주변은 고즈넉해진다. 과년한 처녀들이 물동이에 물을 떠서 머리에 이고, 동이를 타고 흐르는 물을 한 손으로 그으면서 사뿐사뿐 집으로 가는 것도 이즈음이다. 그리고 지나는 과객이 물을 한잔 청하매, 바가지에 버들잎을 띄워서 체하지 않도록 배려하는 따뜻하고 아름다운 장면도 이 언저리에서 빚어지는 그림일 터다(하긴 또 누가 그걸 봤으면 그 다음날 아침 누구누구네 처자가 지나가는 과객한데 손을 잡혔다느니 어쨌다느니 뜬금없는 소문으로 왁자할 터이지만).

그러나 샘 주변만큼 엄한 데도 없었다. 함부로 개 잡거나 닭 잡은 물건을 샘에 가져와서 만지거나 씻기라도 하면 큰 난리가 났다. 공동으로 쓰는 샘이기 때문에 위생 문제를 저어해서였기도 하지만, 샘은 동네를 수호하는 용(龍)의 거처였기 때문이다. 피 냄새, 고기 냄새를 가렸고, 함부로 맨살을 드러내지도 못했다. 논밭을 드나들며 흙이 묻은 발이나 신을 씻어서도 안 되었다. 그건 도랑에서 씻는 것이지, 샘 주변에서 씻다보면 호령이 떨어졌다. 그만큼 청결을 유지하는 데 온 동네 사람들이 신경을 썼던 것이다. 그리고 한 해 한두 번씩은 꼭 샘굿(우물굿)을 올려, 산모에게 젖이 많이 나듯이 샘에서도 좋은 물이 내내 솟기를 기원하였던 것이다.

샘은 곧 생명의 원천이기 때문이었다. 흐르는 물이 아닌 샘솟는 물은 생명의 근원을 연상케 하는 것이니, 그것은 곧 사람에게 시조(始祖)와 같은 격이다. 그러니 박혁거세가 처음 나정(蘿井)이라는 우물 곁에서 알로 태어났다는 설화나, 그의 아내인 알영부인이 우물(閼英井)에서 태어났다는 설화는 두루 샘의 원천적 성격에 가탁한 기원설화인 것이다.

그러나 요즘에는 샘에 뚜껑을 닫아 하늘을 막고, 샘 밑에는 파이프를 꽂아 집집마다 물을 빨아들인다. 샘 주변은 잡초로 무성하고, 졸졸 흘러내리던 시냇물은 흔적도 없다. 서늘하니 촉촉하던 청량한 공기도 이제는 어둑하고 축축하기만 할 뿐 생명력을 잃었다. 무엇을 잃고 무엇을 얻었는지, 지금 무엇을 내팽개치고 무엇을 얻기 위해 동분

서주하는지, 한 번쯤 자문해볼 일이다.

(2001년 3월)

어린 낙화송이를 앞에 두고

　나는 군대생활을 병원에서 했다. 국군통합병원 응급실에서 위생병으로 삼 년의 세월을 보내는 동안 스무 번 남짓한 죽음을 대면하고, 그 젊은 주검들을 알코올로 닦았다. 그중에는 저녁밥 잘 먹고 취침점호를 하기 전에 동료와 장난한다고 가슴을 툭 친 것이 죽음으로 이어진 경우도 있었다. 함께 온 그 치사자는 동료가 죽었다는 사실을 알려주어도 무슨 소린지 알아듣지 못하고 멀뚱멀뚱 쳐다보기만 했었다.

　어느 비 오던 초겨울날 저녁의 정경은 지금도 잊지 못한다. 비가 오면 병원에는 환자가 없다. 건강한 젊은이들이 모인 군대의 병원 응급실은 더더욱 개문 휴업이 상례다. 헌데 급박한 사이렌 소리와 함께 갑작스럽게 들이닥친 앰뷸런스에는 나이 어린 소년이 실려 있었다. 교통사고였다. 너무 다급해 가까운 군대 병원으로 온 것이었다.

　그날 저녁, 어린 자식을 잃은 젊은 아버지의 찢어지는 울음 앞에서, 말이나 글이란 것이 얼마나 덧없는 사치인지를 통감했다. 뭐라고 인사를 건넬 수 없고, 무슨 말로도 애도를 표할 수 없는 자리였다. 비창(悲愴)이라고 할 수 있을까, 단장(斷腸)이라고 할 수 있을까. 내장이 찢어지고 슬픔이 극이 달할 때 내는 짐승 같은 울음소리 앞에서 일상을 덮치는 운명의 무자비함을 느꼈다.

소설가 박완서 선생의 글을 읽으면서 참척(慘慽)이란 말을 알았다. 참척이란 자식이 부모에 앞서 죽는 꼴을 말한다. 참으로 무서운 말이다. 부모가 죽으면 산에 묻고 자식이 죽으면 가슴에 묻는다고 하였지만, 조상이 묻힌 산을 지나칠 때도 눈길이 가는 것이 인지상정인데 가슴속에 묻은 자식이야 그 몸이 죽을 때까지 잊힐 리가 없을 것이다. 그러니 말이라고 다 말이 아니고, 말이라고 함부로 내뱉을 수 있는 것도 아니다.

그러나 함부로 내뱉을 수 없는 말, 군대 시절 들었던 젊은 아버지의 울음소리를 텔레비전을 통해 또 들었다. 삼풍백화점 사고가 있은 지 꼭 4주년이 되는 날, 또 어린 꽃송이들이 처참하게 떨어졌던 것이다. 죽어간 어린 영혼들이야 어디 말로 표현할 수 있으랴만, 그들을 잃은 부모의 가슴은 또 얼마나 찢어질 것인가.

그후 그 사건을 둘러싼 부패의 내막이 마치 고구마 줄기처럼 드러났다. 그것은 사고가 아니었던 것이다. 삼풍백화점 때와 똑같이 거짓과 부정부패, 상납의 조직적 범죄가 그 아래에 깔려 있었다. 한 여성 공무원의 일기는 그런 성격을 명백하게 보여주었다.

우리는 최근 몇 년간 반복되는 똑같은 성격의 사건들로부터 경고음을 듣지 않으면 안 된다. 어른들이 죽어간 삼풍백화점 사고로부터 중학생들을 죽인 대구 지하철 붕괴 사고에 이어 이제는 급기야 유치

원의 어린것들을 죽이기에 이르렀다. 어른들을 죽이고, 청소년을 죽이고, 어린이들마저 죽였으니, 이제 젖먹이 어린것들마저도 죽여야 저 경고음을 들을 것인가.

과연 잘 산다는 것이 무엇인가. 아니 우리는 무엇을 하기 위해 살고 있는가. 어린것들마저 살해하는 이 구조적이고 일상화된 부패사회 속에서 잘 산다는 것은 어떤 것인가. 지금 우리는 무엇을 하고 있는가.

그러나 아랫사람을 협박하여 허가를 내주게 했다는 화성군의 담당 과장을 타고날 때부터 악인인 양 몰아붙일 것은 없다. 아마도 직접 만나보면 그는 너무도 평범한 사람일 것이다. 자기 손으로는 닭 모가지조차 비틀지 못할 것이고, 전기가 겁나서 두꺼비집도 열지 못하는 사람일지도 모른다. 다만 윗사람에게 잘 보여 승진하고 싶었을 것이고, 또 고만고만한 사람들이 다 그렇듯 아랫사람에게는 호된 좀팽이 상사에 불과할 것이다. 그는 곧 우리다. 이 기막힌 사실을 우리 모두 깨닫지 않는 한, 똑같은 일은 계속 반복될 것이다.

썩고 부패한 공무원을 용서하자는 말이 아니다. 문제의 초점을 흩뜨리려는 것도 아니다. 더욱이 멀찌감치 서서 조소하거나 냉소하는 것도 아니다. 이것은 내력이 있는 처방이다. 유태인들을 아우슈비츠로 끌고 가 짐승처럼 죽였던 나치 독일의 반인륜적 행위는 영화 〈쉰들러 리스트〉를 통해서 우리에게도 잘 알려져 있다. 그 사건을 주도한 자가 아이히만이라는 놈이다. 이놈이야말로 일급 전범, 아니 인류 사적으로 가장 극악한 범죄자라 할 수 있다. 헌데 한나 아렌트(H. Arendt)라는 유태계 여성 철학자는 이자의 재판 과정을 참관하고서 이렇게 말했다. 아이히만이 유태인을 말살한 것은 그의 악마적 성격 때문이 아니라 아무런 생각 없이 자신의 직무를 수행하는 '생각하지 않음(thoughtlessness)' 때문이라고. 이 생각 없이 행하는 일상적 행위 속에 깃든 악을 아렌트는 '악의 평범성'이라는 말로 표현하기도 하였다.

어제 해온 대로 살아가는 생각 없음에서, 지금 하고 있는 일이 어떤 의미를 가진 것인지를 따져보지 않는 무신경에서, 그리고 세금계산서 하나하나를 따져보지 않는 나태에서 그 악의 평범성이 싹트고 길러진다는 말이다. 그것은 법 아닌 법을 만들고, 있는 법은 무시하게 만들어 끝내 이런 일들을 저지르게 만드는 것이다. 화성군의 과장이라는 자는 마땅히 벌을 받겠지만, 그것이 그만의 죄는 아니다. 그가 생각 없이 살면서 저지른 '평범한 악'의 죄는 우리 모두의 것이다.

우리가 상갓집의 고통을 덜어주기라도 할 듯이 그를 보고 죽일 놈 살릴 놈 하며 호들갑을 떨어도, 문제의 근본이 고쳐지지 않는 한 이 일은 다시 반복될 것이다. 우리가 어린것들의 죽음에 안타까워하며 눈가를 닦은 손수건의 물기가 마르기 전에 또다시 '남들도 다 그렇게 한다' 면서 생각 없이(아니 알면서도 모르는 척) 저지르는 그 '평범한 악'의 일상으로 되돌아가는 한, 이런 사건은 반복될 것이다. 이것은 저주가 아니다. 어린것들의 죽음이 지금 우리들을 꾸짖는 소리다.

다시금 우리 스스로에게 물어보자. 정녕 우리는, 나는 지금 무엇을 하고 있는가. 무엇을 위해 살고 있는가.

(1999년 8월)

경주에서

님에게.

지금, 천년고도 경주에서 이 글을 씁니다. 만산홍엽(滿山紅葉)이라 더니, 이 늦가을 경주의 정경이 꼭 그러합니다. 하늘은 구름 한 점 없이 쨍하니 파랗고, 날씨는 찬기운이 뺨을 살짝 스칠 정도로 상큼한데, 단풍은 빨갛다 못해 검붉기까지 합니다. 적요(寂寥)라고 표현해야 마땅할 것 같은 조용한 경주의 한낮은 또 은행나무들의 풍성한 황금빛으로 차마 눈을 뜰 수 없을 지경입니다. 때로 단풍은 파삭거리거나 말라서 칙칙해지기도 하건만, 올가을 경주는 울고 싶도록 하염없이 빨갛고, 노랗고, 또 파랗습니다.

가끔 그리스 아테네에서 먹는 올리브의 맛은 다른 곳의 올리브 맛과 다르리라는 생각을 한 적이 있습니다. 니코스 카잔차키스의 『그리스인 조르바』를 읽을 때였는지, 아니면 『그리스 신화』를 읽을 때였는지는 정확하지 않습니다만, 여하튼 천 년의 역사를 간직한 도시의 토속 음식은 그 맛조차 역사적이거나 신화적이지 않을까 생각했던 것이지요. 헌데 지금 경주의 오래된 고분 곁에서 아직도 푸른빛을 잃지 않은 상추와 배추 그리고 무밭을 보면서, 그 역사적인 입맛을 다시금 다셔봅니다. 경주의 무 맛이 다른 지역의 것과 다르리라 여겨지는 까닭은, 오로지 무밭 한가운데 서 있는 석탑 때문입니다.

석탑은 그냥 그렇게 오랜 세월 동안 비와 바람을 맞으면서 온몸으로 서 있었을 것인데, 문득 그 나이가 근 천수백 년에 이른다는 셈을 하고 나면, 탑에서 눈길을 뗄 수가 없습니다. 얼마나 놀라운 일입니까. 농부는 탑의 나이를 상관하지 않고 그 곁에서 그저 제 먹을 푸성귀를 갈고, 탑은 또 제 나이가 얼마나 되는지 농부에게 알려주지 않은 채 그냥 그렇게 밭 갈고 추수하는 것을 천수백 번을 지켜봤다니 말입니다.

대체 경주의 천 년 넘은 야외 문화재들 가운데 지붕을 가진 것이 몇이나 될까요. 석불사(석굴암)의 부처님과 천마총의 유물들이야 애초부터 지붕을 갖고 있었던 것이니 셈 밖으로 친다면, 기껏 에밀레종이나 지붕을 얻었을까요. 석가탑이든 다보탑이든, 남산의 도처에 자리잡은 부처님이든, 지붕을 얹은 문화재는 거의 없어 보입니다. 따로 지붕을 해올리지 않았다는 것은, 아직도 이들이 그냥 경주 사람들의 삶의 일부분이요 경주 풍경의 일부분이지 '역사의 유물'로 화석화되지 않았다는 뜻일 것입니다. 책이나 그림을 통해 국보 몇 호, 보물 몇 호라는 이름으로 '참배했던' 유물들이 경주에서는 아직 유물이 아니라 풍경의 한 부분으로 살아 있는 것을 확인하는 일만큼 기분좋은 일이 또 있을 것 같지 않습니다.

그것은 우리가 문화재들을 한정된 사진의 틀 속에서만 보다가, 광활한 가을 하늘 아래, 그리고 그림자를 길게 드리우는 석양의 햇살 속에서 생생하게 살아 있는 모습으로 만날 수 있기 때문일 것입니다. 더욱이 여태 경주의 주인공인 줄 알았던 문화재들이 실제로는 주변을 호령하는 주인공이기는커녕 그저 경주의 가을 풍경의 일부분으로서 '현역으로' 종사하고 있는 것을 발견했을 때의 충격은, 천 년 먹은 할아버지가 아직도 일하고 있는 모습을 발견하는 경우에 비유할 수 있을까요.

이렇게 경주는 의연합니다. 천 년 먹은 석탑이나, 천 년 동안 대를 이어 푸성귀를 가꾸는 농부나, 그 길옆으로 유유히 자전거를 타고 지나치는 노인이나 두루 경주의 한 풍경으로 자족하고 있는 듯합니다. 결코 호들갑스럽지가 않습니다.

그리하여 경주는 걷거나 자전거로 다니는 것이 옳아 보입니다. 그렇습니다. 생각할수록 경주는 자동차로 스쳐 지나가며 보아서는 안 될 듯합니다. 왜냐하면 자동차의 창은 또 사진 속의 틀이나 박물관의 유물을 담은 창과 같은 역할을 할 것이기 때문입니다. 더욱이 경주의 풍정을 더해주는 것은 아직도 살아 있는 산세입니다. 너른 경주의 들판 한가운데 서서 고개를 쳐들면 동서남북 가려진 곳 없이 아슴푸레하게 보이는 낮은 산세의 윤곽은 경주의 의미를 뼈저리게 느끼게 합니다.

허나 무엇보다 경주가 살뜰한 까닭은 그 땅이 살아 있기 때문입니다. 저는 이곳에 올 때마다 어릴 적에 흔하게 봤지만 근래 잃어버렸던 생물들을 도처에서 다시 만나곤 합니다. 어느 해 비 오는 날에는 남산 기슭에서 두꺼비의 행렬을 만나기도 했고, 또 어느 해 장마철에는 물이 넘쳐 개천으로 흘러든 어른 키만한 초어를 발견하기도 했고, 그리고 이번 행차에는 달팽이와 하늘소 그리고 낯익은 곤충들을 만났습니다.

그런데 이들을 만난 반가움은 급기야 『삼국유사』에 등장하는 까마귀나 쥐 그리고 까치가 되살아나는 느낌으로 변합니다. 이를테면 경주에는 아직도 『삼국유사』가 현재진행형이란 느낌 말입니다. 『삼국유사』에서는 까치가 궁 안의 거문고 갑을 쏘라고 알려주어 임금님의 목숨을 구해주었듯이, 오늘날에는 두꺼비가 저에게 남산 가는 길을 가르쳐주더라고 '이야기' 할 수 있는 것이니까요.

그런 점에서 경주의 생태 환경이 살아 있는 한, 『삼국유사』는 살아 있는 책으로 남습니다. 경주가 살아 있는 한, 우리 고전도 함께 살아 있다는 저의 생각은 제가 생각해도 참 기특한 발상입니다. 『삼국유사』는 호롱불을 돋우며 소근소근히 전해진 옛 이야기책이 아니라, 오늘도 경주에 가면 확인할 수 있는 사진첩과 같다는 연상이야말로 얼마나 신나는 생각입니까.

그러니 경주는 그저 옛 유물로 남은 관광도시가 아닙니다. 경주는 오늘 우리의 무게를 잴 수 있는 거의 유일한 저울대요, 현재의 속성을 측정할 수 있는 리트머스 시험지 같은 곳입니다. 우리가 잃은 것, 잊은 것, 내다버린 것, 세월 속에 파묻혀버린 것들을 발견할 수 있는 곳입니다. 허나 그 발견이란 것이 어디 애써 땅을 파야만 얻을 수 있는 그런 것이겠습니까.

그저 이렇게 차가워지는 늦가을의 해거름 저녁, 넓은 경주평야의 한가운데나 아니면 괘릉이나 신문왕릉과 같이 호젓하고 쓸쓸한 곳에 가만히 서서 하늘과 산이 만나는 공제선을 쳐다보기만 해도 발견할 수 있는 것일 터입니다. 귓전을 스쳐 지나가는 바람결에서도, 흙끗 코끝을 스치는 거름 냄새에서도 우리는 그 잃어버린 것들을 발견할 수 있을 것입니다. 다만 우리의 눈과 귀 그리고 살갗에 세사(世事)의 때가 덜 묻었기를 바랄 따름이지요.

곧 맞이한다는 새천년도 기실은 지난 천 년의 터전 위에 짓는 집일 따름입니다. 괜한 호들갑으로 새천년의 아침을 분탕질하지 말고, 조용히 지난 천 년의 영욕을 다시금 헤아리는 것이 옳은 자세라고 봅니다.

새천년이라고 한들, 어디 다른 세월이겠습니까. 지난 천 년간 사람 사는 세상이 매양 그랬듯, 또 사랑하고 미워하며 그렇게들 살아갈 것입니다. 그런 새천년의 어느 날, 또다시 갈피를 잡지 못하고 우왕좌왕 좌충우돌할 적이면 조용하게 경주를 찾아 옛 줄기를 더듬어 당시를 가다듬을 수 있어야겠지요. 그런 점에서 경주는 힘겨우면 찾아와 원기를 되찾아가는 우리 민족의 고향과 같은 곳이라 할 수 있을 것입니다.

온고지신이요 법고창신이라, 옛것을 온축하여 새 시대에 적용할 줄 아는 지혜를 새천년에는 기필코 발휘하길 기원하면서, 차가워지는 날씨에 건강 유의하시고 내내 건승하시길 빕니다.

(1999년 12월)

만추

초가을은 햇살이 좋지만, 늦가을은 비올 때가 좋다. 유명한 안톤 슈나크의 에세이 「우리를 슬프게 하는 것들」 가운데 '초추의 양광이' 운운하는 구절이 초가을의 정서를 대변한다면, 늦가을의 정취는 겨울을 재촉하는 빗줄기에서 완성된다.

늦가을에 쏟아지는 빗줄기를 하염없이 바라보노라면 옛 추억들이 떠오른다. 때맞춰 라디오에서 〈바위고개〉나 〈고향 그리워〉 같은 가곡이 들려오면 차를 즐겨 하지 않는 사람도 물을 데우게 된다. 기러기, 석양, 그리움, 고향, 석별 따위가 우리 가곡들의 핵심어들이다. 우리 근세사의 식민지 체험, 유랑, 이별 등이 아로새겨진 때문인지 가곡의 가사들은 늦가을의 정서와 잘 부합된다.

그런데 이별이나 그리움에 대한 감상은 한시의 전통에서 비롯된 것 같기도 하다. 두보나 이백의 시를 훑어보아도 늦가을 정서는 군데군데서 확인할 수 있다. 가령 두보의 「밤(夜)」이라는 시를 예로 들면,

이슬 내린 높은 하늘 가을 기운 맑은데

빈 산 고독한 밤 나그네 마음 놀래키네

등잔 쓸쓸한 외로운 돛배에

초승달 걸린 저녁 다듬이 소리

남녘 땅 국화를 다시 보매 아파 누웠나니

북녘 편지는 오지 않고 기러기 무정해라

처마 밑 거닐며 견우와 북두칠성을 바라보면

은하수는 저 멀리 고향땅에 닿았는 듯

    가을의 한밤 선착장 풍경을 그린 것이다. 고향을 떠나 객지를 떠돌면서 두 해째 보는 국화는 더욱 서럽다. 고향에서는 편지 한 장 없는데 북쪽에서 날아오며 끼룩대는 기러기 소리는 더더욱 무정타. 남의 집 처마 밑에서 쳐다본 밤하늘의 은하수는 저 북쪽으로 기울었다. '혹 은하수가 맞닿은 저곳이 내 고향땅은 아닐까' 하는 감상인 것이다.

    이런 한시의 전통 때문인지, 스산한 이 계절의 느낌에는 늦가을이라는 말보다 오히려 한자어인 만추(晩秋)가 더 걸맞아 보인다(혹 이런 느낌은 60년대 한국영화 〈만추〉의 가을 장면이 기억 속에 각인돼 있기 때문인지도 모르겠다).

    이렇게 만추라는 한자어가 늦가을의 정서와 긴절(緊切)하게 어울릴 것 같은 느낌은 바바리코트의 깃을 세우고 싶은 마음과 흡사하다. 말하자면 괜히 폼을 잡고 싶은 것이다. 이처럼 늦가을은 덜 익은 감상이나마 겉으로 드러내고 싶은 때이고 또 그런 것이 흠이 되지 않는 때이기도 하다.

아마 늦가을의 감상을 가장 극적으로 표현하고 싶어하는 나이는 십대 후반이리라. 오 헨리의 단편 「마지막 잎새」의 한 장면처럼 늦가을 빗줄기에 가로수 잎들이 후드득 떨어지면 버스를 애써 외면한 채 교모를 비껴 쓰고서 하염없이 비를 맞으며 걷는 중고등학생들이 꽤나 많았었는데…… 요즘에야 공해(산성비) 때문에 가을비를 맞으며 걷는 것은 '목숨 건 행로'일 것이 뻔하지만 말이다.

옛말에 등화가친이라 한 것도 이때다. 스산한 날씨다보니 호롱불이나 관솔불의 그 약한 불빛조차 따뜻함으로 전달되는 것이다. 불빛도 불빛이려니와 그 따뜻함이 좋아 '떡 본 김에 제사 지낸다'고 등잔 앞에서 책을 읽게 된 것이리라. 이런 점에서 가을을 '독서의 계절'이라고 이름 붙인 것도 옛날 풍속이다.

늦가을에 읽을 책으로는 역시 시집만한 것이 없다. 늦가을의 공활한 자연과 사람에 대한 그리움, 또는 세월에 대한 안타까움을 담을 수 있는 것으로 시보다 나은 것이 따로 있을 성싶지 않다. 삶에 대한 통찰이 깃든 시야말로 늦가을을 감상에서 침잠과 성찰로 이끄는 다리가 된다. 가령 이런 시는 어떨까.

강가에 초승달 뜬다
연어떼 돌아오는 소리가 들린다
나그네 한 사람이 술에 취해
강가에 엎드려 있다

연어 한 마리가 나그네의 가슴에

뜨겁게 산란을 하고

고요히 숨을 거둔다

— 정호승, 「사랑」 전문

시를 통해 늦가을은 한낱 스쳐 지나가는 계절의 이름이 아니라, 우리 가슴에 피어나는 한 떨기 국화가 된다.

그런데 이제는 따뜻한 불빛이 흔해져서인지 가을이면 오히려 서점은 더욱 불황이고, 시집은 더더욱 팔리지 않는다고 한다. '등화가친'이니 '독서의 계절'이니 하는 말도 이제는 퇴색한 옛말이 되어버리는 것 같다. 안타까운 일이다.

그렇다면 들판을 거닐어보면 어떨까. 자동차를 마을 어귀에다 세워두고 그냥 한가로이 농로를 걸으면, 가을은 내딛는 발걸음 가까이 와 닿을 것이다. 논배미에는 흰 꽃을 피운 갈대들이 고개 숙인 채 바람에 일렁거리고, 차가운 물가에는 해오라기가 고둥을 찾는다.

늦가을 들판은 입체적이다. 아직 베지 않은 벼논과 벼를 다 베어낸 논들이 계단을 이루고, 아슴푸레한 먼산과 어둑한 앞산이 또 층계를 이룬다. 저어기 미루나무들 뒤로 집들이 옹기종기 모여 있는 마을에서 저녁밥 짓는 연기라도 피어오를라치면 가을 들판의 입체미는 더욱 완연하다.

특히 들판을 걷다가 석양을 만나게 되면 눈시울이 뜨거워진다. 딱히 석양의 햇살이 눈을 시리게 만들어서가 아니라, 풍성하던 논이 알

곡을 털어내고 기껏 볏짚만을 남긴 빈 들판이 되고, 그 위로 햇살이 차갑게 비껴가는 것이 서러워서일 테다. 계절의 조락 앞에서 '생명이란 이런 것인가' '산다는 것이 이런 것인가'라는 질문을 던지게 되기 때문이다.

자연에서 지혜를 얻어왔던 선조들은 늦가을로부터도 교훈 얻기를 주저하지 않았다. 예컨대 추사 김정희 선생의 〈세한도(歲寒圖)〉의 화제(畫題)였던 『논어』의 한 구절은 늦가을의 정황을 염두에 둔 것이다.

날이 차가워진 다음에야 소나무와 잣나무가 늦게 시듦을 알 수 있나니라(歲寒然後, 知松栢之後彫也).

처지가 곤궁해진 다음에야 참된 벗을 알 수 있다는 뜻이다. 김정희 선생이 제주도 유배라는 곤궁한 지경에 이르자 문전성시를 이루며 찾아들던 발걸음들이 뚝 끊겼다. 그런데 그의 영락에 구애받지 않은 한 제자가 중국에서 구입한 많은 서책들을, 당시로서는 멀디먼 제주도까지 전하였다. 이 지극한 우의에 감사하며 그려 보낸 것이 오늘날 문인화의 최고로 대접하는 〈세한도〉이다.

이쯤 되면 늦가을의 정취는 서늘한 교훈으로 변한다. 이를 기회로 우리도 참된 벗과 그렇지 못한 벗을 한 번쯤 헤아려보는 것은 어떨까. 아니 그보다 먼저, 나 자신이 주변 사람들을 수단이나 용도로 여기지는 않았는지 반성하는 것이 순서겠다. 사람을 그 자체로 순수하게 사귀지 못하고, 돈이나 지위로써 사귀는 경우는 없는지 스스로를 성찰해볼 일이다. 그야말로 늦가을의 서리(秋霜)와 같은 차가운 눈으로 말이다.

(1998년 11월)

겨울 준비

이젠 날씨가 차다. 코끝을 스치는 바람도 제법 매섭다. 오후 여덟 시까지 남아 있던 여름 햇살이 엊그제 같은데 요즘은 여섯 시면 벌써 어둡다. 두터운 외투들도 낯이 익다. 스쳐 지나가는 아가씨의 빨간 외투가 따뜻해 보이는 것은 은백색의 찬 기운을 빨간색으로 데우려는 배려가 느껴져서이다.

어디서 주워들은 조크가 생각난다. 여름이 처녀의 계절이라면 겨울은 귀부인의 계절이라는 것이다. 한여름은 시원시원한 몸매를 자랑할 수 있으니 처녀들의 계절이요, 겨울은 값비싼 모피코트를 자랑할 수 있으니 귀부인들의 계절이라는 말이었다.

어쨌건 계절의 변화란 엄정하고 정확하다. 맹자도 "자연에 순응하는 사람은 살아남고 자연의 변화에 거스르는 사람은 죽는다"고 하지 않았던가. 아니, 자연조차 계절의 변화에 민첩하게 반응하지 않으면 살아남지 못한다.

산은 지난 여름 동안 머금었던 물을 뿜어내고 파삭파삭한 속살만을 갈무리한다. 한겨울 추위에 속살이 얼어 터지지 않게 하기 위함이다. 장자는 겨울을 맞이하기 위해 산이 털어낸 물이 넘쳐흐르는 것을 추수(秋水), 즉 가을물이라고 하였다. 『장자』「추수」편은 이 가을물의 장대하고 도도한 흐름에 대한 찬탄으로 시작한다.

산에 깃들여 사는 식물과 동물도 준비가 없을 수 없다. 나무는 광합성을 원활하게 할 요량으로 활짝 폈던 잎사귀들을 다 떨구고, 숨구멍들을 옴츠려 에너지를 안으로 감싸안기에 바쁘다. 늦가을 그토록 온 산을 불태우던 붉다 못해 빨갛던 단풍이며, 누렇다 못해 샛노랗던 은행잎은 절기의 변화를 거부하는 마지막 몸부림이었던 것인지……이제 나무들은 바싹 마르고, 텅 비워냄으로써 겨울의 추위를 짐짓 모른 체할 참인 것이다.

동물들이야 벌써 지난 늦여름부터 겨울을 예비하였던 터다. 다람쥐며 청설모, 뱀과 곰 들은 도토리며 상수리, 잣이며 콩을 한껏 먹어 목구멍까지 꽉 채우고서야 어둑한 동굴 속으로 기어든다. 두툼한 피하지방을 방패 삼아 한겨울을 남의 세계인 양 여길 참인 것이다.

인간인들 이 자연의 변화를 거역할 수 있을까. 오히려 인간에게 겨울은 여느 동식물보다 더 혹독한 것이었을 터다. 다른 동물들에게는 다 있는 두터운 털과 두꺼운 껍질은 어디다 내팽개치고 맨숭한 몸뚱이로 남았는지, 겨울이 닥칠라치면 그간의 진화과정이 다 야속할 지경이었다. 요즘에야 자연의 변화에 무딘 세월이 되고 말았지만, 어디 이십 년 전만 해도 그랬던가.

겨울을 앞두고서야 인간은 자신이 연약한 동물에 불과함을 깨닫게 된다. 이즈음에 등장하는 우화가 개미와 베짱이 이야기다. 이 우화는 준비 없이 맞이하는 겨울의 공포를 아이들에게 세뇌시킨 흔적이다. 자연을 지배하기에 이른 오늘날의 눈부신 물질문명도 처음에는 겨울나기의 두려움이 빚어낸 근면과 노동의 덕택이었을 것이다. 제법 산다는 나라들이 열대지방보다는 온대나 한대지방에 걸쳐 있는 것도 겨울에 대한 두려움이 상대적으로 컸기 때문일 게다.

이처럼 사람들에게 겨울은 걱정으로 와 닿는다. 더욱이 우리 민족은 시베리아의 추위를 피해 남녘으로 내려온 종족이었다니, 추위에 대한 걱정은 남다른 데가 있었을 것이다. 그 걱정은 우리에게 의·식·주 세 방면으로 구체화되는데, 이 가운데 어느 하나도 호락호락하지 않았다.

특히 고려시대 이전 조상들에게 겨울옷은 심각한 문제였다. 물론 동물 가죽을 벗겨 갖옷을 만들어 입는 것이 상례이긴 했다. 그러나 효과적인 보온을 위해서는 보다 포근한 탄성층이 필요했는데, 거기에는 면화가 적격이었다. 당시 중국에서 면화는 전략 물자였고, 또 면화를 자아서 솜으로 만드는 물레는 최첨단 기술이었다. 동서고금을 막론하고 전략 물자와 최첨단 기술을 쉽게 넘겨주는 나라는 없는 법이다. 이에 우리가 익히 아는 바와 같이, 문익점 선생이 붓대롱에 면화씨를 숨기고 귀국하여 그 싹을 이 땅에 틔우고, 또 눈대중으로 면화 잣는 기계를 모방하여 이 땅에 의복 혁명을 이룬 것이다.

문익점 선생이 국경을 넘으면서 벌인 중국 보안당국과의 승강이는 오늘날의 아슬아슬한 첩보영화에 맞먹는 장면이었을 게다. 중국 입장에서 그는 산업 스파이인 셈이고, 우리에겐 영웅인 것이다. 그러니 그 뜻을 높이 사서 면화씨 잣는 기계를 '문 선생이 가져온 기계' 라는 뜻으로 '문래(文來)' 라고 이름 붙였다는 속설도 그냥 믿고 싶다. 드디어 면화가 우리 민족의 겨울나기에 없어서는 안 될 귀중한 옷감이 된 것이다.

한편 겨울집에 관한 한 우리 민족에게는 드높은 지혜가 있었으니, 온돌이 그것이다. 온돌은 동아시아 민족들 가운데 우리만이 가진 독창적인 것이라 한다. 오늘날 고고학자들이 만주 지역을 탐사하다가 온돌 유구(遺構)가 나오면 당장 우리 선조의 흔적으로 간주한다고 하니 그 제도가 참으로 오래된 줄을 알 수 있겠다.

주거형태가 대부분 아파트로 바뀐 오늘날에도, 다른 건 그냥 견뎌도 절절 끓는 방바닥에 대한 갈증만은 채울 수 없는 것인지, 길거리에는 '찜질방' 이라는 이름의 온돌 전문점이 자주 눈에 띈다. 이미 우리 몸 속에 온돌의 유전자가 있는 것인지도 모르겠다.

여하튼 이런 온돌 구조에서 겨울을 나기 위해서는 땔감이 가장 중요한 문제다. 연전 윤정희, 장동휘가 열연한 〈만무방〉이라는 영화는 한국전쟁을 배경으로 한 산골 마을의 겨울나기를 그린 것인데, 그 속에서도 겨울의 '권력' 을 상징하는 것은 땔감이었다. 땔감을 얼마나 장악하느냐에 따라 안방의 주인이 결정되는 것이다. 그러니 이즈음 마루 밑이나 부엌 옆에 나무나 갈비(솔가지 잎들)가 수북하게 쌓여 있으면 먹지 않아도 배부르다는 소리가 나올 수 밖에 없었다.

그러나 뭐니뭐니 해도 겨울나기에는 저장 음식을 준비하는 것만큼 중요한 일이 없다. 바로 김치 담그기이다. 60~70년대 보너스가 거의 없던 시절에도 이 무렵이면 회사마다 꼭 김장 보너스를 지급했을 만큼, 김치 담그기는 월동 준비의 핵심이었다.

요즘같이 찬이 많지 않았던 시절, 겨울 반찬은 곧 김치였으니 담그는 김치의 종류도 다양하고 그 양도 많을 수밖에 없었다. 시장 공터마다 무와 배추가 산더미처럼 쌓여 김장 시장이 형성되고, 차려입은 부인네들 따라 김장거리를 잔뜩 실은 리어카가 줄줄이 따라가곤 했다. "짐이요, 짐이요" 외치면서.

담궈야 할 양이 많다보니 동네 아줌마들끼리 품앗이로 서로 돌아가면서 김치를 담그곤 했다. 간이 밴 배추를 우려내느라고 동네 우물터는 아침부터 밤까지 왁자하니 소연(騷然)하고, 터 안에 김장독 묻을 구덩이를 파느라고 남정네들이 힘깨나 쓰는 때이기도 했다. 집안 살림을 거의 거들지 않던 남자들도 이날만큼은 알아서 일거리를 쳐냈고, 그러면 부인네들은 막걸리에다 배추에 젓갈을 버무린 겉절이를 안주 삼아 내놓아 '합법적으로' 술판을 벌여주기도 했다.

새우젓이나 멸치젓에 고춧가루, 생강, 청각 등 각종 야채를 섞은 겉절이를 남편의 입에 넣어주는 것으로 부부간의 사랑을 과시하면 주변에서 짙은 농을 던져 온통 걸쭉한 웃음꽃을 피우곤 했던 것도 이 자리에서였다. 해가 기울면서 김장이 대충 끝나면, 배추 껍질들을 주섬주섬 모아 새끼로 엮어 처마 밑에 걸어둔다. 이게 시래기인데, 된장을 풀면 시원한 국거리가 되는 것이다. 이렇게 의·식·주 세 가지 준비를 마무리하면 겨울나기 준비가 대충 끝나는 셈이다.

이제부터는 뜨끈뜨끈한 아랫목에서 허리를 지지다가 한밤중에 출
출해지면 독에 낀 살얼음을 쳐내고 건져먹는 동치미의 시원함을 즐
길 한겨울을 기다리기만 하면 되는 것이다.

(1998년 12월)

정월 대보름날

소한, 대한 다 지나고 입춘마저 지났으니 봄이 멀지 않다. 옛말에 정월 대보름을 쇠고 나면 머슴이 문설주에 기대어 운다고 하였다. 긴 겨울, 농한기라 잘 쉬었는데 이제 대보름을 지나 일 철이 시작되므로 힘겨운 농사일을 생각하니 눈물이 앞선다는 것이다.

한겨울 이맘때는 십리나 시오리 떨어진 고모댁이나 이모댁에 혼자 다녀오기가 어려웠다. 그 정도 거리라면 마을 두세 개는 지나야 하는데, 볕 바른 농협 창고나 신작로가에는 하릴없이 해바라기하는 또래의 청장년들이 여럿 있게 마련이고, 이 녀석들에게 걸리면 아무래도 한바탕 소란이 일어나고야 마는 것이다.

대개 그 곁을 지날 때 시비를 거는 녀석은 조무래기들이기 십상이다. 열 살 남짓한 꼬마가 "어이"라든지 "야, 임마" 따위의 반말을 하면서 어깃장을 놓는 것이다. 그럴 때 "이 자식이……" 하면서 대거리를 하고 쫓으면 그 녀석은 골목길로 튀고 어김없이 열일곱, 열여덟 됨직한 건장한 녀석들이 우르르 몰려나오는 것이다. 그러면서 '어린

애한테 왜 그러느냐. 맛 좀 봐야겠다' 라면서 빙 둘러싸고는 주먹다짐을 하곤 했다. 그래서 겨울방학이 되어 멀리 떨어진 친척집에 가려면 두셋씩 짝을 지어 갔고, 혼자 갈 경우에는 마을을 둘러 농로로 우회했던 것이다.

한겨울 농한기는 한동네 친구들끼리 아침인사 나누기조차 마땅찮을 만큼 한가롭고 또 놀이를 한다 해도 곧 시큰둥해지게 마련이다. 주변의 개울이나 논에서 썰매를 지치거나 팽이 치는 것도 열두 살 아래의 어린애들 놀음이지, 머리가 굵어가는 열대여섯 살 청소년들로서는 이미 놀이 삼을 일은 아닌 것이다. 그렇다고 친구집 골방에서 어른 흉내 내며 몰래 담배 피우거나 술추렴하는 것도 밤이 이슥해야 할 만한 것이니, 해 좋은 시간에는 아무래도 농협 창고 앞에 서서 해바라기하기가 일쑤다.

그렇다고 물론 겨울철 놀이가 없는 것은 아니다. 겨울철에 놀이가 몰려 있기로는 대보름만한 때가 없는데, 내 고향 김해에서는 이날 마주 보는 동네끼리 돌싸움을 심하게 하였다. 이건 놀이라기보다는 그야말로 전쟁 연습에 가까웠다. 아마 왜구의 침입이 많았던 남해안이기 때문인 듯한데, 횡횡 나는 돌에 머리가 깨지든, 눈알이 빠지든 손해 배상이고 뭐고 없었다. 그만큼 무시무시했다. 이때만 되면 큰외삼촌은 할머니께 걱정을 끼치곤 했다. 그렇지만 일 년 내내 동네 친구들에게 따돌림당하지 않기 위해서라도 그 자리에 함께하지 않으면 안 되었다.

보름날 한낮이 지날 즈음이면 마을 앞 들판에 달집이 지어진다. 산골 마을에서 짓는 달집은 대개 소나무를 사용하였다. 제법 키 큰 소나무 서너 그루를 잘라 솥발처럼 기대어 세우고 그 안에 짚을 넣은 뒤 겉에는 청솔가지를 덮었다. 강변 마을에서는 갈대가 무성하였으므로 주로 갈대로 된 달집을 만들었다. 크기는 소나무 달집보다는 작았지만 불길은 아주 거셌다.

보름달을 제일 먼저 보면 소원이 성취된다고 하였으므로, 설핏 해가 서쪽으로 물러서긴 했어도 햇살이 한참 남아 있는 오후 서너시쯤이면 장가들고 싶은 동네 노총각이나 그해 상급학교 시험을 앞둔 형들은 뒷산 정상에 올라 달마중을 하였다. 아직 햇살이 환한데도 그야말로 달덩이 같은 달이 휘영청 떠오르면, 달을 본 형들이 냅다 마을 아래로 '달 봤다'라고 고함을 지른다. 그러면 달집에 불이 놓이고, 그때부터 양 마을의 돌싸움이 시작되는 것이다.

그 정경은 실로 무시무시해서, 큰 하천을 넘어 저 멀리서 던진 돌이 귓가를 스치면 '쌩—' 하는 소리가 들릴 정도였다. 결국 한편에서 상대편의 달집을 무너뜨려 불을 꺼트리면 그날 경기(?)가 끝났다. 이 와중에 사람 상하기가 일쑤였으므로, 상대방에 대한 분이 덜 풀려 양쪽 동네 청년들은 일년 내내 앙앙불락하였다. 그 숙원(?)으로 말미암아 대를 물려서까지 돌을 움켜쥔 손에 힘이 실리게 되는 것이다. 이리하여 한동네 구성원들 사이는 더욱 돈독해지지만, 대신 주변의 마을과는 서먹서먹해진다.

이런 동료애 때문에 '우리 동네 누구가 다른 동네 누구에게 맞았다더라'는 소식이 전해지면 그중 맷집이 있는 청년이 나서서 동네의 명

예를 걸고 결투를 하고, 또 그런 결속력이 지나쳐 길 지나가는 낯선 나그네와도 드잡이를 놓곤 하였던 것이다. 대개 이런 까닭으로 한겨울에 남의 동네를 지나가기가 어려웠던 것이다.

그러나 이런 공동체적 결속력도 이제는 찾아보기 어렵다. 한겨울의 농한기는 이미 옛말이 되고 말았으니, 볕 바른 농협 창고 앞에서 해바라기하는 사람들도 자연히 보기 힘들게 되었다. 게다가 농촌에 젊은 사람 사라진 지도 오래 되었으니 문설주를 붙잡고 우는 대보름날의 머슴은 눈 씻고 봐도 찾아볼 수 없다.

더욱이 요즘 겨울나기는 농촌 사람들에게는 말할 수 없이 힘들다. 농한기가 없다는 것은 대개 비닐하우스 재배로 한겨울을 보낸다는 말인데, 경제위기로 말미암아 비닐하우스에 공급하던 석유값이 천정부지로 뛰어 겨울 햇살에 그을린 낯이 더욱 검게 되어버렸다.

요즈음 우리에게 더욱 절실한 것은 이 공동체적 결속력일 것이다. 경제위기의 추위가 제아무리 기승을 부린다고 해도 '우리 모두가 함께 겪는다'는 생각만으로도 이겨내기 쉬울 터이므로 정월 대보름 돌팔매질에 담긴 공동체의식을 되돌아본 것이다.

(1998년 1월)

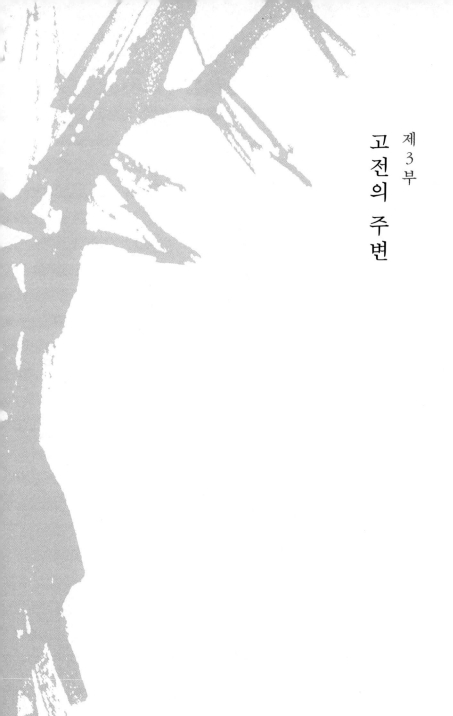

제 3 부

고전의 주변

이 땅에서 학문하기

1

 "태초에 말씀이 있었다"라는 성경 구절을 패러디하자면, 이 땅에는 '태초에 배움이 있었다'. 그것은 2500년간 동양인의 삶을 규정했던 『논어』의 첫마디가 "배우고 때로 익히면(學而時習)"으로 시작하는 데서 오롯하게 드러난다. 그러나 신화학자 조지프 캠벨이 적절히 지적한 대로, 동양 학문의 특징은 아무리 현자라도 질문을 받지 않으면 가르쳐주지 않는다는 것이다. 그러므로 배움 앞에는 이미 배우려는 자의 질문이 전제되어 있다. 『중용』의 표현을 빌리자면 "물어서 배움(道問學)"의 길이 우리 학문의 특징이었다.

 우리가 서양의 사이언스(science)를 학문(學問)이라고 번역하여 '학문의 전당'이라느니 '학문을 연찬(研鑽)한다'느니 하는 말로 쓰고 있지만, 원래 우리의 사이언스는 '배워서 묻는(學-問)' 길이 아니라 '질문을 가지고 배우는(問-學)' 길이었다.

이런 점에 비추어보면 아무래도 서양의 사이언스는 문학(問-學)적이기보다는 학문(學-問)적이다. 서양 근대의 학문이란, 주관과는 멀리 떨어져 존재하는 객관적 진리가 있어 그 진리의 '말씀'을 획득한 '모세'(학자)가 이 땅에서 그것을 선포하는 것이니, 우리는 우선 배우고 나서야 그 까닭을 물을 수 있는 것이다. 이렇게 진리의 실체를 상정하여 그것을 배우지 않고서는 질문할 수 없는 구조를 갖춘 서구의 학문관은 필연적으로 계몽주의라는 학문 철학을 낳고 만다.

그리고 그 계몽주의의 강력한 힘은 이 땅에 군함과 대포로 상징되는 폭력으로, 양의학과 새로운 건축술로 상징되는 지식으로, 전기와 전차 또는 양옥과 수세식 변기로 상징되는 편리함으로 등장하였던 바다. 이렇게 그들의 '학-문'은 우리에게 폭력과 편리함으로 등장하였던 것이다. 모세가 시나이 산에서 말씀을 얻어 등장하였듯이.

2

그러니 우리는 달마가 동쪽으로 간 까닭은 잘 몰라도 유길준이 서쪽으로 간 까닭은 짐작할 수 있다. 그 스스로 말했듯, 그는 서쪽으로 '보고 들으러' 간 것(西遊見聞)이었다. 그 제목에서부터 알 수 있듯 그의 책은 놀라움과 가벼움으로 가득 차 있다. 그는 이 땅의 몽매한 백성들에게 그가 본 새 세계를 영탄조의 탄식으로 소개하기에 급급하다. 그의 조급한 계몽의 열정 앞에 서구적 근대성에 담긴 역사적, 사상적, 정치적 내력은 방기되거나 무시되었다.

그 이후 이 땅을 계몽하려는 학-문의 모세들은 윤치호, 서재필, 이승만 등의 이름으로 등장하였다. 그들의 가르침의 방식은 한결같이 이 땅의 몽매한 백성들이 보편적 서구의 진리(말씀)를 배우게 하려는 것이었다. 그러나 그들의 소개글은 서구 근대에 감동된 독후감이었지, 질문을 던진 평론은 아니었다. 그럼에도 불구하고 그들은 그 서구에 대한 배움(學)을 통해 언젠가는 우리 자신의 질문(問)을 갖게 되리라는 낙관을 갖고 있었다.

그러나 안타깝게도, '질문하기'는 저만치 있는데 배울 것은 왜 그다지도 많았을까. 실증주의, 행태주의, 신행태주의, 종속이론, 마르크시즘, 네오마르크시즘, 구조주의, 신구조주의, 형식주의, 신비평, 해체주의…… 아! 지독히도 깊고 넓은 학문의 세계여. 우리는 누구처럼 '넓고 넓은 학문의 바닷가에서 조개 줍는 한 소년'에 불과하였단 말인가.

따라서 배움(學)을 통해 언젠가는 질문(問)을 갖고 말리라는 낙관은 끊임없이 우리를 배반하거나 불임으로 끝나고 말았고, 오늘도 우리는 내내 그들의 학문을 북극성으로 삼아 끊임없이 배우고 또 배우고 있는 중이다. 그리고 기껏 그들의 렌즈를 가져와서 우리를 비추고만 있는 것이다. 그러나 이 땅의 불행은 그들의 렌즈로도 제대로 파악해낼 수 없는 점에 있었으니, 이를테면 서구의 갖가지 정치이론으로도 이 땅의 정치적 삶은 제대로 설명되지 못하였으며, 온 세계가 대통령제 아니면 내각제로 잘도 운영되는데 이 땅은 이 둘을 이리저리 돌려 써보고 섞어 써봐도 제대로 된 정치판을 만들지 못하는 것이었다. 그러니 이 땅은 보편으로, 진리로, 합리로 설명되지 않는 특수하고, 비과학적이며, 비합리적인 곳이다. 내내 '전근대적' '봉건적'이라는 수식어를 달고 다니는 것도 그런 까닭에서였다.

그러나 이 땅이 잘못이었을까, 아니면 이 땅을 비춘 렌즈가 잘못이었을까. 애초에 우리 근대 학문의 비극은 유길준의 책 제목에서 오롯하듯 '보고 듣고자(見聞)' 했던 데서 잉태된 것인지도 모른다. 우리는 그들의 학문에 대고 우리의 문젯거리를 질문하지 못하고, 그들의 학문 앞에 지레 무릎을 꿇고 배우고자 하였다. 요컨대 우리가 그들을 배우고자 한 까닭에는 그들 학문의 힘을 증거하는 군함과 전차의 상징성에 짓눌린 정치적인 특성을 갖는 것이었다. 이 놀라움에서 비롯된 '무릎 꿇기'로 말미암아 우리의 실제 삶은 방기되었다. 그러므로 우리 근대는 서구의 그것과는 달리 내내 해체당하거나 또는 스스로 해체하는 과정이었다. 즉 서구 근대가 통합의 역사라면, 우리 근대는 해체의 역사였다.

그런데 오늘날 서구가 자신들의 근대를 해체하자고 하니, 우리는 또다시 그 가볍고 경쾌한 이름들, 데리다, 푸코, 라캉 등을 들여와 낭자히 이 땅을 해체하고자 한다. 우리는 여태 해체하거나 해체당하여 분열된 땅덩이조차 맞추지 못한 채로 있는데 우리는 또 이들을 따라 해체하고자 한다. 무엇을? 진정 우리가 해체해야 할 것이라면 학-문의 길이요, 건설해야 할 것은 문-학의 길이다. 즉 '배워서 묻기'를 부수고 '물어서 배우는' 길을 수립해야 한다(de-construction).

3

물어서 배우는 문-학의 첫걸음은 질문하는 나를 낯설게 바라보는 것(敬)이다. 문-학의 핵심은 스승이 앞서지 않고 배우고자 하는 이가 앞선다는 데 있다. 학문의 주체는 질문하는 '나'이며 나의 질문이 세계의 질문이 된다. 목소리를 높이자면, 객관적인 진리는 없다, 오로지 치열한 주관의 뒤끝에 슬쩍 그림자처럼 따라붙는 것이 객관이다, 라고 할까.

그래서 나는 일본의 젊은 불교학자 마쓰모토의 다음과 같은 주장에 전적으로 찬동한다. "학문이란 근본적으로 주관적인 것이라고 생각한다. '이해한다'는 것이 최종적으로 주관적이며 계시적이라고 한다면, '텍스트를 읽는다'는 것은 본질적으로 또 전면적으로 주관적이라고 해야만 한다."(마쓰모토 시로, 『연기와 공』, 운주사)

역시 이런 맥락에서야 당나라 유학자 한유(韓愈)가 「사설(師說)」에서 지적한바, "가르쳐주는 자가 스승이다"라는 말을 평심하게 받아들일 수 있다. 우리의 근대 학문을 스승을 찾아가 '보고 듣고자' 하였던 것에 비유할 수 있다면, 한유의 주장은 나의 질문을 해결해주는 자가—그것이 스쳐가는 바람이거나 떨어지는 오동닢이라고 할지라도—나의 스승이라는 것이다.

그리하여 우리 근대 학문의 두번째 비극은 배우고자 하는 '나'가 사라지고 어떤 스승이나 학교의 존재가 앞으로 나섬으로써 학문이 정치적으로 타락하고 말았던 데 있다. 어느덧 학자는 모세가 되어 저 멀리서 말씀을 가지고 와서 계몽하였으며, 그 말씀의 정통성은 말하는 그 학자로부터가 아니라 그 노트의 출처로부터 찾아졌다. 그러므로 학문은 지식-정치학적 구도 속의 현상이 되고 말았다.

4

그러면 지금 이 땅에서 '학문하기'란 무엇인가. 그것은 이른바 학문하는 '나'를 질문하는 것이다. 배우기를 잠시 멈추고, 그 배움에 대해 질문하는 것이다. 질문은 나로부터 시작하여 우리에게로 나아가는 것이니만큼, 저 멀리서 '말씀'으로 등장하는 것이 아니라 이 땅의 삶에서 부대끼면서 그 분비물로 형성되는 것이다. 그 질문이 진실될 때 이미 배우기의 절반은 끝났다고 해도 과언이 아닐 것이다. 내 귀가 밝다면 고요한 이 공간에서도 소리를 얻어들을 수 있듯, 나의 질문이 절실하면 스승은 만나게 마련이다.

그러나 나의 무릎을 꿇릴 수 있는 자가 스승이지, 강단에 서 있는 자라고 해서 다 스승은 아니다. 스승이라는 이름을 가진 자 앞에 무릎 꿇을 요량으로 엉금엉금 기어가서는 절대로 참다운 학문은 얻지 못한다. 다시 말해 눈에 핏발을 세우고 덤비는 제자의 무릎을 쳐서 앉힐 수 있는 자가 스승이요, 그런 스승과 절치부심 스승의 뒤통수를 치고야 말겠다는 제자의 덤비기가 아우러지는 곳이 학문하는 자리인 것이다.

그러니 이제 밖으로 떠돌면서 기껏 '보고 들음(見聞)'으로써 학문을 삼으려는 자세에서 벗어나 노자가 말한바 "문 밖을 나서지 않아도 천하의 이치를 안다(不出戶 知天下)"라는 금언을 옷깃에 새길 때가 되었지 싶다. 지금 이 자리의 '참되고 절실한 질문(切問)'(『논어』)을 갖는 것, 그것이 학문의 첫걸음이라고 생각하기 때문이다.

(1997년 4월)

새 세기, 새 글쓰기

1

지난 80년대에서 90년대에 이르는 글쓰기 스타일의 변화를 한 문장에 찍어 표현한 것을 보았다. 한마디로 '구라'에서 '수다'로의 전환이라는 것이다.(한기호, '책마을 이야기', 조선일보 1999년 12월 6일자) '구라'란 작가가 자기 주장을 내세워 독자를 사로잡는 글쓰기를 속되게 표현한 것인데, 유홍준의 말과 글을 그 예로 내세우고 있다(내 생각에는 도올 김용옥도 이 범주에 속한다고 본다). 한편 '수다'란 두루 알고 있지만 잊고(또는 잃고) 살아가는 일상의 빈자리를 화제로 삼는 글쓰기를 이르는 것으로, 90년대 젊은 여성작가들의 글을 그 예로 들었다. 그리고 구라가 '감동'을 지향한다면 수다는 '재미'를 낳는다고 부연한다. 그리하여 80년대가 '구라의 시대'였다면 90년대는 '수다의 시대'로 부를 수 있으리라는 것인데, 세월을 꿰뚫는 통찰이 엿보여 무릎을 칠 만했다.

더불어 '구라'가 세계를 향한 한 개인의 웅변이라면, '수다'는 작가-독자가 하나의 무리로 어울려 담화하는 방식을 표현한 말이라고도 읽혔다. 그렇다면 이 속에서 우리 글쓰기가 우뚝한 개인의 '독점적' 성격으로부터 독자들이 함께 참여하는 '민주적' 성격으로 전환해온 이력도 헤아려볼 수 있는 일이다. 즉 '구라'에서 '수다'로의 변화가, 독자를 의식하지 않고서는 더이상 작가든 학자든 명함을 내밀기 힘들게 된 오늘날 출판계와 학계의 내막을 잘 드러내주는 표현으로 여겨지기 때문이다.

2

90년대 후반 들어 화제가 된 일군의 논객들, 예컨대 『인물과사상』의 강준만, '식민지 지식인론'의 김영민, 『네 무덤에 침을 뱉으마』의 진중권, 『딴지일보』의 김어준 등은 당대의 독자들과 함께 나아가려는 민주적 글쓰기의 대표적 인물들이다.

이들만큼 잘 알려지진 않았지만, '이끼 낀' 동양학계에서도 당대성과 민주성을 더불어 획득하기 위해 애쓰는 학자들이 있다. 가령 중국문학계의 정재서, 동양철학계의 이승환과 한형조 같은 이들이다. 이들은 교훈적이거나 교과서적인 말을 들을 때 툭 튀어나오는 '공자님 말씀하고 있네'라는 비아냥으로 상징되는 동양학의 그 몰시대적 교훈주의를 벗어나, 이를테면 '2000년 서울 종로에서 만나는 공자'를 그리기 위해 고투하고 있는 소장학자들이다.

이렇게 한국 지성계 전반에 걸쳐 부각되고 있는 새로운 글쓰기의 모색은 앞으로 더욱 분명한 흐름으로 떠오를 것이다. 그것은 이들의 글쓰기 속에 '왜 글을 쓰는가'에 대한 성찰이 동반되어 있기 때문이다. 달리 표현하자면 내가 살아가고 있는 현재의 한국사회라는 당대성에 대한 고민 위에 자신의 작업을 얹어놓는, '해석학적 좌표축' 위의 글쓰기를 실천하고 있다는 것이다. 헌데 이런 당대성을 유의하는 글쓰기는 진작에 연암 박지원이 지적한 것으로서, 기실 때늦은 감이 있는 것이다.

옛사람들의 글이 그 당대에야 어찌 난해하고 모호했겠는가. 서경의 요전과 대우모, 시경의 국풍과 아송, 주역의 괘사와 효사, 춘추의 여러 전(傳)들은 모두 '당시의 글(今文)'이어서 그때 사람들은 다 쉽게 이해할 수 있었다. (……)
요새 사람들은 이런 줄은 모르고 무조건 옛사람의 글을 본뜨고 흉내내어 어렵고 난삽한 때깔을 부리면서도 스스로는 '간명하고 예스럽다'고 여기고 있으니 참으로 가소로운 일이다. 만약 남들이 자기 글을 읽고자 할 경우 그때마다 자기가 일일이 주석을 달아주어야 할 지경이라면 이런 글을 대체 얻다 쓰겠는가.
— 박종채, 『나의 아버지 박지원』, 박희병 옮김, 돌베개

결국 동시대 독자들을 의식한 글쓰기가 참된 글쓰기임은 고금을 막론하고 통용되는 상식이다. 나는 이런 태도 또는 흐름을 '작가주

의'라고 부르고 싶은데, 여태까지의 글쓰기가 작가인 '나'가 사라진 삼인칭(객관)의 비평적 글쓰기로서 '글'이 마치 법인(法人)적 생명력을 가진 듯한 태도였다면, 작가주의란 글쓰기의 주인공이 작품(논문)이나 텍스트(연구대상)가 아니라 글을 쓰는 '나'라는 것이며 결국 작품에 대한 무한 책임을 작가(학자)가 지는 것을 뜻한다. 예컨대 책들의 서문에 보이는 상투적인 표현, '이제 이 책은 내 손을 떠나 독자를 만난다'는 식의 언술에 포함된 무책임(?)을 벗어나 생산된 저작물도 끊임없이 개작하는 것을 그 구체적인 실천으로 삼아야 하리라는 것이다.

3

이렇게 글(연구물)이 작가를 떠난 생명체인 양 대하는 태도를 '작품주의'라고 이름 붙일 수 있을 터인데, 이것은 근대 서구의 객관주의의 산물이다. 이것은 사실 무책임한 것이다. 기본적으로 글은―작가인 '나'가 생존해 있는 한―나 자신과의 연계를 무시할 수 없다. 과격하게 더 밀고 나가자면, 작가로부터 작품을 분리시키는 태도는 작품 자체의 완정성(完定性)에 대한 강조라기보다 작가의 무책임 또는 나태한 도피일 가능성이 많다.

『광장』의 작가 최인훈이 몇 차에 걸쳐 글을 개정, 출간한 것은 작가가 끊임없이 자기 글에 개입하는 작가주의적 책임의식을 보여준 좋은 예이다. 작가주의적 입장에서 글(논문)이란 글쓴이(학자)의 분비물이다. 글은 글쓴이의 변모하는 관점과 면밀한 연계성을 가지고 호흡한다. 그것은 이미 작가의 손을 벗어난 완정한 객체가 아니라 끊임없이 작가의 수유(授乳)를 통해 그와 함께 성장하고 쇠퇴한다. 글은 그 자체로 살아 있는 생명이 아니라 기껏 작가의 사유의 찌꺼기에 불과한 것이다. 이미 육구연이 잘 지적했듯 '육경(六經)도 성인의 각주에 불과한 것'일진대 내 글은 기껏 '내 삶의 각주에 불과한 것'이다.

그러나 이렇게 주장하면, (특별히 학계에서는) 바로 논문의 과학성 또는 객관주의적 전통(아카데미즘)을 몰각한 것으로 비판받기 십상일 것이다. 그러나 객관주의의 객관이란 주관에 충실할 때 빚어지는 반향 또는 공명의 다른 이름으로 여겨야 한다. 한 불교학자의 지적처럼, "객관주의적인 학문론, 즉 학문은 객관적이라는 생각에 반대한다".(마쓰모토 시로, 『연기와 공』) 오히려 "학문이란 근본적으로 주관적인 것이라고 생각한다. '이해한다'는 것이 최종적으로 주관적이며 계시적이라고 한다면 '텍스트를 읽는다'는 것은 본질적으로 또 전면적으로 주관적이라고 해야만 한다"(같은 책)는 주장에 귀 기울일 필요가 있다. 실로 객관이란 주관이 모자이크처럼 모여서 드러나는 것의 이름일 터다.

그렇기에 논문중심주의에 대한 최근의 비판들, 예컨대 "논문중심주의의 허위의식에 빠져 있는 학자들은 논문을 글쓰기의 유일무이한 원형으로 보고 특히 시적 표현이나 이야기식의 즉물적인 묘사에 타성적인 거부감을 거두지 않는다"(김영민, 「논문중심주의와 우리 인문학의 글쓰기」, 『문학과지성』 1994년 가을호)라든지, "'나'의 사용을 거부합으로써 논문은 그 주체가 '학문적이고 과학적이고 객관적인 주체' 라는 당위를 폭력적으로 내세우면서, 실제로 그렇지 않은 면도 있다는 사실을 은폐한다. 사실 논문의 주체는 항상 특정한 입장에 서 있는 주체다"(신광현, 「대학의 담론으로서의 논문 : 형식의 합리성에 대한 비판」, 『사회비평』 제14호)라는 지적들을 다시금 진지하게 받아들일 수 있어야 한다.

이러한 점에서 "보편성은 어떤 실체처럼 존재하는 것이 아니고 단지 타자들로부터 승인을 받은 사유의 빛나는 설득력일 뿐이다"(김형효, 「21세기와 철학적 지성의 자기반성」, 『형성과 창조2』, 한국정신문화연구원)라는 언술은 곧 작가주의 글쓰기의 옹호로 여겨도 될 것이다.

4

그러나 작가주의란 것을, 이를테면 수필 나부랭이를 써놓고 학계의 인정을 요구하는 식의 '민중주의'(?)를 옹호하려는 것으로 여겨서는 안 된다. 이런 오해를 피하기 위해, 작가주의 글쓰기 철학을 '경쾌한 글쓰기' 라는 이름으로 살펴보고자 한다.

경쾌란 무거움과 경망 사이에서 흔들리는 낚시찌와 같은 것이다. 부연하자면 경쾌를 지향하는 글쓰기는 무거움과 경망스러움이라는 두 한정 속에서 긴장과 균형을 취하는, 이를테면 '중용의 외줄타기' 와 같다.

"무겁지 않으면 위엄이 없다(不重則不威)"(『논어』)라는 말처럼 무겹지 않고서는 힘이 없다. 허나 그 무거움은 글쓰기의 중심추로서 글의 세로줄, 즉 경(經)을 세우는 것일 뿐이다. 글이 무겁기만 할 때, 그것은 글이 아니라 지표석의 지명이거나 당위를 천명하는 선언서에 머문다. 글은 땅의 이름을 새긴 채 움직이지 않는 표지가 아니고, 당대의 묵중한 시대정신을 역사 속에 붙들어맨 채 움직이지 않는 선언서도 아니다(혹은 중후한 고전도 해석되지 않으면 쓰레기에 불과하다).

가벼워야 한다. 그러나 경망으로 떨어지지 말아야 한다. 경망이란 꼬리의 조타 없이 대가리의 힘만으로 물결 위를 튀어오르는 무방향의 미문주의를 이른다. 경망의 시간은 순식간이요, 그 공간은 매우 미세해서 눈에 띄지조차 아니한다. 날카로운 듯하지만 흩어지고, 반짝이지만 의미가 없다. 그러나 경쾌란 이 경망과 중후의 사이를 가로지른다. 꼬리는 묵중하게 아래를 지향하지만, 머리는 치켜들어 물결을 탄다. 이 상하와 좌우의 긴장이 팽팽히 함께할 때 비로소 경쾌가 가능해진다. 경쾌는 중후로부터 고증과 논리의 정연함을 빌리고 경망으로부터는 언어의 조탁과 비유 그리고 당대성을 빌린다.

그러나 경쾌는 경망과 중후의 중간치가 아니다. 경쾌는 이를테면 경망에서 오른쪽으로 몇 센티미터, 중후로부터 왼쪽으로 몇 센티미터 떨어진 중간 지점에 속하는 그런 것이 아니라는 것이다. 경쾌는 경망도 중후도 갖지 못하는 그만의 미덕을 갖는다. 그것을 진정성이라고 하자.

작가(학자)의 자기 작업에 대한 진솔함, 투명성 그리고 열정을 아울러 진정성이라고 이름 지을 수 있을 것이다. 한마디로 진정성이란 내가 온몸으로 내 글 속에 기투하는 것이다. 주제와 글의 형식과 독자와 의식조차 몸(피부)으로 느끼며 글을 쓰는 것이다. 이것이 없을 때 시대성과 기발함은 경망으로 산화하며, 고증과 논리는 딱딱한 각질을 덮어쓴 채 중후로 낙하하고 만다.

허나 진정성마저도 경쾌의 본질은 아니다. 경쾌는 글에 대한 투신의 진정성과도 거리를 둘 때에야 얻게 된다. 이것을 행태적으로는 '글 말리기(乾書)'라고 표현할 수 있을지도 모르겠다. 마치 고기를 육포나 어포로 만드는 과정과 같은 것이다. '살진 고기'(진정성이 투여된 글)를 적당한 거리로 떼어놓고 또 적당한 시간을 쏘임으로써 획득되는, 그 가볍지만 오래 남는 포(脯)의 상태야말로 경쾌한 글의 상태와 유사할 것이다. 그리고 포가 물을 머금으면 다시금 그 원래의 살이 되살아나듯, 시간과 거리를 두고서 진정성을 묵힌 '말린 글'도 세월이 흐른 후 어느 독자가 읽어도 원래 그 작가의 살(진정성)이 되살아나는 글이 될 터이기 때문이다.

이것이 경쾌한 글이다. 가볍고 쫀득이며, 발랄하되 번뜩이는 글. 논리는 명쾌하고 비유는 적절하며, 장황하지 않으면서도 당대성을 체현하는 글. 절정에 도달하기 위한 패러독스의 발효를 거친 글.

작가주의 글쓰기는 '경쾌'라는 말 뒤에서 갖은 무거움과 곡절이 아로새겨진 긴장태를 지향한다. 따라서 작가주의의 뒤에 드리운 그림자가 곧 객관이다. 참다운 작가주의는 끝내 객관을 도외시하지 않고, 객관을 그림자처럼 끈다. 허나 여기서의 객관이란 주관이 깊숙이 익어 발효된 상태를 이름이지, 결코 돌올하게 실존하는 어떤 것

(substance)을 이르지 않는다. 그러므로 객관은 주관과 병치해 있지 않고 대립해 있지도 않으며, 주관 깊숙한 곳에 깔려 있다.

만약 객관주의적 글쓰기의 대표격인 논문이 추구하는 바가 결코 '나'가 몰각된 글쓰기가 아니라 '나'가 논리와 자료를 통해 정돈된 것일 뿐이라고 한다면, 결국 논문은 농익은 작가(주관)주의의 다른 이름인 것이다. 다만 '나'가 사라진 글이 논문으로 오해되고 있는 상황에서, 글쓰기의 필요성에 대한 숙고 없이 생산되는 논문(얼치기 객관주의)은 수필 나부랭이(얼치기 주관주의)를 보편이라고 우기는 것과 마찬가지로 위해(危害)하다. 그러나 동시에 우리 글쓰기 풍토에서는 '얼치기 주관주의'보다 '얼치기 객관주의'가 더 큰 문제라는 점은 현실적으로 감안해야 한다.

5

정조(正祖) 대의 문체반정(文體反正) 쟁론에서도 보이듯 문체(style)는 글을 담는 그릇이다. 그만큼 중요한 것이다. '일고수 이명창'의 그 고수(鼓手)에 비유할 수 있을까. 김영민이 이미 지적한 바대로, 이제 논문은 독존적(the) 지위에서 내려와 여러 글쓰기 가운데 하나의(a) 지위로 축소되어야 한다. 그리고 새 세기에는 이른바 '작품주의'에서 '작가주의'로의 전환, '객관주의'의 탈피, 그리고 경쾌한 글쓰기의 긴장을 유지하는 길로 나아가야 한다.

구체적으로, 더이상 글의 생산을 산모의 진통에 비유하지 말자. 글이란 작가가 살아가는 동안 끊임없이 개작되는 그의 분비물일 뿐, 그가 죽은 다음에는 주인 잃은 고물에 불과하다고 여기자. 아니 나의 생애와 더불어, 그 당대인들(독자)의 죽음과 더불어 나의 글도 태워버리자. 막스 베버가 말하지 않았던가. 사회과학 저술의 생명은 기껏 삼십 년에 불과하리라고.

이제 글쓰는 나(작가)를 세우자. 그리하여 궁극적으로는 글쓰는 행위 그 자체의 본래적 성격에 유의하자. '글은 왜 쓰는가'를 내내 자신에게 질문하는, 이를테면 중후와 경망 사이의 소롯길을 아슬아슬하게 걸어가는 '경쾌'의 글쓰기를 지향하자.

(2000년 1월)

고전 읽기

　고전을 '누구나 알고 있으면서도, 아무도 읽지 않는 책'이라고 풍자했던 사람이 스피노자였던가. 세월은 각박해지고 사람은 경박해져 '무겁고 두터운(重厚)' 고전은 읽지 않는 세태가 되었다. 대표적인 고전적 저술로는 손쉽게 『논어』니 『맹자』니 하는 것들을 꼽을 수 있을 터인데, 이런 고전이 우리의 서가에서 떠난 지도 근 백 년의 세월을 헤아린다.

　고전에 대한 증오는 이 땅의 저변에 깔려 있어, 읽지도 않고 비난만 일삼는 경망스러움이 사회를 횡행하는 듯하다. 가령 '공자가 죽어야 나라가 산다'라는 무서운 제목의 책 같은 경우 글쓴이의 사고방식에도 치우친 감이 있지만, 그것이 베스트셀러가 되는 사회 현상에는 고전에 대한 어떤 콤플렉스, 또는 원한이라고까지 표현할 만한 이상심리가 엿보인다.

　또 그 반대편에서는 '유교 자본주의'니 '아시아적 가치'니 하는, 전통에 대한 옹호의 목소리가 들려온 지도 꽤 되었다. 그러나 한국 자본주의에 유교가 능동적으로 기여한 점이 과연 무엇인지를 따져보면 유교 자본주의라는 이름의 허술함은 금방 드러난다. 시간적으로 보더라도 60년대 이후 한국 자본주의 발전과정은 이 땅에서 유교가 급격히 몰락해가는 시간대와 겹친다.

그런데 일종의 신드롬처럼 부침하는 극단적인 호오(好惡)의 흐름 속에는 서로 공통된 점도 없지 않아 보인다. 그 가운데 하나는, 한 사상의 원류라고 할 고전적 저작에 대한 조밀한 글읽기(close reading)가 어느 쪽에도 보이지 않는다는 사실이다. 비난이든 옹호든, 고전에 대한 깊은 이해 없이 벌어지는 사상적 논의는 결국 피상성과 감정의 나이브한 노출로 귀결되고 말 것이다. 그리고 그 사이에 논쟁 당사자들의 상식적 지식이 마치 고전의 핵심인 양 호도되는 경우도 허다하다.

나라든 사상이든 번영기에는 아름답지만 망할 때는 추하다. 번영기의 아름다움만으로 그것을 자랑 삼아서도 안 되지만, 망할 때의 추함만으로 폐기처분의 근거를 삼아서도 안 된다. 로마의 광영을 오늘날 유럽 통합의 한 근거로 삼지만, 그 로마가 멸망할 때의 모습도 추하긴 매일반이었다. 동양 고전의 위상도 이와 다를 바 없으리라. 문제는 어떻게 고전을 읽을 것이냐 하는 것이다.

나는 글자 하나하나를 낱낱이 따져서 읽는 '조밀한 글읽기'야말로 고전 읽기의 기본이라고 본다. 가령 잘 알려진 군자(君子)라는 말도 『논어』 속에서조차 다르게 쓰이는 걸 볼 수 있다. 거칠게 갈래 잡자면, 하나는 말 그대로 임금의 아들, 즉 통치자라는 뜻이고 또 하나는 공자사상의 키워드인 인(仁)을 담지한 새로운 인간형, 즉 이상적 인격자라는 뜻이다. 이것은 정치적 의미로 쓰이던 말에다 공자가 인문학적 의미를 부여하여 새로운 '학술운동 개념'으로 만든 것이다. 이렇게 보면, 언어는, 어느 날 갑자기 창조되기보다는 '헌 부대에 새 술 붓기' 식으로 접붙이듯이 생장하는 것이다. 그러므로 글자 하나하나를 맥락 위에 얹어 찬찬히 따져읽지 않으면 제 뜻을 잃게 된다.

조밀한 글읽기는 옛사람들의 글쓰기 방식과도 밀접한 관련이 있다. 옛날 사람들은 말과 글을 귀히 여겼다. 화려하고 뜻 없는 말(巧言)을 미워했기 때문이기도 하려니와 물자가 귀했으므로 글로 남기는 것 자체가 수준 이상의 것이 아니고서는 불가능했기 때문이다. 더욱이 한자는 뜻글자이므로 글 한 자(一字)로 말미암아 문장 전체가 달라지는 경우가 허다하다. 따라서 글을 쓰는 사람부터 허투루 쓰지 않았던 것이다. 그러니 함부로 쓰지 않은 글을 함부로 읽는다면 글쓴이에 대한 예의가 아닐뿐더러, 그래서는 참된 뜻을 얻을 수 없게 된다.

고전에 대한 또 하나의 독서법은 '나'와 텍스트 사이의 만남을 기약하는 '해석학적' 글읽기다. 이것은 문학적 고전인 경우에 더욱 합당한데, 우리의 경우 『삼국유사』가 그렇다. 주변에서 우리 고전이 다른 나라에 비해 너무 적다고 투덜대는 소리를 많이 듣는다. 그러나 우리보다 나을 게 없는 일본의 경우 『고사기(古事記)』나 『일본서기(日本書紀)』에 대한 각종 해설서적들이 매우 많다. 말하자면 우리는 우리의 고전적 저술이 적다고 하면서도, 그나마 있는 것조차 제대로 낱낱이 읽지 않고 있다는 말이다.

만일 정치학자가 『삼국유사』를 읽는다면 국문학자나 역사학자와는

다른 독후감이 나올 것이다. 예컨대 국문학자의 눈에는 향가 부분이 초점에 잡히고 역사학자의 경우 역사적 진위가 중요한 잣대가 될 것이다. 그러나 정치학자라면 삼국간의 외교나 권력에 대한 서술, 화랑도의 정치적 의미와 같은 것들이 눈에 들어올 것이다. 그러면 벌써 세 권의『삼국유사』가 생기는 셈이다.

필자도, 아직 공부가 깊지 못하긴 하지만,『삼국유사』에 대한 해석학적 글읽기 덕분에 작은 성과를 얻은 바 있다. 오늘날 이 땅에서 정치학을 공부하는 사람이라면 통일 문제를 벗어날 수 없는데, 통일 과정도 문제지만 정치학자라면 곧 닥칠 통일 이후의 문제를 어떻게든 예측하고 또 해결 방안을 찾아보아야 한다는 생각을 갖게 마련이다.

이런 문제의식을 가지고『삼국유사』를 읽다보면 삼국통일기의 내용들이 비상하게 와 닿을 수밖에 없다. 그 가운데 특별히 만파식적(萬波息笛) 설화가 눈에 들어왔다. 아니 '뛰어들었다'는 편이 옳을 것이다. 그리고 국문학자나 불교학자들의 독해와는 달리 내게는 만파식적 설화가 삼국 통일 이후 백제와 고구려인들의 원한을 해소하려는 신라인들의 자기 반성이 설화화된 것으로 읽혔다(이것은「통일 이후를 위한 '만파식적'의 정치학적 독해」(『창작과비평』1999년 여름호)라는 글로 발표되었다).

말하자면 남북통일 이후의 삶을 설계해야 한다는 현재적 관점이 삼국통일 직후(신문왕대) 형성된 만파식적 설화와 만났던 것이다. 하지만 이것은 사실(史實)에 대한 오독이거나 오해 또는 곡해일 수도 있다. 그러나 이것이 오독, 오해, 곡해라 할지라도 나의 현재적 진정성이 텍스트와 만난 결과라면 기꺼이 용인될 수 있다고 여긴다. 아니, 차라리 '이해는 오해의 무덤 위에 피어나는 한 떨기 꽃'이라고까지 표현하고 싶다.

문제는 진정성에 있다. 고전 읽기의 치열함, 즉 글자 하나하나를 전체의 맥락에서 읽고, 끝내 오늘의 삶으로 해석해내려는 진정성만이 곡해의 혐의를 뛰어넘을 수 있을 것이다. 교과서적 유일성, 과학이라는 이름의 전제성(專制性) 그리고 진리라는 이름의 독점성에서 벗어나, 글읽는 '나'와 텍스트가 만나는 해석학적 지평의 조우(encounter)를 귀중하게 여길 때 우리의 글읽기는 풍요로워질 터다. 그럴 때 고전은 한순간 1300년의 세월을 뛰어넘어 마치 영화 〈은행나무 침대〉의 연인들처럼 오늘 내 삶 속에 뛰어들어 뒤통수를 칠 것이다.

'옷깃은 여미되 눈은 치켜떠라.' 이것이 우리 고전을 읽을 때 필요한 자세라고 생각한다. 고전에 대한 예의로서 옷깃을 여미고 조심스럽게 대해야 하지만—즉 '조밀한 글읽기'를 해야 하지만, 동시에 텍스트와 거리를 두고 오늘의 입장에서 해석하는—즉 '눈을 치켜뜨고' 고전을 따져읽는, 이 둘의 긴장이 유지될 때 고전은 오늘의 삶 속으로 스며들 것이다.

(1999년 7월)

고전의 힘

이제 IMF는 경제적 언어만이 아니다. 그것은 90년대 이후 한국인의 사고방식과 생활태도, 말하자면 우리 문명에 대한 비평적 언어가 되었다. 이 IMF가 제기하는 우리 문명의 문제점은 '창의성 부재'라는 말로 응축된다. 그 동안 우리가 생산한 것은 기껏 복제품에 불과했고, 성장의 원동력은 단순히 값싸고 질 좋은 노동력과 풍부한 시간일 따름이라는 것이다.

드디어 정치, 경제, 교육, 문화 전반에 걸쳐 '창의력 제고'가 화두처럼 사람들의 입에 오르내린다. 아이디어 하나로 승부하는 벤처기업은 성패와 관계없이 그 자체만으로도 치켜세워진다. 교육개혁의 방향도 창의력 제고에 맞춰진다. 문화계의 반성도 이와 궤를 같이한다. 특히 미국 영화의 압도적 지배 앞에 우리 영화계는 창의적인 작가정신과 상상력의 결여를 한탄한 바 있다.

그런데 창의성, 또는 창의력이란 과연 무엇인가. 무에서 유를 창조해내는 것이 창의력일 수는 없을 것이다. 창의력을 특별히 높이 평가

하는 곳이 예술 분야일 텐데, 예술도 무에서 유를 창조해내는 작업은 아니다. 미술사의 신기원을 열었다는 백남준의 비디오 아트(video art)도 무에서 유를 창조해낸 것이 아니라 새로운 예술적 '관점'을 발견한 것일 따름이었다. 다시 말해 그는 비디오라는 첨단의 소재 속에서 현대의 미적 관점을 찾아낸 것이다. 이 점을 지목하여 백남준은 "(내) 예술은 사기다"라고 도발적으로 표현한 바 있다.

툭하면 언급되는 할리우드 영화의 거대한 힘도 결국은 사람에 대한 새로운 관점을 서술하는 데서 비롯된다. 예컨대 수만 달러를 벌어들였다는 〈타이타닉〉이나 그 이전의 〈스타워즈〉도 결국은 인간에 대한 이야기를 장대한 드라마로 해석해낸 것에 지나지 않음을 유의해야 한다.

미국의 신화학자 조지프 캠벨은 이 점에 대해, "내가 〈스타워즈〉를 처음 보았을 때 떠오른 생각은, '새 옷을 입고 있기는 하지만 이것은 옛날 옛날 한 옛날의 이야기로구나……' 라는 것이었지요. 주인공이 모험의 소명을 받고 여행을 떠나 시련을 겪고 위기를 극복하고, 마침내 승리를 얻은 뒤 사회에 기여할 만한 것을 가지고 돌아온다는 구도는 동일한 것입니다"(조지프 캠벨, 『신화의 힘』)라고 지적한 바 있다.

그러나 이러한 상상력과 인간에 대한 해석이 결코 손쉽게 얻어지는 것은 아니다. 창작은 새로운 관점의 표현이므로, 창의성은 사물을 색다르게 볼 수 있는 눈(眼)과 관련된다. 그렇다면 창의성을 기르는 교육이란 안목을 기르는 것이라고 할 수 있을 것이다. 그런데 그 안목을 기르는 방법으로는 고전에 대한 침착한 글읽기보다 나은 것이 없다. 고전이란 인간과 자연 그리고 신에 대한 '원형적 시각'을 글로

펼친 것이기 때문이다. 따라서 고전을 찬찬히 읽음으로써 우리는 세상에 대한 준거를 얻을 수 있다. 창작이란 이 기준을 오늘날에 맞추어 해석하는 작업이다. 이것을 법고창신(法古創新)이란 말로 표현할 수 있으리라. '고전의 해석을 통해 새로운 문화를 창조한다'는 뜻이다.

20세기에 이뤄낸 물질문명의 흔적들, 예컨대 전화기, 인터넷, 비행기 같은 것이 마치 진보의 표지인 양 오해해서는 안 된다. 이런 결과물들은 기껏 인간의 욕구를 충족시키는 도구에 불과할 뿐이다. 그러나 빨리 가고, 맛있는 것을 먹고, 오래 살고자 하는 욕구는 수천 년 전이나 지금이나 변함이 없다는 점에서 인간은 거의 변하지 않았다. 이 틈새에서 고전은 현재도, 그리고 앞으로도 새로운 창조를 위한 샘(泉)이 될 수 있다.

요컨대 창의력이라는 것은 전혀 새로운 것을 만들어내는 것이 아니다. 창의력이란 과거에 대한 차분한 추억으로부터 피어나는 한 떨기 꽃이다. 과거를 깊이 연구하다보면 지금 살아가는 우리 삶의 정체가 드러나게 될 때가 있는데, 그 관점을 겉으로 표현해내는 힘을 '창의력'이라 하고, 그 새로운 관점이 내 몸에 하나의 패턴으로 농익었을 때, 그것을 '개성'이라고 부른다. 미국과 유럽 국가들이 새로운 밀레니엄을 맞이하면서 고등교육에서 다시금 강조하고 있는 것이 고전에 대한 교육임은 이 점에서 유의할 필요가 있다.

(1998년 7월)

유교 자본주의

갑자기 덮친 IMF 금융위기에 민심이 흉흉하다. 이 위기의 근원을 따지는 가운데 이른바 '유교 자본주의'가 다시금 화두로 떠오르고 있다. 애초에 유교 자본주의란 아시아권의 경제성장에 주목한 국제 언론인들이 붙여준 저널리즘 언어다. 그것이 '저널틱'한 이유는 막스 베버의 『프로테스탄티즘과 자본주의 정신』을 패러디한 것이기 때문이다. 베버는 왜 서유럽에만 자본제적 축적이 발생했는지, 그 가운데서도 왜 신교도들이 구교도에 비해 자본가로서의 비중이 절대적으로 높은지를 따지면서 그 정신사적 근거를 신교도들의 소명의식과 근로의식에서 찾았던 것이다.

이와 근사한 바탕에서 80년대 이후 동아시아에 우호적이던 국제 언론들이 제3세계 가운데 왜 동아시아 지역만이 발전했는가, 이들이 공유하는 문화적 요소는 무엇인가, 라는 현상 추수적 질문을 던지면서 '유교 자본주의'라는 신조어를 만들어냈던 것이다. 이러한 문제의식과 설명은 앞서 지적했듯 베버의 패러디에 불과하다. 즉 베버의 신교(프로테스탄티즘)와 유교 자본주의의 유교(컨퓨셔니즘)는 동질의 것이다. 그리고 같은 질문에는 이미 정해진 대답밖에 얻을 게 없다. 유교 자본주의는 유교로부터 발생한 자본주의가 아니며, 또 그때의 '유교'란 이미 이 지역의 자본주의를 추인하기 위해 수식어로서 준비된 장식품일 뿐이다.

어쨌건 이런 유교 자본주의의 유교적 특성으로 지목되는 것이 가족주의와 공동체적 특성, 또 교육에 대한 열의 같은 것들이다. 그리고 이제 유교 자본주의의 몰락에 즈음하여 그 가족주의와 공동체적 특성은 '재벌'과 '정경유착'이라는 구체적 언어로 비판받고 있다. 유교가 종래의 악역을 다시 맡게 된 것이다.

사실 그 동안 우리 지성들에게 유교는 마치 쓰레기통과 같았다. 이 사회의 진보를 가로막는 것은 대부분 유교라는 말로 상징되었다. 페미니즘의 타기 대상인 가부장주의, 마르크시즘의 타기 대상인 봉건주의, 과학의 반대편에 있는 비과학, 합리성의 반대편에 서 있는 비합리성, 포스트모던은커녕 모던의 발목을 잡는 전근대 등등이 유교라는 언어에 내포되어 있었다. 따라서 우리 지식인들의 대화 속에서 유교는 제반 악의 총화였다. 그런데 뜬금없이 외국의 언론들이 '유교 자본주의'로 우리를 규정하였으니, 우리는 지적 분열에 빠져들었던 셈이다. 마치 내팽개쳤던 요강단지가 조선백자가 된 양 야릇한 기분으로 말이다. 지금은 또 유교 자본주의가 위기에 봉착했다니, 다시금 보편적이고 서구적인 일상으로 복귀하는 셈인가?

그러나 유교는 하나의 문명체계이며, 자본주의도 또다른 문명체계다. 유교는 수식어가 되기에는 너무나 본질적이고, 존재적이다. 그럼에도 불구하고 꼭 유교가 자본주의를 수식해야 한다면, 그 유교는 둘로 나눠서 봐야 하리라. 『논어』적 맥락에서라면 유교는 '신뢰성'과 항등호를 그릴 것이다(『논어』를 보면 공자의 주장이 언어의 경제학과 신뢰의 사회학으로 귀결됨을 확인할 수 있을 것이다). 둘째, 성리학적 맥락에서라면 유교는 '성찰'과 동질의 것이 될 터이다(주자와 퇴계의 핵심어인 경(敬)이란 곧 도덕적 자아 성찰의 다른 이름이다).

그런데 『논어』적 맥락의 신뢰성이란 미국 월가에서 아시아 금융위기의 원인으로 지목한 투명성의 부족, 신뢰성의 부족과 직결되는 것 같다. 한편 성리학적 맥락의 성찰이란 앤서니 기든스가 새로운 경제 발전 모델로 제시하는 성찰적 근대화론의 그 성찰과 일견 상통하는 듯 보인다. 더욱이 그 내용이 개인의 창의성 존중과 개인과 사회의 신뢰 회복과 같은 것이라니, 성리학에서 강조하는 생활태도와도 크게 다르지 않다.

그렇다면 '유교 자본주의'라는 칭호의 정당성은 우리의 자본주의가 과연 신뢰성에 기초한 것이었는지, 혹은 자본주의를 얼마나 낯설게 비판적으로 수행했는지에 따라 결정되는 셈이다. 이참에 우리의 자본주의가 '유교' 자본주의이기나 했는지를 질문하지 않을 수 없다. 사실은 아직도 획득하지 못한 당위가 유교 자본주의인 것은 아닐까.

요컨대 유교 자본주의라는 개념의 문제는 유교에 대한 올바른 이해 없이 편의적이고 도식적으로 사용되는 데 있다. 다시 말해, 자본주의는 숙지했는지 몰라도 유교에 대해서는 옳게 알지 못한 채 지역의 근접성을 기화로 삼아 수식어로 남발하는 상투적 언어 사용에 문제를 제기하고 싶은 것이다.

(1998년 2월)

관계

널리 알려진 도식이지만, 서양 근대의 인간관은 개인주의적이고 동양의 전통적 인간관은 관계적이라고 한다. 영어의 individual이라는 말이 '더이상 쪼갤 수 없는 실체'라는 의미를 포함하는 데서 잘 나타나듯, 서구적 맥락에서 사회는 더이상 쪼갤 수 없는 인간들이 모인 집단이다. 그래서 서구는 사회 구성요소인 인간(즉 개인)을 보호하기 위해서 개인의 여러 권리를 발달시켰고, 동시에 이런 개인들의 계약에 의해 만들어진 것이 사회(또는 국가)라고 이해하였다. 이때 사회는 개인의 권리와 사회의 권력 사이의 갈등의 마당으로 인식되었고, 따라서 인간과 권력 사이의 대립과 화해가 서구 사회과학의 쟁점이 되어왔던 것이다.

이와는 달리 동양, 특히 중국과 한국을 중심으로 한 동북아시아에서는 인간을 관계론적 관점에서 바라본다. 한국의 현대 시인이 잘 묘사한 대로 "나는 아버지의 아들이고 / 나의 아들의 아버지이고 / 나의 형의 동생이고 / 나의 동생의 형이고 / 나의 아내의 남편"(김광규,

「나」)이라는 관계 속에서 존재하는 인간인 것이다. 그러므로 동양의 인간은 '쪼갤 수 없는 덩어리(in-dividual)'가 아니라, 나를 둘러싼 여러 사람들과 겹쳐진(관계 맺는) 존재이다. 말하자면 그물(網) 속의 한 매듭(目)이라고 하겠다. 그러니 중국이나 한국에서의 사람 구실은 먼저 그 '관계'에 충실하는 것에서 시작한다. 서양의 인간이 권리를 주장함으로써 사람됨을 보장받는다면, 동양사회에서는 관계 속의 역할을 제대로 수행함으로써 사람됨을 보장받는다. 한 걸음 더 나아가면, 관계를 중시하는 인간관은 관계에서 비롯된 의무를 제대로 수행하느냐 못 하느냐에 따라 어른/아이, 군자/소인의 구별을 둔다. 제대로 부모를 봉양하지 못하는 사람은 자식(사람)이 아니요, 또 가정을 제대로 건사하지 못하는 어버이는 제대로 된 어버이(사람)가 아닌 것이다. 즉, 사람이라고 해서 다 같은 사람이 아니라는, 또는 사람의 탈을 썼지만 제 역할을 다하지 못하면 짐승과 다를 바 없다는 차가운 눈길이 그 밑에 깔려 있는 것이다. 따라서 관계란 사람다운 사람, 제 역할을 충실하게 행하는 사람끼리의 관계를 말하는 것이지, 몰상식하고 비인간적인 사람조차 그 속에 포함하는 것은 아니다.

그러므로 관계적 사회에서는 신뢰가 중요한 덕목이 된다. 이 신뢰는 공자의 표현을 빌리자면 정명(正名), 즉 '역할에 합당한 행동 하기'라는 말로 바꿔서 표현할 수 있다. 예컨대 "임금은 임금답고 신하는 신하다우며, 아버지는 아버지답고 자식은 자식답다"(『논어』)라는 표현이 그것이다. 이렇게 관계의 핵심에는 신뢰 또는 신용이 자리잡고 있으며, 신뢰가 유지되는 한 관계는 계속 확장되지만 그 신뢰가 파괴되면 관계는 끝장이 나고 만다. 일각에서 동아시아의 경제발전을 두고 '유교 자본주의'라는 말을 사용하는 경우가 있지만, 실은 '관계 자본주의'라고 부르는 것이 더 합당할 것으로 보인다. 더 나아가 관계를 유지하는 핵심적 요소가 신뢰라는 점에서 '신뢰(혹은 신용) 자본주의'라고 이름 붙일 수도 있을 것이다. 국가간에 무역을 할 때 주고받는 신용장(L/C)나 전 세계적으로 널리 쓰이는 신용카드(credit card)에서 알 수 있듯 신용이란 자본주의 운용원리의 핵심인데, 그것의 동양적 맥락이 관계 속에도 숨어 있는 것이다. 그러나 만일 '관계'가 혈연, 지연, 학연과 같은 연고주의로 일관하여 자기 고향 사람만을 신뢰하고, 같은 성씨라고 신용하고, 같은 학교출신이라고 뒤를 봐주는 식으로 편협하게 운용된다면 '관계'는 패거리주의로 타락하게 된다. 따라서 내 가족, 내 고향 사람만을 믿고 신뢰하는 밀폐되고 고정된 당파주의가 아니라 자기 역할(아버지/아들, 사장/사원 등)을 옳게 실천하고 있는지 스스로에게 질문하는 자기 성찰을 통과할 때에야 제대로 된 관계의 설정이 가능해진다. 이럴 때에야 관계는 보편적이고 공개적이며 긍정적인 의미를 갖는다. 공자가 지적했듯, "말이 통하지 않는 낯선 사회에 가더라도, 스스로를 성찰하고 일마다 조심하며 사람을 진정으로 대하면 '관계'를 형성할 수 있을 것"(『논어』)이라는 주장은 관계를 밀폐되고 고정적인 것이 아닌 공개적이고 능동적인 것으로 발전시켜나가는 데 참고가 될 것이다.

(2001년 6월)

오늘의 퇴계

1

16세기 조선의 지식인들에게 조광조 사건(기묘사화)은 이를테면 '광주사태'였다. 퇴계는 80년대 학번이었다. 그는 연이은 사태의 와중에 벗들과 형을 잃고, 자기 목숨마저 위기에 처했다. 우리에게 광주사태가 절망의 계기였듯, 퇴계에게 조광조 사건도 그러하였다. 절망이란 꿈(望)의 단절(絕)이다. 그 이전의 꿈(理想)이 한낱 꿈(夢想)에 불과함을 뼈저리게 느낄 때, 우리는 발을 내려다본다. 그리고 묻는다. 우리는 바로 걷고 있는가? 지금 나아가는 길은 올바른가?

절망은 성찰을 부르고 성찰은 결단을 낳는다. 여기서부터 길이 달라진다. 퇴계는 당대의 참화가 육신의 탐욕(훈구)과 조급한 개혁의지(사림)의 갈등에서 빚어진 것으로 보았다. 둘 다 욕망의 과잉에서 비롯된 것이다. 이에 대한 처방은 물러섬뿐. 밀려남이 아니라 스스로 물러섬, 이것만이 세상을 살릴 길이라고 결단하였다. 동시대인 남명

조식이 정치세계와의 단절(隱)로 길을 잡았다면, 퇴계는 물러섬(退)으로 길을 틀었던 것이다.

헌데 퇴계는 유자(儒者)가 아닌가. 유자라면 앙가주망(사회참여)을 본질로 삼는 존재인 터에 어찌 물러나 숨는단 말인가? 허나 모자라면 나아가야 하지만, 지나치면 물러서야 하는 법. 욕망의 지나침에서 빚어진 시대병의 처방전은 물러서는 길뿐이다. 그러나 '퇴(退)'가 세상과의 절연이 아님은, 그의 퇴장공간이 서원(書院)이었음에서 방증되는 바다.

'사람이 바뀌지 않는 한 사회는 바뀌지 않는다'는 유가의 대종맥을 그는 긍정한다. 문제의 핵심이 사회구조나 제도가 아니라 인간에게 있음을 확신하고 인간다움을 새로이 구성(발견)하는 데 그는 매진하였다(여기서 '퇴계학'이 피어난다). 새로운 사람이 새로운 정치를 건설하지 못하는 한, 저 정치적 참변은 계속될 것이었다.

그렇다면 그에게 인간이란 무엇인가? 퇴계는 인간을 신성(神聖)과 욕망이 엉켜 있는 존재로 읽었다. 신성이 욕망을 지배할 때, 인간은 인간다움(仁)을 구현하고 자연의 리듬에 동참할 수 있다. 반면 욕망이 신성을 압도할 때, 인간은 '개처럼' 허덕인다.

2

퇴계는 신성을 이(理)라고 부르고, 욕망을 기(氣)라고 불렀다. 때로 이가 욕망을 정제하는 길잡이 혹은 '정제된 욕망'이라는 비판이 있었으나(기대승), 그는 끝내 이가 '하느님'으로부터 부여받은 신성임을 양보하지 않았다. 그는 오로지 이 신성의 확인과 유지, 발휘(理發)에 의해서만 인간이 인간다울 수 있음을, 그리고 인간다운 사회('개판'이 아니라)와 인간을 위한 정치(살육이 아니라)를 이룰 수 있음을 믿었다. 그에게 이는 절체절명의 핵심어였다.

그러면 이는 어떻게 획득할 수 있는 것일까. 그는 '시인이 되라, 시인이 되라'고 권한다(도산서원은 '시인 학교'다). 자구에 매달리고 문장에 시달리는 시인 말고, '세상을 시인처럼 보는 눈을 기르라'고 권한다. 사람과 세상을 낯설게 보라고 권한다. 일상(日常)은 결코 평상(平常)하지 않은, 비상(非常)의 총체임을 깨달으며 살라고 권한다. 그때, 바로 그 자리에서 신성(理)은 나에게 임하신다(또는 내 속에서 터져 번져나온다). 그리고 나는 그것을 매일매일 설레면서 확인하고 살아간다. 이제 나는 매일매일 새롭고 또 새롭게 태어나는 것이다. 일신우일신(日新又日新)!

그는 이런 '깨달음' '낯설게 하기' '일상을 설레며 대하기'를 경(敬)이라고 불렀다. 그리고 이것이 인간다움(仁)으로 가는 유일한 길이라고 확신했다. 이리하여 함부로 말하지 못하고(않고), 함부로 대하지 못하며(않으며), 함부로 행동하지 못한다(않는다). 헌데 이런 경건(敬)은 인간으로서의 의무인가, 짐승(개)이 되지 않기 위해 어쩔 수 없이, 피치 못하게 행해야 할 의무사항인가?

그렇지 않다. 퇴계, 나아가 유가에 대한 오해가 바로 이런 대목에서 빚어진다. 그들(공자, 맹자, 퇴계)은 두루 말한다. '조심스런' 다음에야 기쁨(悅)과 즐거움(樂)이 터져나온다고. 유가는 인간이 기쁨과 즐거움을 추구하는 존재임을 결코 놓치지 않는다. 다만 그 기쁨과 즐거움은 쉬 주어지는 것이 아니라 훈련이라는 강을 건너야 얻을 수 있는 것일 뿐, 그 첫머리서부터 끝에 번져나오는 열락의 자리를 선언하고 있는 터였다.

"배우고 때로 익히면 또한 기쁘지 아니하랴"라고. 역시나 퇴계가 "이로움이란 정당한 행위가 주변과 맞춤할 때 획득되는 기쁨(利者義之和)"이라고 정의했을 때의 그 이로움도 위의 그 열락과 다름없는 말일 터다. 이렇게 거듭난 인간을 우리는 '권력적 인간'의 대칭으로서 '매력적 인간'이라 부를 수 있으리라.

내로라하며 뽐내지 않고 남에게 강요하지 않으며 방만하지 않은 인간. 그것은 기쁨과 즐거움이 저 바깥에 존재하지 않고 내 속에 있음을 깨달았기 때문이다(貧而樂). 그리고 이 인간의 '매력'이 번져나감에 따라 가화(家和), 덕치(德治), 평천하(平天下)가 잇따를 것이다. 그러니 그의 학문은 바깥에서 찾는 공부(爲人之學)가 아니라, 나를 찾는, 나를 아는 공부(爲己之學)로 수렴되게 마련이다.

3

우리가 욕망하는 대상들은 언제나 네모로 반듯하거나 동그랗게 마름질되어 있다(자격증, 졸업장, 화폐 들은 두루 네모이거나 원형이다). 또 욕망은 거꾸로 우리에게 네모나 세모, 또는 원형으로 반듯하게 마름질되기를 요구한다. 그러나 우리 몸은 모나지 않고 반듯하지 못하다. 몸은 결코 마름질되어 있지 않고 우둘투둘, 비뚤비뚤하다. 몸이 이러할진대 '나 속의 나(理)' 임에랴.

욕망에 휘둘리는 우리에게 퇴계는 가르친다. 너를 네모로 만들지 말아라! 너를 마름질하지 말아라! 네모와 원형을 품을지언정, 너를 저 네모의 곽과 원형의 질곡 속에 끼워넣지 말아라. 도리어 물러나 '산 속 한 떨기 난초처럼, 종일토록 향기를 내뿜으면서도 스스로는 향기로운 줄 모르는 존재'가 되기를 기약하여라. 퇴계는 이 가을 '계곡으로 물러나(退-溪)' 조용히 '흐르는 물'의 뜻을 헤아리길 권한다.

(2001년 10월)

『논어』를 읽는 두 가지 이유

인생이란 묘해서, 이렇거니 했던 것이 저렇게 될 수도 있고 부차적이라고 여겼던 것이 주가 되기도 한다. 내가 꼭 그 짝이다. 대학과 대학원을 거치면서 정치학 공부를 하는 가운데 내내 목말랐던 것이, 정치학 속에는 이 땅의 이야기 또는 이 땅에서 살아가는 사람들의 이야기가 없다는 점이었다. 제대로 된 정치는 매양 서구에 있었고 또 과거로부터 현재에 이르는 정치적 사건들도 거의 전부가 서양의 사례들이었다. 민주주의든 사회주의든, 또는 '제3의 길'이든 다 그랬다. 참으로 그들은 진지하고 창발적이었다. 그에 반해 우리는 내내 그들의 본을 뜨기에 급급했고 또 그 본뜨는 일조차 버거웠다.

그러나 곰곰 생각해보니 꼭 그렇지 않을 법도 했다. 세상을 낱낱이 다는 몰라도, 산이 높으면 골이 깊고, 햇살이 바르면 그림자가 짙은 법. 세상사 이치가 그렇지 아니한가! 우리네 삶이라고 해서 매양 그렇게 졸렬하고 지리멸렬하라는 법은 없을 것 같았다. 그래서 시작한 것이 한학이요 또 유교와 우리 고전들에 대한 공부였다. 속으로는

'이 땅에서 살아온 조상들의 정치학을 어디 한번 살펴보자'는 욕심이 있었던 것이다.

공자의 자서전을 두고 말하자면, 열다섯에 배움에 뜻을 두었다가 (志于學) 삼십대에 우뚝 섰다(而立)고 하였으니, 한 분야의 전문가가 되는 데는 십오 년의 세월이 필요하였다는 말로 이해해도 되리라. 그러고 보면 나도 그런 결심을 한 지 근 십오 년의 세월을 넘어섰지만, 성인은 역시 성인이요 몽매한 자는 역시나 그러한지, 아직 전통사회의 정치적 삶, 또는 모듬살이의 방식이 어떠했는지 제대로 파악하지 못하고 있는 실정이다.

그런데 묘한 것은, 이렇게 정치학을 주로 삼고 한문 공부를 수단으로 삼아 공부를 해왔던 것이, 지금은 한학을 가르치는 일로 밥을 벌고 있다는 사실이다. 즉 강단에서는 『논어』를 가르치고 연구실에서는 정치학을 연구하는 이중생활을 하고 있는 것이다. 요컨대 『논어』가 내 밥인 것이다. 이 꼴을 두고 어딘가에 "손끝으로 밥을 벌어야 하는 것이 마땅한데, 살다보니 손등으로 밥을 버는 경우도 있네요"라고 술회한 적도 있었다.

헌데 문제는 학생들에게 『논어』를 가르치기가 쉽지 않다는 데 있다. 하긴 요즘 같은 세상에 누가 2500년이나 묵은 고전을 보고 앉아 있을쏜가! '지식의 시대'가 끝나고 이미 '정보의 시대'가 시작된 오늘날, 지식의 모태라고나 할 동양 고전을, 그것도 그림(그래픽?) 같은 글자인 한자로 된 책을 말이다. 이러다보니 나로서는 일종의 이데올로기가 필요해졌다. 왜 이 기술의 시대, 정보의 시대, 영어의 시대에 동양 고전, 특별히 『논어』를 배워야 하는가라는 질문에 대한 답변인 셈이다. 그 답변의 초점은 『논어』가 이끼 낀 옛날 이야기가 아닌, 또 '효도해라' '충성해라' 하고 강요하는 봉건적 윤리 교과서가 아닌, 미래를 위한 '실용서적'임을 강조하는 데 맞춰야 했다. 사실 학문의 현재적 가치에 대한 이런 성찰이야말로 고전을 현대화하고 해석하는 시도에 앞서 항상 질문해보아야 할 것이라고 보는데, 여하튼 이에 대해 두 가지 논리가 개발되었다. 한번 들어보시라.

첫째는 소극적 논리다. 소극적 차원에서 볼 때 『논어』는 인생의 위기, 즉 실직이나 배고픔을 인간답게 극복하기 위한 책이라는 것이다. 한마디로 '잘살기 위한 책'이 아니라 어려운 시절에 인간답게 '살아남기' 위한 책이라는 것. 사실 오늘날의 공부란, 단칼로 내려치자면 잘살기 위한 것이다. 여기서 '잘산다'는 것은 물질적으로 풍요롭고 또 남으로부터 존경도 받는 삶을 뜻한다. 우리는 이런 삶을 위해 초등학교에서 중고등학교, 그리고 대학에서까지 공부를 한다. 그러나 이런 공부는 '욕구 충족을 위한 방법론'이지 어려운 시절을 어떻게 살아갈 것인가에 대한 것은 아니다.

그런데 지난번 IMF 금융위기를 통해 이런 공부 방식의 허점이 드러나고 말았다. '잘살기 위한 공부'가 '못살게 된 상황'에서는 전혀 작동할 수 없었던 것이다. 욕구 충족을 위한 방법론으로서의 공부는 운명처럼 덮친 위기 속에서 '어떻게 살아남을 것인가'에 대해서는 아무런 가르침을 내리지 못했다. 우리는 잘살기 위해서만 공부했을 뿐

못사는 경우에 대해서는 공부하지 않았기 때문이다. 그러니 보험금을 타기 위해 자기 자식의 손가락을 자르기도 하고, 자기 발을 스스로 자르는 자해를 시도하기도 하고, 또 전 세계를 떠돌면서 품팔이를 하는가 하면 끝내 자살을 하기도 했던 것이다.

조금 잘살 때는 온 세계를 누비면서 졸부처럼 으스대더니 환란을 맞자마자 그렇게도 비굴하고 위축된 모습을 보이고, 또 좀 살 만해지면 우리보다 국민소득이 일 달러라도 낮으면 마치 미개인인 양 취급하는 이 땅의 경박함은 정녕 어려운 시대를 어떻게 살아갈 것인가에 대해 조금도 고민해보지 않았기 때문이다.

또 다른 면에서 보면, 오늘날의 시대규정인 '정보화시대'란 거꾸로 평생 직장이 사라졌다는 뜻이기도 하다. 벤처기업이라는 것도 아흔아홉 명의 희생 위에 한 명만이 살아남는 전쟁을 의미한다고 들었다. 그렇다고 치면 이제 우리에게 항상적인 것은 취업 상태가 아니라 실업 상태가 된다. 즉 평생 동안 직장을 가지고 먹고사는 기간이 얼마 되지 않는다는 뜻이다. 이런 점들을 염두에 두고 보면, '어려운 시절을 인간답게 살아가는 방법론'이 『논어』의 핵심적 주제라는 사실에 주목하게 된다. 『논어』에는 인생(삶)이 욕망을 마음껏 달성하는 공간이 아니라 결핍과 좌절이 기본인 세계로 묘사되기 때문이다. 즉 『논어』의 요지는 허기진 삶을 어떻게 인간답게 살아갈 것인가 하는 데 있는 것이다.

공자가 "군자란 먹어도 배부르기를 바라지 않고 살아도 편안함을 구하지 않는 존재"(『논어』)라고 지적했던 것이라든지, 맹자가 "오로

지 선비다운 사람이라야 빈곤하여도 원래의 인간다움을 잃지 않는
다"(『맹자』)라고 지적한 것은 두루 어려운 시절을 인간답게 대처하도
록 격려한 말들이다. 물론 『논어』 속의 인간들이라고 하여 배부르고
기름진 인생을 바라지 않았던 것은 아니다. 다만 물질적이고 욕구 충
족적인 삶을 꾀하다보면 욕망이 거꾸로 내 몸의 주인이 되어 나를 부
리게 된다는 점을 먼저 깨달았던 것이다.

공자는 부유한 삶보다는 차라리 가난한 삶을 택하고 그 속에서 참
된 삶의 의미를 찾는 것을 핵심적 사안으로 여겼다. 그래서 그는 이
렇게 주장할 수 있었다. "가난과 비천함은 사람마다 꺼리는 것들이
다. 허나 이것들이 운명처럼 덮쳤다 하더라도, 벗어나려고 몸부림치
지 말아라." 이런 점에서 보자면, 『논어』는 배고프더라도 인간의 품
위를 유지하면서 살아남기 위한 '실용서적'이 된다.

둘째는 적극적인 논리다. 적극적 차원에서 볼 때, 『논어』는 이른바
'정보화시대'의 그 정보화를 위한 샘(泉)이다. 『논어』는 한자로 이뤄
져 있고, 한자는 서양의 희랍어나 라틴어와 마찬가지로 우리말의 모
태(matrix)다. 우리는 새로운 세계, 새로운 기술에 이름을 붙임으로
써 그것을 우리 것으로 만든다. 김춘수의 잘 알려진 시「꽃」의 내용
처럼, 꽃이라는 이름을 붙임으로써 그것은 우리에게 아름다운 꽃으로
와 닿는 것이다.

이런 점에서 조어(造語) 능력은 곧 세계를 수납하고 또 형성하는
힘이다. 우리 삶을 구성해왔던 한자어들을 학습함으로써 새로운 언어

를 조합하고 나아가 창조하는 능력을 기를 수 있는 것이다. 언어를 생산하는 힘은 곧 정보화의 출발일 것이므로, 우리는『논어』를 통해 새로운 언어를 형성하고 만드는 생산력을 확보할 수 있게 된다.

나아가『논어』에는 문학과 철학, 정치와 경제와 관련된 지혜들, 요즘 말로 하자면 '콘텐츠'가 담겨 있다. 멀티미디어가 제아무리 발전하더라도 그것은 하나의 도구나 운용 기술을 벗어나지 않는다. 그 기술을 채우는 것은 요컨대 문화다. 기술은 끊임없이 진보하지만, 그 진보를 이끌어가는 내용물은 결국 고전에 대한 새로운 해석에서 비롯될 수 밖에 없다. 그런 점에서『논어』로 대표되는 고전을 읽고 배우는 것은 이른바 '정보화시대'인 21세기에 적극적으로 대처하기 위한 실용적 행위가 된다.

적어도 이 두 가지 점만 보더라도, 미래의 삶에 적극적으로 대처하기 위해서는『논어』를 위시한 고전에 대한 이해가 근본적인 것이 된다. 요컨대『논어』는 고매한 철학책이기에 앞서 앞으로의 불확실한 시대에 '살아남기' 위한 실용서적이요, 이른바 '정보화시대'라는 미래사회를 사람답게 '살아가기' 위한 실용적 텍스트가 되는 것이다.

자, 이것이 근래 개발한『논어』읽기를 위한 이데올로기인데, 학생들은 그런가보다 하고 제법 솔깃해한다. 독자들께서는 어떠신지. 만약 그럴듯하다면,『논어』와 직접 상면해보는 것은 또 어떠하신지.

(2000년 5월)

오늘과 논어

1

우리네 전통 속에서 유교는 지배 사상이었고, 또 그 언어는 『논어』로부터 샘솟은 것이다. 그리고 아직도 이 땅에서 상식으로 받아들여지는 것들의 상당 부분이 『논어』에서 비롯된 것이다. 떠들면서 밥 먹는 것을 몰상식이라고 여기는 밥상머리 상식에서부터 혼례, 장례 같은 통과의례를 당사자의 것이 아니라 집안 전체의 것으로 여기는 사회적 상식, 그리고 주먹다짐 일보 직전에 발하는 '너 이 자식, 몇 살이냐' 라는 공방에 이르기까지(상대방의 나이를 알아서 어쩌자는 것인지. 이 익명성의 사회에서 말이다). 여기저기서 『논어』까지 추적 가능한 흔적들이 제법 남아 있다. 요컨대 지금도 『논어』를 통하면 한국 사람들과 한국사회가 보인다.

그러나 여기서 '보인다' 는 것은 눈앞의 것이 그냥 보인다는 뜻이 아니다. 『논어』를 통함으로서, 한국인과 한국사회의 상식이 '낯설게'

보이는 것을 뜻한다. 즉, 우리 일상(日常)의 '비상(非常)한 기원'을 『논어』 속에서 발견할 수 있다는 것(마치 일본에 가본 다음에야 한국의 지하철, 도로 체계, 텔레비전 프로그램 같은 '기반시설'이 얼마나 일본적인 바탕 위에 이뤄진 것인가를 깨닫게 되는 것처럼)이다.

그러므로 『논어』를 통해 보면 왜 사람들이 대학에 가야 한다는 생각을 당연시하는지 그 기원을 추적할 수 있고, 덩달아 부모들이 자식들을 공부시키려고 안달하는 까닭도 이해할 수 있다. 덧붙여 해방 후 보건법을 제정하면서 '양의사'들이 자신들의 직명은 사(師)라고 일컫고 한의사에게는 사(士)라는 이름을 붙이려고 시도했던 그 맥락의 연원도 헤아릴 수 있으며, 또 북한 어린이의 퀭한 눈이 아프리카 어린이의 허기진 모습보다 더 가슴 아프게 와 닿는 '차별애'의 바탕도 알 수 있다.

2

동시에 우리는 『논어』를 읽음으로써 전통의 이름으로 상식 속에 슬그머니 잠입하여 똬리를 튼 '사이비 상식'들을 발견해낼 수도 있다. 가령 충효(忠孝)라는 언어로 익숙한 '부모에 대한 효도＝국가에 대한 충성'이라는 항등식이 결코 논어적 연원을 갖지 않았음을 발견할 수 있고, 도리어 그것이 일본 군국주의에 기원을 두고 있음을 알아낼 수 있다. 이 같이 한자를 쓰는 통에, 그리고 그들의 지배를 받는 통에 일본의 군국주의적 언어들이 마치 우리 전통인 양 '사이비 상식'으로 행세했었다는 사실을 알 수 있다. 한 걸음 더 나아가, 리콴유가 주장하는 '아시아적 가치'라는 말의 그 '아시아적'이 의미하는 속뜻에 대해서도 의심을 품을 수 있게 된다.

그러나 무엇보다도 『논어』를 읽고 나서 우리 주변을 휘돌아보면, 그동안 유교와 『논어』라는 이름이 내용(세계)을 담지한 개념이 아니라 어떤 이데올로기적 캠페인에 동원당한 허깨비 이름이었음을 발견할 수 있다. 가령 근대, 아니 탈근대를 지향하는 마당에 진보의 소매를 붙잡는 모든 것은 유교로 지목되었고, 평등사회를 가로막는 봉건적인 것의 본산이 또 유교이며, 과학적, 합리적 사고를 가로막는 비과학적 세계가 곧바로 유교요, 또 그것의 근본이 『논어』로 여겨진 것이다.

그러나 우리는 이런 항등식의 까닭과 근원을 옳게 헤아려본 적이 없었다. 그냥 유교(『논어』)는 사회생활 가운데 부딪히는 제반 장애물의 상징이었던 것이니, 남의 책 이름을 빌리자면 '악의 꽃'인 것이고, 또 그것으로 그만인 것이었다. 한때 지식사회에 나돌던 우스개를 빌리자면, '에코'와 '푸코'를 구별하지 못해서는 '사이코' 대접을 받지만, 공자나 맹자나 주자나 노자는 따져볼 것이 없는 턱이다. 그리고 이것은 이미 『논어』가 이 땅에서 의논을 이끌어가는 힘을 벌써부터 상실했음을 반증하는 것이다.

그러면 이제 21세기로 접어든 오늘날, 『논어』의 현재적 가치는 무엇일까. 아니 왜 『논어』가 근래에 와서 다시 조명을 받는 것일까. 역설적으로 답하자면, 그것은 이제야 정말 『논어』가 (정치적) 힘을 잃었기 때문이다. '공자가 죽어야 나라가 산다'가 아니라, 이제 공자가 제대로 죽어 썩고 만 것이다. 이 대목에서 우리 삶의 나침반으로서의 『논어』를 내팽개친 지 근 백 년에 이른다는 점, 즉 조선이 망한 후 백 년이 흘렀다는 역사적 사실에 주목할 필요가 있을 것이다. 십 년이면 강산이 변하듯, 백 년 세월이면 전통의 진면목도 당연히 사라지게 마련이다(무의식적인 행위 속에 그 자취들이 남아 있지만, 의식적 행동의 좌표축으로 구실하지 못한다는 뜻이다). 할아버지라면 국악을 좋아하고 전통에 밝을 것이라고 지레짐작하기 쉽지만, 천만에! 지금의 할아버지들은 서양음악에 심취하고 영어를 하려고 내달았던 세대들인 것이다.

3

이렇게 과거와 절연하려는 우리의 끈질긴 노력이 근 백 년 동안 이어지는 가운데, 『논어』는 우리에게 점점 낯설고 또 주변적 대상이 된 것이다. 그것은 거꾸로 『논어』가 경전(the book)이 아니라 여러 고전들 가운데 하나(a book)가 되었다는 뜻이며, 따라서 턱없는 비난으로부터도, 지나친 숭배로부터도 해방되고 있다는 뜻이다. 이리하여 『논어』는 춘추시대라는 혼란을 배경으로 '인간을 중시하는 세계'를 꿈꾸었던 한 인간의 대화록으로 차분히 내려앉고, 공자 역시 소탈하고 심플한 진면목을 드러낼 기회를 갖게 되었다.

『논어』 앞에 붙은 수식어들이 사라지면서 『논어』 그 자체와의 대화가 가능해졌다는 것인데, 이것이 근래 『논어』가 새롭게 조명되는 근본 원인이라고 생각한다. 거꾸로 지금부터 『논어』가 제 힘만으로 사람의 마음을 뺏을 수 있을지 여부가 판가름난다는 뜻이기도 하다. 과연 정자(程子)가 말했듯이 '읽고 나면 손이 춤추고 발이 겅중겅중 뜀 뛰는' 매력을 발산할 수 있을지, 『논어』는 새로운 출발점 앞에 선 것이다.

(2000년 10월)

논어의 속살

1

'말'이 제 속뜻을 정직하게 바로 드러낼 수 있을 때에야, 말하는 사람은 순정해지고 또 그 말이 유통되는 세상은 투명해진다. 반면 말이 속뜻을 잃고 안팎에 틈이 생기면 말은 '(헛)소리'로 추락하고, 또 말이 외부에서 억압을 당하게 되면 '침묵'으로 변질된다. 그러므로 '말의 사회'를 해치는 가장 큰 적은 바깥에서 말을 억압하는 폭력과 말을 안에서 곪게 만드는 신뢰의 상실이다. 자본주의 사회의 가장 큰 적이 인플레이션과 디플레이션이듯.

『논어』는 말에 관한 책이다. 말은 듣는 상대가 있다는 점에서 '관계적 인간관'을 전제하고 있고, 또 말이 소리로 추락해서는 안 된다는 점에서 '책임의 윤리'를 동반한다. 관계를 맺기 위해 예(禮)가 중시되고, 상대를 배려하고 제 말에 책임을 지기 위해 덕(德)이 강조된다. 또 말로써 세상을 구제하려는 사람을 군자(君子)라고 부르고, 말

한마디에 목숨을 거는 사람을 선비(士)라고 칭하여 말의 정제와 조탁
을 세상살이의 가장 큰 일로 삼았다('말더듬기(訥)'를 큰 미덕으로 삼
은 까닭도 같은 맥락이다).

2

공자는 당대를 헛소리와 침묵의 시대로 읽었다. 통치자들은 마음
속의 욕망을 아닌 양 꾸미려고 말을 헛소리로 타락시켰고, 백성들은
폭력에 짓이겨져 말문을 닫았거나 말을 잃었다(隱遁). 이에 공자는
반(反)폭력과 반(反)침묵의 소롯길을 걷는다. 반폭력이기에 법가풍의
억압을 반대하고, 반침묵이기에 장자풍의 은둔을 반대한다. 헛소리를
유포하는 통치자들에 대한 공자의 처방은 '이름을 바로잡는 것(正
名)'이요, 세상을 광정(匡正)해야 할 지식인들의 은둔에 대한 처방은
앙가주망(사회참여)의 권유였다.

허나 적나라한 폭력과 상심하여 앵돌아앉은 은둔 사이에 깊이 팬
골이 과연 이름 바로잡기와 앙가주망의 권유로 메울 수 있을 것이던
가. 차라리 제자인 자로(子路)가 내뱉은, "이렇게도 고지식하시다니
간요(迂!)"라는 반응이 도리어 현실적이지 않았을까.

그러나 공자 역시 정명과 앙가주망의 권유가 당대에 곧 소용 닿으
리라고 믿을 만큼 '나이브'한 사람은 아니었던 터. 다만 시대의 암흑
을 걷어내는 일이 오로지 반폭력과 앙가주망이라는 소롯길에 있을
뿐임을 확신하고 무거운 몸을 일으켜 발을 내디뎠을 따름인 것이었

다. 예컨대 "날짐승과 들짐승과 더불어 함께 살 수는 없는 것 아니냐. 내가 이 인간사회가 아니면 또 어디다 깃들인단 말인가. 하늘 아래 도가 있다면 내가 바꾸려 들지도 않았을 것이다"(『논어』)라는 증언. 우리는 이런 진술의 행간에서, 현실의 불모를 충분히 인식하지만 '그럼에도 불구하고' 내딛는 그의 힘겨운 발걸음을 확인하고 또 속으로 삼키는 목울음 소리를 듣기도 하는 것이다.

3

허나 말이란 '말하기'만으로는 부족한 것. 말이란 또 '듣기'이기도 한 것이다. 공자가 '말귀가 막힌 자(窒者)'를 증오한 까닭도 말의 완성을 가로막는 '듣기 불능자'에 대한 미움 탓이리라(공자도 사람을 미워했다!).

실은 오늘날은 '말하기'는 넘쳐나지만 '듣기'는 사라진 시대다 (인터넷의 대화방에 한번 들어가보시라). 내뱉는 말은 각박하기 이를 데 없고 남을 겨누는 비평의 칼날은 날카롭기 그지없지만, 남의 말, 남의 진의는 제대로 헤아리지 않는다. 도처가 말에 난자당한 상처에서 흐르는 피로 홍건하다. 그러니 이 낭자한 쇳소리(轟音)의 시대에, '말의 사회' '말이 힘이 되는 사회'를 꿈꾸었던 한 인간의 기록을 톺아 읽는 것도 뜻있는 일이 될 테다.

(2002년 8월)

해수욕장과 정치

1

지난 여름 동해안을 따라 올라가면서 여행을 했었다. 따로 목적이 있는 여행이 아니어서 쉬엄쉬엄 산천경개를 유람하면서 오랜만의 여가를 즐겼다. 바닷가를 따라 크고 작은 해수욕장들이 참 많기도 했다. 어릴 적 부산의 해운대 해수욕장에 처음 갔을 때 입장료를 받지 않는 것에 매우 신기해했던 기억이 되살아났다. 동네의 허름한 목욕탕도 돈을 받는데, 그렇게 유명한 해운대 해수욕장에 입장료가 없다는 것이 이해되지 않았던 것이었다.

그런데 요즘 동해안의 해수욕장에는 딱히 입장료는 아니지만 자동차 주차료라는 명목으로 돈을 받는 곳이 많았다. 상세한 내막은 모르겠으나, 그러고 보니 작고 새로이 문을 연, 잘 알려지지 않은 해수욕장일수록 마을 주민들이 주체가 되어 운영하면서 '주차료 없음'이라는 안내판을 내걸고 있는 경우가 많았던 것 같다. 따로 숙박시설이나 음식점을 통해 수익을 올리겠다는 계산일 것이다. 그러나 이런저런 해수욕장이 아니더라도 동해안에는 좋은 모래사장과 깨끗한 바다를 접할 수 있는 트인 공간이 흔하다. 오히려 그런 이름 없는 곳이 더 조용하고 깨끗해서 아이들 데리고 두어 식구가 함께 놀기에는 적격이었다.

그런데 얼마 지나지 않아 불편한 점들이 하나둘씩 드러나기 시작했다. 우선 식수를 주변에서 구할 수가 없었다. 마실 물이 없는 형편에 음식을 할 수 없는 것도 당연한데 주변에는 식당이 따로 없었다. 또 물의 깊이가 어떤지 알 수 없으니 아이들을 멀리 내보낼 수가 없고 주변에 어른이 꼭 붙어 있어야만 했다. 그리고 무엇보다 주위에 사람들이 없으니 불안했다. 비키니 입은 여성들의 몸매도 슬금슬금 구경하고, 따가운 햇살도 아랑곳 않고 공놀이하는 젊은 청춘들을 보는 재미도 해수욕장을 해수욕장답게 만드는 요소인데, 오도카니 두세 가족만 앉아 있으니 곧 흥이 깨지고 말았다. 물론 해수욕을 한 다음 바닷물을 씻어낼 민물도 없으니 찝찝한 채로 떠날 수밖에 없었다.

2

떠나는 길에 그곳을 되돌아보면서 '정치란 해수욕장을 마련하는 것과 같은 것이 아닐까'라는 생각이 들었다. 이를테면 바다와 면한 너른 해변에 식수를 공급하는 시스템을 마련하고 또 바다에 띠를 둘러 안전한 곳과 위험한 곳을 구분하고, 시장(식당, 상점)을 열어 필요한 물건을 교환하게 하며, 쉴 곳과 잘 곳을 두어 몸을 누이게 하고,

또 이를 통해 서로 몸을 부비며 살도록 마당(場)을 마련해주고 그것을 원활하게 유지하는 것, 이런 것이 애초에 정치의 기능이었으리라는 것이다. 물론 그곳에 사람이 들지 않으면 '주차료 없음' 이라는 팻말이라도 붙이고 편의시설을 새롭게 꾸며 사람을 끌어들이려는 노력을 하는 것도 또한 정치의 기능에 포함될 것이다.

이렇게 보면 동양의 고대 정치사에 등장한 영웅들의 행적이란 곧 처음 해수욕장을 개장한 공로자들에 비유할 수 있을 것이다. 삼황오제(三皇五帝)로 통칭되는 신화적 지도자들, 이를테면 신농, 요순 같은 이름들이 그렇다. 홍수로 범람한 물을 빼내어 산에 굴을 파고 살던 사람들을 땅 위에서 살게 만들고 불과 농사기술을 발명하고, 먹는 풀과 못 먹는 풀을 구분한 이들은 인간의 모듬살이를 위한 기본 틀을 마련하는 데 혁명적 기여를 한 '문명사적 영웅' 들이었다.

그리고 『맹자』에서 잘 드러나듯 고대 정치의 핵심은 '어떻게 하면 사람들이 자기 나라(해수욕장)에 몰려들게 할 것인가' 라는 것이었다. 덧붙여 맹자는 다른 나라 장군들이 쉬 드나들 수 있도록 관세를 철폐하거나, 시장의 세금을 없애는 따위의 조언도 하고 있는데, 이들은 두루 '주차료 없음' 이라는 팻말을 붙이고 해수욕객을 끌어들이려는 신생 해수욕장의 노력에 비유할 수 있는 대목이다.

3

흥미로운 것은, 동양의 정치사상가들은 단순히 편리한 시설, 값싼

물가, 안전의 보장만으로는 사람(해수욕객)을 오래 끌 수 없다고 생각했다는 사실이다(이 '오래'라는 말이 참 중요하다). '오십보백보'라는 고사를 통해 잘 알려져 있듯, 사람을 사람 대접하는 마음가짐, 이것이 없다면 결코 다른 곳보다 많은 사람들이 몰려들지 않을 것이고 또 오래도록 머물지 않을 것이며, 나아가 후에 다시 오지 않을 것이라고 보았던 것이다. '사람 대접하는 마음가짐으로 사람을 대함', 이것을 맹자식 표현으로 하면 인정(仁政)이 되는데, 그런 정치는 사람을 수단으로 삼지 않는, 인간에 대한 존중심(不忍人之心)이 깔려 있을 때만이 가능한 것으로 여겼다는 점도 특기할 만하다.

이를테면 겉으로는 친절하게 웃으며 모든 문제를 해결해줄 듯하면서도 실제로는 옳게 실행하지 않고, 나아가 그런 친절이 해수욕객의 호주머니를 터는 구실에 불과하다면, 해수욕장을 떠나는 자동차 뒤에다 대고 고두백배를 한들 그들은 결코 그곳을 다시 찾지 않을 것이다. 즉 정치적 행위의 진정성과 성실성에 정치의 성패가 달려 있다고 보는 것이다.

그런데 이런 생각 밑에는 이미 정치는 폭력과 다른 것이라는 전제가 깔려 있다. 아니, 폭력만으로는 정치를 수행할 수 없다는 것이다. 『예기(禮記)』에서 "가혹한 정치는 호랑이보다 무섭다(苛政猛於虎)"라는 공자의 진술은, 실은 "가혹한 정치(苛政)"는 근본적으로 정치가 아니라는 뜻이지, 정치라는 카테고리 속의 한 극단을 말한 것으로 이해되어서는 안 된다. 『논어』에서 공자가 "정치를 한다면서 죽임을 쓴다는 것이 말이 되는가!"라고 당대의 통치자에게 비난을 날린 것이라든지, 또 "폭력으로는 한낱 필부의 뜻도 꺾을 수 없다"라고 한 대목은 폭력의 허무한 끝을 경고한 것들이다(폭력과 협박으로는 해수욕객을 끌 수 없다!).

4

그렇다고 공자가 정치를 한낱 말장난으로 본 것은 아니다. 동서고금을 막론하고 피 흐르는 현실을 고민하지 않고서야 어디 정치사상가가 될 수 있으랴! 자공(子貢)이 공자에게 정치란 무엇인가를 물었을 때, 공자는 군사력(兵), 경제력(食) 그리고 신뢰(信)라는 세 가지를 들었다. 다시금 그 가운데 어느 것이 가장 중요한지를 따져묻는 자공에게 공자는 '신뢰 〉 경제력 〉 군사력'이라는 차등을 둔다. 즉 공동체 유지에 가장 긴요한 것으로서 안전 욕구나 생존 욕구가 아니라 '신뢰'를 들었던 것이다.

칼에 베어 죽임을 당하는 고통보다도, 굶주려 죽음을 당하는 괴로움보다도 공동체의 신뢰 유지가 더 중요하다는 것인데, 이 점에서 '공자의 나라'는 믿음의 나라(fiduciary state)라고 부를 수 있으리라. 그런데 신뢰란 곧 언어와 실천 간의 밀접한 상관성을 뜻한다. 신뢰란 궁극적으로는 '언어의 힘'과 다름없다. 즉 공자가 예악(禮樂)을 논하고, 시서(詩書)를 논하고, 사람 사이의 처신을 논한 궁극에는 바로 이런 '언어의 힘=신뢰'를 핵심으로 하는 정치관이 깔려 있는 것이다.

이 신뢰가 바탕이 되어 있을 때만이 폭력은 정당한 권력 행사로 전환되고, 배고픔조차 운명(fortune)으로 물러난다. 신뢰＝정당성이 있는 정치에서 배고픔마저 운명으로 뒤로 물러나는 경우는, 『논어』 속의 예화를 빌자면, 관중(管仲)의 폭력적 침탈에 재산을 다 빼앗겼지만 굶주려 죽는 날까지도 그를 원망하지 않았다는 백씨(伯氏)의 경우를 들 수 있으리라. 그리고 신뢰가 깃든 폭력이 정당한 권력으로 전환되는 경우는 정(政)이라는 글자 속에 오롯이 담겨 있다. '政'은 곧 '正＋攵'으로 쪼갤 수 있는데, 여기서 '正'은 곧 정당성, 신뢰를 뜻하며 '攵'은 '두드리다'는 뜻이니 곧 폭력을 의미한다. 즉 '政'이라는 글자 자체에 '정당성＋폭력'이라는 함의가 깃들어 있는 것이다.

5

여기서 공자는 당시 춘추시대에 횡행한 '폭력 그 자체를 정치로 보는 관점' 즉 호랑이보다 무서운 '가혹한 정치(苛政)'를 정치의 본질로 오해하는 당대 정치가들에게 오로지 정당성만이 정치라는 사실을 강조할 셈으로 유명한 '정자정야(政者正也)' 즉 '정치는 곧 정당성일 따름이다'라는 항등식을 천명한 것이었다. 요컨대 폭력은 신뢰가 있을 때만이 권력이 된다는 것(권력과 폭력 간의 상반성은 한나 아렌트를 연상케 하는데, 이 점에서는 공자와 아렌트는 분명 상통한다).

그러면 정치가는 어떻게 힘을 생산할 수 있는가. 어려울 것이 없다. 간단하게 '말의 실천'이 곧 힘이니까. 첫째 말을 조심해서 하고, 둘째 한번 내뱉은 말은 꼭 실천하는 것, 이 두 가지가 정치력을 기르는 방법이다. 그 두 가지를 실천하면 자연히 주변 사람들이 그를 믿음직스럽게 여기게 되는데, 이 믿음직스러움이 곧 신뢰요, 신뢰야말로 이 냉혹한 자본주의 사회에서조차 '힘'이다(IMF 경제위기를 당했을 때 우리를 탓하던 말이 '투명성의 위기'와 '신뢰의 위기' 아니었던가).

그런데 문제는 정치가(행위의 주체)가 이 두 가지를 항상적으로 실천하기 위해서는 자신의 행위를 검속할 기제를 자기 몸에 갖추어야 한다는 사실이다. 여기서부터 동양 고대의 정치는 이제 발휘하는 힘 (권력)의 차원을 넘고, 정치가의 행위 규범(신뢰)을 넘어서 인간 내부의 규율에까지 다다르게 된다.

이로부터 자기 성찰(敬), 진정성(忠), 타인에 대한 이해(恕), 그리고 성실성(誠)과 같은 개념들이 와르르 쏟아져나온다. 가령 공자가 자로(子路)에게 지적한바, 정치의 요체로서의 수기이경(修己以敬)을 드는 것이 이 대목에서이다. 또 맹자를 거쳐 주자에 이른 성리학적 사유는 정치가의 내적 수련(self-discipline)을 긴절하게 여기고 그것의 여부에 따라 평천하의 이상 실현이 결정된다는 동기주의적 관점을 견지하게 된다.

여기서 주자가 왜 '수신-제가-치국-평천하'라는 동심원적 파문 (波紋)을 천명한 『대학』을 『예기』에서 떼내어 독립된 텍스트로 삼고 중시했는지 그 까닭을 알 수 있게 된다.

6

이리하여 동양의 정치는 덕치(德治)라는 한마디로 표현할 수 있게 된다. 덕(德)이란 곧 스스로에 대한 사양(modesty)과 타인에 대한 배려(caring)를 행하는 힘이다. 이 사양과 배려를 통해 '매력'이 형성되고, 그 인간적, 도덕적 매력이 발하는 자장(磁場)에 가족과 국가 그리고 천하, 나아가 자연계(天地)조차 끌려든다. 이것이 고대 동양인들이 생각한 이상 정치의 모습, 즉 인간이 펼칠 수 있는 가장 '아름다운 장면'이었다. 그 아름다운 장면을 연출한 사람이 대표적으로 요순 임금이었고, 그들의 아름다운 정치에 사람들은 뭐라고 말을 할 수 없어, 다만 "아!" "억!"과 같은 감탄사만 발할 뿐이었다.(『논어』)

뭐라고 말로 표현할 수 없는 정치란 곧 노자의 "이름 지을 수 있는 것은 항상적인 이름이 아니다"라는 발언과 꼭 맞아떨어지는 것이니, 둘 다 정치의 궁극에 인간의 작위를 넘어서 자연의 리듬에 합치되는 정치, 즉 무위이치(無爲而治)의 이상을 공유하고 있다는 점에서 동질적이다. 서양의 고전적 개념을 훔쳐서 표현하자면, 동양의 정치는 덕(virtù)을 통해 연마한 인간의 기예(arte)가 그 극한에 이르면 제 스스로 자연(fortuná)과 합치한다는 이상을 갖고 있었다고 표현할 수 있을까.

그럼에도 불구하고 그 이상이 저 멀리 있는 것이 아니라 지금 이곳(hic et nunc)에서 실현 가능한 것이라는 세속주의를 관철하고 있다는 점에 동양의 정치적 사유의 또다른 특징이 있다. 비유를 들자

면, 내년 여름을 위해 해수욕장의 마당(場)을 마련하여 사람들에게
안전과 편리를 제공하고 시장과 쉴 곳을 제공하는 것, 바로 여기서부
터 이상정치의 첫걸음이 내디뎌지고 또 바로 그 자리에서 이상정치
의 완성도 가능하다고 본 것이다.

(2000년 10월)

한국 정치학의 위기

1

현대 일본 정치사상사의 기초를 확립한 마루야마 마사오(丸山眞男)가 어느 책 서문에 써놓은 일화가 생각난다. 그의 책을 도대체 어느 서가에다 꽂아야 할지 모르겠다는 서점 주인의 푸념으로부터 시작되는 대화였다. 말하자면 마루야마의 전공은 '일본-정치-사상-사'로 쪼개지는데, 그의 책은 '일본' 항목에 넣을 수도 있고, '정치' 분야에도 넣을 수 있고, '사상' 분야에도 넣을 수 있고, 또 '역사' 분야에도 넣을 수 있지만, 그러나 어느 곳에도 넣지 않을 수 있다는 경계의 불분명함을 조크를 곁들여 지적한 것이었다. 마루야마의 답변인즉, 대학 내에서의 위상도 그렇게 애매하다면서, 독서 대중과 만나는 서점 주인들께서 좋은 쪽으로 잘 이끌어주길 바란다는, 뭐 그런 전형적인 일본식 답변이었던 것으로 기억된다. 그런데 지금에 와서 그 대화가 마루야마 정치학의 '행복한' 변명으로 여겨지는 까닭은, 근래 한국 정치학 서적들이 겪는 '불행한' 현실 때문이다.

얼마 전 부산에서 그중에 크다는 서점엘 들렀다가 그곳에서 정치학 분야의 서가가 사라진 것을 발견하였다. 경제학과 법학의 사이쯤에 있어야 할 정치학 서가가 사라지고 몇 권 되지 않는 교과서들이 통로 옆 가판대에 꽂혀 있었다. 명색이 정치학 전공자이면서도 서점에서 신간을 톺아본 지 꽤 되었으니, 언제부터 그리 되었는지는 알지 못한다. 다만 우두망찰하여, 한참을 그렇게 서 있었다. 만감이 교차하면서 한국 정치학의 과거와 현재, 그리고 미래가 머리를 복잡하게 만들었다.

서가의 머리맡에 붙은 이름표가 사라졌다고 해서 인간의 모듬살이가 시작될 적부터 존재했던 '고전적' 학문이 금방 사라질 리야 없겠지만, 서점에서 '이름'이 사라진다는 사실은 그 학문이 당대 시장으로부터 퇴출당하고 있다. 또는 소비자로부터 외면당하고 있다는 징표로 읽기에는 넉넉한 것이다. 고요해 뵈는 숲속이 실은 식물들의 생존을 위한 치열한 전쟁터이듯, 적요한 서점의 서가도 서로 좋은 목을 차지하기 위한, 혹은 얼굴이라도 내밀기 위한 책들 간의 전쟁터인 측면이 있기 때문이다.

2

정치학 서적이 이토록 내몰리는 데는 까닭이 있을 터인데, 우선 첫 손가락에 집히는 것이 정치학적 주제가 가진 이른바 거대담론적 성격이다. 공동체, 질서 그리고 이념을 연구하는 정치학은 90년대 들어 문화계 전반을 휩쓴 포스트모더니즘 열풍에서 분명하듯, 일상적이고 미시적인 삶의 주제를 다루는 오늘날의 추세와는 기본적으로 엇갈린다.

하긴 그랬다. 한국 정치학은 그 출발부터 거대담론이었다. 40~50년대 우리 사회는 새 나라의 건설과 전쟁 복구, 즉 건국과 재건이 급선무였다. 이때 수립된 대학들은 이런 시대적 요구를 잘 드러내고 있다. 보성전문이 '고려' 대학으로, 혜화전문이 '동국' 대학으로 개명한 것도 그렇거니와 '건국' 대학, '단국' 대학 그리고 '국민' 대학과 같은 신생 대학의 이름들은 정치학적 이슈를 직접적으로 드러낸다. 당시 대학들은 민족국가의 건설, 그리고 민주주의를 지향하는 시민의식의 함양을 존재적 사명으로 삼았던 것이다. 이를 뒷받침하는 학문이 정치학이었던 것은 능히 짐작할 수 있다.

그후로도 이 땅의 긴절한 사회적 의제는 대부분 정치적인 것이었다. 예컨대 민주화와 통일은 60년대에서 80년대에 이르는 근 삼십 년 동안 이 땅을 지배한 중요한 정치학적 주제였다. 그러나 이 주제들은 90년대 초반 사회주의권의 몰락에서 그 유효성을 상실하였다. 그 급격한 소멸은 좌우를 가리지 않았으니, 70~80년대 대학을 다닌 사람들의 서재를 훑어보면 그 변화를 능히 짐작할 수 있으리라. 종속이론, 프랑크푸르트 학파에 대한 소개서들과 그람시, 알튀세, 그리고 마르크스와 레닌의 빛바랜 원전들. 허나 이들은 이제 더이상 서점의 진열대에서는 발견하기 어렵다.

이처럼 전반적으로 '정치의 시대'는 끝난 것으로 보인다. 이젠 정치적 영웅에 의해 국가의 흥망이 결정되는 시대도 아니려니와, 디지털이라는 것 자체가 민족국가의 테두리를 벗어나 완전히 새롭고 색다른 공간을 형성하고 있다. 여기서도 정치적 현상은 발생하고 또 존재하겠지만, 그것은 과거의 정치학 연구방식으로는 옳게 포착하지 못하는 것이다. 또 한편 지난 총선이 끝난 다음 나돈 조크, "이번 선거를 결정지은 것은 '북풍'이 아니라 '소풍'이었다"(지난 1999년 국회의원 총선 사흘 전에 발표된 남북정상회담 개최 소식이 미친 효과보다는, 선거날이 원체 좋은 날씨여서 다들 놀러 가버린 영향이 더 컸다)는 우스개가 상징하듯, 사람들은 더이상 정치에 많은 기대를 하지 않을 뿐 아니라 공동체 전체에 미치는 정치의 영향력도 그다지 높게 평가하지 않는다. 이럴진대 서점의 서가에서 정치학 관련 서적들이 사라지는 것은 어쩌면 당연한 일일지도 모르겠다.

3

그렇다면 정치학 내부에서 이 퇴락의 원인을 찾을 수는 없을 것인가. 그것은 정치학이 '실용성'을 잃어버렸기 때문인 것으로 짐작된다. 정치학의 실용성이란 요컨대 유능한 정치인을 배출하는 것이다. 그러나 잘 알다시피 1960년 군사쿠데타 이후 한국의 정치인은 민간부문에서 형성되기보다는 대부분 군부에서 공급되었다. 이로 말미암아 한국 정치학은 실용성보다는 저항과 비판을 더욱 긴요한 과제로 여기게 되었다. 그러나 학문이 온몸을 불사를 수는 없는 일, 한국 정치학은 점점 현실로부터 도피하고 있었다.

묘하게도 60년대 미국에서 수입된 행태주의는 이런 현실 도피를 '과학'이라는 이름으로 옹호하는 것이었으니, 한국 정치학은 점차 인간을 대상화하고 객관화하며, 현실 정치를 수치화하고 계량화하면서 현실로부터 벗어나기를 체질화하였던 것이다. '과학'을 위해 '정치'로부터 멀어진 셈인데, 벌써 이 속에서 '정치-과학'이란 말은 자기모순에 빠진 언어가 되었고, 한국 정치학은 그 현실성과 당대성을 박탈당한, 아니 내다버린 꼴이 된 것이다.

이리하여 정치학은 '사람 교육'이 아니라 당대 사회를 이해하기 위한 '사회과학'의 한 분과가 되었으니, 사람이 사라진 곳에서 이념의 깃발이나 종교적 이상이란 한낱 허울에 불과하다는 것은 동서의 지성사가 증명하는 바이기도 하다. 이 와중에서 많은 정치학자들은 수험서나 교재로서의 정치학 서적의 집필에 매진하였는데, 덕분에 한때 다종다양한 (그러나 천편일률적인) 정치학 교과서들이 넘쳐나기도 했었다. 과연 정치학의 연구와 교습에 교과서가 필요한 것인지는 아직도 미심쩍거니와, 이제는 지도(교과서)는 많은데 길 가는 사람은 사라지고 있는 형국이니, 이 일을 어찌할 것인가.

실례를 무릅쓰고 속내를 드러내자면, 제도적 측면에서 한국 정치학의 퇴락의 출발은 문리과대학에 소속되었던 서울대학의 정치학과가 70년대 중반 사회과학대학으로 옮겼던 데서 찾을 수 있으리라고 생각해온 터다. 시적(詩的)이고 미적(美的)인 존재로서의 인간, 그리고 인간 그 자체에 대한 질문을 업으로 삼는 이른바 문사철(文史哲)

이 아우러진 문리대에서의 정치학과 계량과 통계, 수치와 실증으로
인간을 대상화하는 사회과학 속의 정치학은 결코 같을 수 없다고 여
겨지기 때문이다. 격하게 표현하자면 인간을 주체로 섬기는 학문과
인간을 수동태적 존재로 대상화하는 학문은 그 소재는 같을지라도
그 관점은 크게 다를 터다. 출발점은 미세하게 다를지라도 그 끝은
천양의 차이를 가르는 법이다. 정치(精緻)한 과학이 되지도 못하고,
고전시대 이래 인간에 대한 지혜를 교습할 기회도 놓쳐버린 어정쩡
한 모습이 오늘의 한국 정치학이다.

4

　그러면 어찌할 것인가. 시대적 변화야 어쩔 수 없는 것으로 차치한
다면, 정치학 자체의 성격을 재조정하는 일부터 서둘러야 하리라. 이
대목에서 '정치과학'에서 '인문학으로서의 정치학'으로의 전환을 제
안한다. 사회에 대한 관심에 앞서 인간에 대한 관심으로 그 시야를
좁히자는 것이다. 그것은 곧 보편에서 특수로의 철수라고 표현할 수
도 있을 것인데, 서구의 (특히 미국의) 과학적 관점으로부터 '오늘 이
땅을 살아가는 한국 사람'에 대한 관심으로 눈길을 되돌리고 낮추는
일을 시급히 실천해야 할 것이다.
　문학과 철학 그리고 역사학을 아우르면서 또 경제학과 법학을 벗
으로 삼는 학제간 연구의 중심으로서의 정치학, 또는 '총체적 인간
학'으로서의 정치학 책이 서가를 다시 채울 때, 일본 책방 주인의 고

민 아닌 고민과 마루야마의 행복한 응대를 우리 정치학자들도 함께
할 수 있을 테다.

(2000년 5월)

한국 정치사상 연구의 길

1

얼마 전 리안(李安) 감독의 영화 〈와호장룡〉을 비디오로 보았다. 노자의 무위적 세계관이 무술을 통해 잘 묘사되었더라는 전언을 듣기도 했거니와, 특히 어떤 서양 철학자가 이를 두고 "무협의 세계는 황당무계한 세계지 않습니까? 서양인에게는 정말 이해할 수 없는 비합리적인 세계인데 그런 세계를 서양 사람들도 감탄할 수 있는 수준으로 그렸더군요"(김상환, 「김우창-김상환 대담」, 『춘아, 춘아, 옥단춘아, 네 아버지 어디 갔니?』, 민음사)라고 한 평에 더욱 솔깃해졌던 탓이다.

특별히 눈에 가득 들어온 것은 대숲 속에서 무술을 겨루는 장면이었다. 휘청거리는 대나무를 이리저리 타넘으면서 출렁거리는 대나무의 탄성에 온몸을 맡긴 가운데 부리는 칼솜씨의 능란함은 그야말로 탄성을 자아내게 하기에 너끈하였다. 평자들은 두루 이 장면에서 '부드러움이 강함을 이긴다(柔弱勝剛强)'라는 노자의 말을 연상하였을 터이니, 그래서 '무위적 세계관의 영상화'라는 평을 내렸던 것이리라.

헌데 나는 대숲에서 겨루는 장면에서 『장자』의 "승물이유심(乘物以遊心)"이라는 대목을 연상하였다. 여기서 승물(乘物)이란 대상에 대해 적대적이지도 않고, 또 대상에 휘둘리거나 대상을 숭배하지도 않고, 그렇다고 대상으로부터 떠나버리지도 않은 상태다. '승물이유심'이란 대상과 '관계를 맺되(乘物) 나와 대상 간의 긴장을 넘어버린(遊心) 경지'를 이르는 것이다.

아마 무술이든 학술이든, 아니 어떤 분야에서든 지극한 경지란 대상(텍스트)과 관계를 맺되 휘둘리지도, 숭배하지도, 대립하지도, 떠나지도 않으면서(乘物) 도리어 그 너머로 노닐 적에야(遊心) 획득할 수 있는 것이리라. 좀 속되게 표현하자면, 상대와의 '멱살 잡기'를 넘어서서 '덜미 잡기'에 이르렀다고 할 수 있을까?

2

정치사상(사) 연구는 대부분 텍스트(문헌/인물)와의 대결로 이뤄진다. 헌데 관심이 있는 곳에는 사랑이 싹트게 마련. 그리하여 연구자가 텍스트와 사랑에 빠지는 경우가 허다하다. 더 나아가 대상을 숭배하는 경우마저도 있다. 이런 단계는 아무래도 대상(텍스트)에게 멱살 잡힌 경우라고 표현할 수 있으리라. 그러다가 사랑이 미움으로 변하듯 어느덧 비판적인 안목을 갖게 되는데, 이 단계는 연구자가 대상의 멱살을 잡은 것에 비할 수 있을 테다.

허나 '멱살 잡기'는 아직 대상(텍스트)이 내 앞에 태산처럼 버티고 있는 형국이다. 게다가 대상의 손발놀림은 자유자재이니, 그 손발의 휘두름에 멱살 잡은 내가 도리어 반격을 당하는 경우도 흔하다. 아직 대상을 제대로 소화하지 못했다는 뜻이다.

그러니 궁극에는 상대의 '덜미'를 잡아야 한다. 문제는, 멱살에서 덜미까지의 거리는 몇 촌(寸)에 지나지 않지만 덜미는 대상의 등뒤에 있다는 사실이다. 그러므로 텍스트 너머 등뒤로 손을 내밀 때에야 덜미를 잡을 수 있다. 즉 텍스트가 병풍처럼 나의 앞에 쳐져 있어서는 기껏 멱살 잡기의 수준에 머물고 만다. 텍스트란 단지 작가의 분비물일 뿐!('육경六經은 성인의 똥찌꺼기'라고 했던 이가 육상산陸象山이던가?) 그 텍스트의 뒷면, 작가(사상가)의 실제 삶에까지 나아가 그 맥락을 타고 들어갈 때에야 비로소 덜미가 드러난다. 바로 그걸 나꿔챌 때, 텍스트는 다소곳해지고, 또 그제서야 그것은 오늘의 의미로 해석당한다. 대상(텍스트)이 '오늘 우리말'로 표현될 적에, 우리는 그것의 덜미를 제대로 잡은 것이 되고, 장자식으로 표현하자면 승물(乘物)하게 되는 것이다.

3

그러나 그 길이 어디 쉬울쏜가. 나무(木)가 제아무리 빼어나더라도 혼자서는 숲을 이루지 못한다. 숲을 이루지 못하면 생명을 기르지 못하는 법. 또 나무가 많다고 한들 어우러지지 않은 채 듬성듬성 서 있어서는 숲이 아니다. 그건 가로수일 뿐이다. 가로수가 제아무리 많아도 '생명'을 길러내기는커녕, 가로(街路)를 위한 그늘(수단)에 머물 따름이다.

그러므로 나무가 더불어 한데 어우러질 때에야 생태계가 형성되고 (삼림森林이라는 글자는 다섯 그루의 나무로 이뤄져 있다), 그 계(界) 속에서 생명의 순환이 이루어진다. 그제야 나무는 한 세계의 주체가 되고, 그 타고난 제 몫을 다할 수 있게 된다.

나무가 이럴진대, 하물며 사람이랴. 무술하는 이들의 세계를 무림 (武林)이라고 부르듯, 학문하는 이들의 세계도 학림(學林)이라고 부를 수 있을 터. 무림이 그 나름의 한 세계이듯, 학림도 숨 쉬는 한 세계인 것이다.

물론 학문이란 홀로 닦는 것이다. 그렇지만 '승물이유심'의 경지에 이른 학자일지라도, 또 노자의 말을 빌리자면 "문밖을 나서지 않아도 천하의 이치를 아는" 사람일지라도, 선학의 나침과 벗의 질정(叱正) 그리고 후학의 질문이 있을 때라야만 그의 학문은 '생명'을 얻는다.

4

그러나 숲은 위험한 곳이다. 우선 숲은 산불에 취약하다. 산불은 나무들 사이의 거리가 가까워서 발생하는 병이니, 산불을 피하자면 차가워지는 수밖에 없고, 차가워지기 위해서는 서로간의 거리를 유지하는 수밖에 없다. 마찬가지로 비록 학교에서는 선후배간이요, 혹은 사제지간이라고 할지라도 이 숲 속에서는 사친(私親)을 묻어두고 독립된 학인으로서 서로 학술을 겨뤄야 할 것이다. 그리하여 끝내 한마디 날카롭고 정연한 비판 앞에 상대방이 다시는 이 숲을 찾지 못하게 만들 만큼 '서늘하기를' 기약해야 하리라. 무림의 조건이 칼부림이듯, '말부림'은 학림의 생존조건이기 때문이다.

또다른 위험은 동일수종의 숲에서 생기는 질병이다. 이를테면 소나무 숲에서는 솔잎혹파리가 창궐하지만, 서로 다른 수종들이 더불어 숲을 이룬 곳에서는 솔잎혹파리가 번성하지 못하는 것과 같다. 실은 '학회'의 가장 큰 위험이 여기에 있지 싶다. 유사한 전공자들의 모임이란 쉬 활력을 잃기 십상이기 때문이다. 이 위험을 피하기 위해서는 각각이 서로 다른 학문적 지향과 내실을 갖추는 길 외에는 따로 방법이 없을 것이다. 이를테면 화이부동(和而不同)이라고나 할까?

허나 화(和)란, 일요일 아침의 가족드라마처럼 하하호호 웃음이 넘치는 모습을 이르는 말이 아니다. 하하호호 웃는 웃음은 좋기는 하나 오래가지는 못한다. '화'란 서로 다른 가치(異)들이 서로를 애써 존중하는 데서 빚어지는 것이니, 차라리 서늘하고 차갑다. 그래야 또 오래갈 수 있는 것이다. 서로를 존중하기 위해서는 서로가 제 값어치를 갖고 있어야 한다. 그러니 '화'하기 위해서는 우선 구성원들이 아마추어리즘을 극복해야 한다.

가령 동양(한국)사회를 틀지어왔던 유불도(儒佛道) 삼교에 대한 전반적 이해를 바탕으로 기존 문사철(文史哲) 학자들의 연구성과를 포섭하고, 한문과 영어와 같은 도구언어를 체득한 가운데 각종 공구서적(사전류)을 능숙하게 활용하면서 끝내 자기만의 안목이 삼투된 학술(異)을 난만하게 꽃피울 때에야 참된 '화'가 가능하리라는 것이다.

그런데도 선배는 헛웃음, 선웃음을 치면서 후배의 어깨나 다독거리는 것으로 일을 삼고, 후배는 고개를 조아리면서 무릎 꿇기를 능사로 삼는다면 그곳은 '화'의 장이 아니라 동(同)의 장일 따름이다. 웃음이 가득한 곳은 결코 숲(학회)이 아니라는 점을 학자들은 명심해야만 한다. 숲(학회)이 나무(학자)를 만드는 것이 아니라, 나무가 숲을 만든다는 점을 잊지 말아야 한다.

공자가 말했듯 "사람이 도를 넓히는 것이지, 도가 사람을 넓힐 수는 없는 것(『논어』)"임에랴. 끝내 이 숲에 기기묘묘 각양각색의 백화(百花)가 난만할 적에 숲은 숲다워지고, 또 그럴 적에야 대숲을 휘청이며 탄성을 자아내게 만드는 높은 수준의 학자도 배출될 수 있으리라. 〈와호장룡〉의 '리무바이' 같은 고수 말이다.

(2001년 8월)

풀숲을 쳐 뱀을 놀라게 하다

ⓒ 배병삼 2004

1판 1쇄 │ 2004년 1월 8일
1판 2쇄 │ 2010년 5월 27일

지은이 배병삼
펴낸이 강병선
책임편집 차창룡 조연주 이상술
마케팅 장으뜸 서유경 정소영 │ 온라인 마케팅 이상혁 한민아
제작 안정숙 서동관 김애진 │ 제작처 한영문화사

펴낸곳 (주)문학동네
출판등록 1993년 10월 22일 제406-2003-000045호
주소 413-756 경기도 파주시 교하읍 문발리 파주출판도시 513-8
전자우편 editor@munhak.com │ 대표전화 031)955-8888 │ 팩스 031)955-8855
문의전화 031) 955-8890(마케팅) 031) 955-8864(편집)
문학동네카페 http://cafe.naver.com/mhdn

ISBN 89-8281-786-7 03810

www.munhak.com